KB117960

대한민국에서
걸그룹으로
산다는 것은

대한민국에서 걸그룹으로 산다는 것은

걸그룹 소녀들에게
하이힐 대신
운동화를 준
매니저의 이야기

이학준 지음

아우름

대한민국의 모든 여자들에게 바친다

여기 조그만 사진 한 장이 있다. 사진 속 커다란 창문으로 밝은 햇살이 한가득 들어온다. 따스한 기운이 창문을 타고 넘실넘실 들어오는 중이다. 환자복을 입은 젊은 엄마는 핏기 없는 하얀 얼굴에 안경을 썼다. 가슴에 품은 갓난아기는 당장이라도 부서질 것 같다.

사진을 물끄러미 쳐다보던 나는 종내 목젖을 떨며 울었다. 누군가의 '딸'이 누군가의 '엄마'가 되는 경이로운 순간을 훔쳐본 죄책감 때문이다. 사진 속 젊은 엄마는 내 사랑하는 아내다. 갓 태어난 아이는 우리 부부의 소중한 딸이다.

나는 기억했다. 눈이 소담스럽게 내리던 날이었다. 사흘간 멎지 않고 계속되는 산통에 아내는 파리하게 말라갔다. 그녀는 눈물을 글썽이며 말했다.

"더이상 못 버틸 것 같아."

돌이켜보니 아비가 되는 게 끔찍이 두려웠던 사내였다. 내가 아닌 또다른 생명을 잘 건사할 자신도 없을뿐더러, 새 삶이 탄생하는 순간을 직면할 용기조차 없었다. 그런 까닭에 아내의 고통이 절정으로 치달을 즈음, 나는 도망치고픈 욕망에 온몸을 부르르 떨었다.

산부인과 분만실에서 삶과 죽음을 생각했다. 생과 사는 그다지 멀지 않은 곳에서 서로를 응시하고 있었다. 극단적인 다름은 결국 같음을 의미하는 법이다. 사랑하는 이가 고통을 이기지 못해 비명을 지르는 동안, 나는 지나간 과거를 촘촘히 헤아려야 했다.

일찍이 내가 사랑했던 모든 것들은 내 곁을 도망치듯 떠난 적이 많았다. 새로운 만남에 대한 기대보다, 혹시 모를 가족과의 이별이 두려웠던 이유다. 아내와 뱃속의 아이, 그 둘의 심장박동 소리가 수술실에 울려퍼졌다. 의사와 간호사의 발걸음이 빨라졌다. 나는 조바심을 참지 못하고 의료진을 따라다니며 자연분만을 포기하겠노라 외쳤다. 아내는 조용히 내 손을 붙잡았다. 그녀의 눈에 맺힌 눈물을 보면서 자신의 외아들에게 젊음을 다 바쳤던 내 어머니의 서글픈 삶을 이해했다.

그로부터 무려 열네 시간이 더 흘렀다. 분만실 바닥엔 피가 흥건했다. 마침내 의사 선생님이 고개를 들었다.

"축하합니다. 공주님입니다."

나는 아내의 가슴에 귀부터 갖다댔다. 그녀가 건강한지 확인하고 싶었다. 땀에 흠뻑 젖은 아내는 안경을 찾더니 갓 태어난 핏덩이를 가슴에 폭 안았다. 세상에 둘도 없을 환한 미소가 그녀의 얼굴 위를 스쳤다. 나는 한 여자의 고통을 통해 또 한 여자의 생명이 시작되고 있음을 알았다. 사진기를 조용히 들어 셔터를 눌렀다.

이 책은 대한민국 여자들의 삶, 그 가운데 일부를 관찰한 글이다. 나는 유난히 우월한 유전자를 받고 태어난 여자들 사이에서 오랜 시간을 보냈다. 취재를 마치고 다큐멘터리 영화를 만든 뒤 다시 글을 쓰면서, 아내와 딸이 처음 마주했던 그 순간이 담긴 사진을 자주 떠올렸다. 그럴 때마다 아내가 겪은 산통과 비슷한 아픔에 시달렸다.

덕분에 이 책을 쓰는 동안 많이 힘들었다. 글은 손가락 끝에 대롱대롱 매달린 채 컴퓨터 자판에 내려앉기를 거부했다. 수술실에 흥건했던 혈흔처럼 입속을 맴돌던 문장들은 마침내 여기저기 널브러지고 말았다. 책상 앞에 앉기가 두려워 몇 달간 글쓰기를 포기한 적도 있었다.

그 까닭은 무엇일까? 나는 고민했다. 그것은 '원석'이 '별'이 되는 동안, 어여쁜 소녀들이 무수히 흘려야 했던 눈물을 훔쳐본 죗값이었다.

'스타제국'이라는 대형 연예기획사를 찾아가 매니저를 자청한 건 지난 2010년의 일이다. 신주학 사장에게 허락을 받아 꼬박 1년,

나는 저널리스트라는 신분을 잠시 버리고 매니저라는 새로운 직업을 얻었다. 케이팝K-POP의 신화, 그 뒤에 감춰진 속살을 보기 위함이었다.

걸그룹 매니저가 됐다는 소식을 전했을 때, 동료들은 화들짝 놀랐다. "전생에 무슨 좋은 업을 쌓았기에 그리 큰 복을 받은 거냐?" 라는 그들의 부러움과 달리, 미인들과 함께하는 즐거움은 오래가지 못했다. 텔레비전에서 즐겨 봤던 여신들의 무대 뒤 모습은 화려하지 않았다. 오히려 처연했다. 그래서 나는 자주 놀랐다.

연습생들은 다이어트 후유증으로 병원에 실려가곤 했다. 예외는 없었다. 흔히 벌어지는 일이었기에, 아무도 신경쓰지 않았다. 의사의 권유에도 불구하고 그녀들은 음식을 가능한 한 입에 대지 않았다. 많이 먹어도 살이 찌지 않는 체질은 그들의 세상에 없었다. 나는 물었다. "무슨 까닭에 혹독한 다이어트를 멈추지 못하는 거니?" 그들은 대답하지 않았다.

노래와 춤은 끊임없이 반복됐다. 같은 음악에 맞춰 같은 노래를 부르며 같은 율동을 계속하는 모습을 보고 있자니 구토가 절로 나왔다. 나는 안무 담당자를 찾아가 물었다. "노래와 안무를 달달 외우는 게 스타가 되는 지름길이라면, 카이스트에서 춤추는 로봇을 빌려오는 게 낫지 않을까요?" 그 역시 대답을 거부했다.

방송 직전까지 데뷔가 확정된 멤버는 없었다. 데뷔 이후에도 대중의 호응을 얻지 못한 멤버는 가차없이 쫓겨났다. 그녀들이 밤늦게 연습하는 와중에도, 멤버들을 대체할 연습생들의 발걸음은 끊이지 않았다. 나는 사장에게 조심스레 물었다. "너무 잔혹하지 않습니까?" 그도 입을 열지 않았다.

나인뮤지스9Muses를 따라 전국을 수십 바퀴 돌았다. 온갖 방송 무대를 지켜봤고, 몇몇 지방 행사에 참가했다. 해외 공연을 함께 떠난 것도 여러 번이다. 매니저 생활에 익숙해지면서 내게 작은 변화가 일었다. 질문을 멈춘 것이다. 왜 살인적인 다이어트를 하는지, 왜 칼같이 딱 떨어지는 군무를 강조하는지, 왜 멤버 교체는 중단되지 않는지, 왜 스스로 창작한 노래로 시장에 도전하지 않는지, 언론의 질타를 받으면서도 왜 심한 노출을 그치지 못하는지.

그 같은 질문이 얼마나 어리석은 것인지 매니저 생활을 통해 깨달은 탓이다. 케이팝이 세상을 주무르게 된 데는 몇 가지 독특한 개성에 기댄 바 컸다. '듣는 음악'이 아니라 '보는 음악'이라는 점, 후크hook가 강조된 중독성 있는 음악을 내세운 점, 대중이 싫증을 느끼지 않도록 최적화된 멤버로 시장에 나오는 점 등이다.

그런 까닭에 별이 되기를 희망하는 여자아이들은 끊임없이 춤 연습을 해야 했고, 일부 천재 작곡가가 만들어내는 후크송에 의존해야 했으며, 대중의 기호에 맞춰 살을 빼고 노출을 감행했던 것이다.

결국 어린 여자들을 상품으로 내몬 것은 탐욕스러운 매니저가 아니라, 대중의 욕망이었던 셈이다. 화려하게 빛나는 여자의 젊음을 소비하고픈 우리의 욕망이 그녀들을 벗기고 학대했으며, 대중의 숭배를 받고픈 그녀들 역시 수많은 남자들의 욕망에 순응했던 것이다. 돌을 던져야 할 대상을 찾고 싶었던 나는 난감했다. 손가락질을 받아야 하는 이들 가운데, 나의 모습이 또렷하게 보였기 때문이다.

매니저 생활을 마치는 날, 아이들에게 운동화를 선물했다. 잠시라도 불편한 하이힐을 벗고 자유롭게 걸으라고 준 것인데, 그 설명을 들은 아이들은 많이 울었다. 그래서 나도 많이 울었다. 대중 앞에서는 당당한 스타이지만, 화려한 장막을 걷어내면 그 안에는 연약한 여자아이가 있을 뿐이다.

이 글을 쓰는 지금, 라디오에서는 나인뮤지스의 최신곡이 흘러나오고 있다. 나는 그녀들의 춤과 노래를 보고 들으면서 마음껏 즐긴 적이 없다. 그들이 무수히 흘렸던 눈물을 기억하기 때문이며, 이 나라에서 태어난 여자들이 세상과 맞서 싸우기가 얼마나 힘든지 잘 알기 때문이다.

그럼에도 나는 소망한다. 사람들의 어깨를 들썩이게 하는 나인뮤지스의 댄스음악이 한국을 넘어 아시아, 아니 세계 시장에서 사랑받기를. 그녀들이 자신의 젊음을 내던진 대가를 이 길에서 보상받기를.

오늘 아내는 딸을 데리고 소아과에 다녀왔다. 예방주사를 맞았는데 아이가 얼마나 울었는지 눈이 퉁퉁 부었다고 했다. 나는 대견하고도 안쓰러운 마음이 들어 고통을 견뎌낸 딸아이의 머리를 연신 쓰다듬었다.

그렇게 아이는 나날이 자란다. 어린것이 맑은 눈으로 나를 가만히 쳐다보고 있으면 등골이 오싹하다. 이 능력 없는 아비는 어린 딸의 해맑은 눈망울을 과연 언제까지 지켜줄 수 있을까. 여자로 태어난 이 생명이 세상과 마주하고 살아가려면 예방주사보다 몇 갑절은 더한 고통을 견뎌야 할 터인데 말이다.

아이가 자라고 글을 읽게 되면 이 책을 꼭 보여주겠다. 글을 읽는 아이 곁에 앉아 나는 조곤조곤 고백할 작정이다.

"사랑하는 지유야. 얻고자 하는 게 있으면 반드시 잃는 게 있단다. 잔인하지만 그건 피할 수 없는 세상의 이치란다. 그러니 모든 이들이 희망하는 화려함에 현혹되기 전에, 장막 뒤에 숨겨진 눈물과 고통을 이겨낼 자신이 있는지 스스로에게 물어야 한다. 아빠는 네가 그런 지혜를 가진 여자로 세상을 살아내길 바란다."

마지막으로 하나만 더. "아빠가 살아보니까 행복은 가까운 데 있더라. 너무 높은 곳을 향해 두리번거리지 말고, 오르막길에서 엎어져 절망하는 순간이 오면 네 주위를 차분히 살펴보렴. 그곳엔 분명 행복이 자리하고 있을 게다."

딸을 가진 아빠는 후천적으로 두 개의 성性을 얻게 된 사람이다. 남성 중심의 부당한 사회구조 속에서 꿈을 이루기 위해 분투하는 대한민국의 모든 여성들에게 이 책을 바친다.

• 차례 •

Prologue

01

비밀의 문이 열렸다

▶

아이돌 스타들의 진짜 모습,
갓 잡아올린 활어처럼 날것 그대로의 모습을 보고 싶다.

겨울하늘은 청명했다. 하늘과 땅 사이에 잡스러운 것들이 얼어붙은 덕분이다. 나는 손을 호호 불고 발을 동동 굴렀다. 유난히 추운 날씨였고, 그만큼 하늘은 청명했다.

서울 합정동에는 대형 연예기획사들이 모여 있다. 국내는 물론 일본과 중국을 비롯해 아시아 각국에서 찾아온 팬들이 근처 골목에 숨어 기획사 건물의 유리창을 하염없이 바라보곤 했다. 가끔씩 남다른 미모의 소년 소녀들이 기획사 건물의 문을 열고 나오면 팬들은 소리를 지르며 냅다 달리기 시작했다. 하지만 자신이 좋아하는 스타가 아니라 연습생에 불과하다는 걸 알고는 종내 고개를 흔들며 뒷걸음질쳤다. 팬들의 심장을 고동치게 하는 미모에도 브랜드는 존재하는 법이다.

여러 기획사 건물이 늘어선 골목 한가운데, 붉은 차양을 친 포장마차 하나가 서 있다. 추위를 피하려고 그곳에 들어섰다. 주인 아주머니가 주걱을 번쩍 들고 인사한다.

"마수걸이 손님이 오셨구먼. 아이돌 따라다니는 팬치고는 나이를 많이 먹어버렸네."

유쾌한 아주머니는 뭐가 좋은지 혼자 깔깔댔다.

"빅뱅도 투애니원도 쥬얼리도 연습생 시절에 여기 숱하게 다녔다니까."

혼잣말을 마치자 커다란 주걱으로 뜨겁게 달궈진 철판 위를 이리저리 내저었다. 그녀의 손놀림을 따라 떡볶이와 튀김은 온몸에 고추장을 휘감으며 오른쪽으로 한 번, 왼쪽으로 한 번 뒤집혔다. 저들과 내 신세가 다름없다는 생각에 한숨이 절로 나왔다.

대형 연예기획사들을 전전한 게 벌써 넉 달째다. 아시아를 넘어 세계를 호령한다는 아이돌 스타. 그들이 신문과 방송에 등장해 판에 박힌 인터뷰를 하고 성공담을 늘어놓을 때, 나는 감격하기에 앞서 의심부터 했다.

'십대에 불과한 아이들이 어떻게 인생을 모두 이해한 듯한 언어를 구사할 수 있을까?'

세상에 변하지 않는 진리들이 있다고 믿어왔다. "젊음은 팔딱거린다"는 문장은 그중 하나다. 팔딱거리면서 살아 있음을 느끼고, 팔딱거리기에 좌충우돌하는 법이다. 그런데 대중매체를 통해

보여지는 아이돌 스타들에게는 그런 팔딱거림이 없었다. 그렇기에 나는 열망했다.

'아이돌 스타들의 진짜 모습, 갓 잡아올린 활어처럼 날것 그대로의 모습을 보고 싶다.'

의문을 풀기 위해 몇몇 대형 연예기획사의 문을 두드렸다. 스타의 탄생 과정과 케이팝 열풍의 비밀이 궁금하다고 했다. 매니저의 세계도 보고 싶다고 했다. 당연히 그들은 손사래를 쳤다.

"연예인은 '신비로움'을 내세워 먹고사는 직업입니다. 그런데 그 발가벗은 모습을 고스란히 보여달라니, 절대로 안 됩니다."

기획사 순례를 거의 마쳐갈 즈음, 내게 남은 건 '무모한 도전'에 대한 후회뿐이었다. 그럼에도 포기하지 못했다. 거절의 횟수가 늘어갈수록 내 열망도 덩달아 커졌기 때문이다.

스타제국 엔터테인먼트의 신주학 사장과 담판 지을 기회를 얻은 건, 한참 뒤의 일이다. 회사에서 대중문화 취재를 담당하는 후배를 닦달한 덕분이었다. 그는 당부했다.

"형, 이번이 마지막이에요. 어렵게 설득해서 만든 자리입니다. 다들 불가능한 취재라는데, 왜 그렇게 매달리는지…… 솔직히 예쁘고 젊은 여자들을 가까이서 실컷 보고 싶은 사심 때문이죠?"

나는 대답 대신 음흉한 미소를 지었다. 후배는 눈살을 찌푸렸다.

"매니저들이 가장 중요하게 생각하는 게 뭔 줄 아세요? 바로 감感입니다, 감! 꼭 기억하세요."

그는 돌아서면서 엄지손가락을 들어올렸다. 내 불굴의 의지에 대한 찬사인지, 질긴 아집에 대한 욕설인지 아직도 모르겠다. 그는 내심 길쭉한 중지를 들어올리고픈 욕망을 겨우 억누르고, 예의를 갖춰 두툼한 엄지를 치켜들었을지도 모를 일이다.

금속 골격이 드러나도록 설계한 스타제국의 하얀색 4층 건물은 멋스러웠다. 대형 걸개그림이 건물의 한쪽 벽을 장식했다. 박정아, 서인영, 오지호, 쥬얼리, 제국의아이들 등 기획사 소속 연예인들과 이름을 알지 못하는 연습생들이 한복을 곱게 차려입고 새해인사를 하고 있다.

'대망의 2010년, 새해 복 많이 받으세요.'

그 앞에서 나는 한없이 주눅들었다. 다시 한번, 숨을 길게 내쉬고 마음을 다잡았다.

신주학 사장은 탱크 같은 사람이다. 그는 대학을 졸업한 최초의 매니저로서, 이승철과 변진섭 등을 거느리고 90년대 한국 가요계를 주물렀다. 여성그룹 쥬얼리를 성공시키면서 걸그룹 시대를 풍미한 인물이기도 하다. 그가 팔짱을 낀 채 나의 설명을 묵묵히 듣고 있었다. 벌써 한 시간 하고도 반이 지났다.

허락일까? 거절일까? 초조한 시간이 흘렀다. 그가 감았던 눈을 번쩍 뜨더니 문밖을 향해 외쳤다.

"매니저들, 다 들어오라고 해!"

나는 돈오의 순간을 훔쳐본 것처럼 긴장했다. 건장한 체구의 매니저 십여 명이 쏟아져들어왔다. 사장실이 좁았기에 일부는 서고 일부는 앉았다. 허락을 구하러 찾아온 사람을 앞에 두고 난상토론이 벌어졌다. 가습기에서 올라오는 수증기와 흥분한 매니저들이 내뿜는 입김으로 사장실은 온통 뿌옇게 변해갔다.

"연습실에서 아이들과 24시간을 함께 보내면 사생활이 가감없이 드러날 겁니다. 더구나 기자들에게 공개하면 세상에 다 까발리는 것과 뭐가 다릅니까?"

"인터넷 댓글 하나에도 죽고 사는 게 연예인입니다. 지나치게 많은 걸 보여주는 건 바람직하지 않습니다. 좋은 것만 보도할 리 없습니다."

"연예인들 예민한 거 아시잖아요. 애들이 절대 허락하지 않을 겁니다. 매니저인 제가 힘들어서 못합니다. 허락하실 거면 저부터 그만둘랍니다."

긍정적인 발언은 없었다. 사장의 눈빛이 흔들렸다. 곧 거절의 말이 나올 것이다. 흐름을 바꿀 요량이라면 타이밍은 지금이다. 나는 본능적으로 말문을 열었다.

"아이돌 스타를 주인공으로 다큐멘터리 영화를 만드는 건 아무도 도전하지 않은 일입니다. 시도조차 해보지 않고 결과를 속단한다면 누가 새로운 도전을 하겠습니까? 속살을 보여주신다면, 감동을 만들겠습니다. 저를 한번 믿어주세요."

사장이 입을 열었다.

"그 말을 어떻게 믿죠?"

나는 대답했다.

"직접 매니저 일을 하면서 취재하고 제작하겠습니다. 아이들과 함께 고생한다면 감히 그들을 욕할 수 있겠습니까?"

사장은 물었고, 나는 대답했다.

"누구의 매니저를 해보겠다는 거죠? 서인영? 쥬얼리?"

"오랫동안 준비하셨다는 신인 걸그룹, 나인뮤지스입니다."

"스타가 된다는 보장도 없는데, 왜 신인을 선택하는 겁니까?"

"꼭 스타가 될 겁니다. 저는 사장님의 감을 믿습니다."

여기저기서 반대 발언이 나왔다. 요약하자면 신인이기에 실수가 많을 텐데 그걸 다 보여줄 순 없으며, 더욱이 나를 매니저 일에 동참시키는 건 말도 안 된다는 것이었다.

결정권은 사장에게 있었다. 그는 말했다.

"아니야. 믿고 도전해보자. 아무도 해보지 않은 일이라니까, 좋은 결과를 낳을지도 모르잖아. 내 감을 한번 믿어다오."

그 누구도 불만을 입 밖으로 내뱉지 못했다. 매니저들이 투덜대면서 문을 박차고 나간 사이, 사장이 조용히 경고했다.

"나를 곤란하게 하지 마세요, 믿고 허락하는 거니까. 아직 조건부 허락이라는 걸 명심하시오."

사장은 두 가지 조건을 걸었다. 한 달 동안 조연출을 로드매니저로 활동하게 할 것. 그의 성실성을 본 뒤 제작진의 합류를 결정하겠다는 생각이다. 조연출의 이름은 이영화다. 오랜 시간 대중문화 분야를 취재했고, 연습생들과 같은 이십대 여성이다. 나는 그녀가 충분히 잘해낼 것이라 믿었다. 나는 자신 있었다.

"당연히 그러겠습니다."

두번째 조건은 길게 설명했는데, 짧게 줄이자면 이렇다.

"매니저 일을 가슴으로 배우세요. 이해하기 힘든 일이 많을 겁니다. 사람 다루는 일이 어떻게 수학 공식 같겠습니까. 주먹구구 같아도 우리는 이런 방식으로 케이팝을 세상에 알린 겁니다."

드디어 비밀의 문이 열렸다. 3층 연습실로 올라가는 계단을 밟으면서 나는 희열에 온몸을 부르르 떨었다. 연습실 문을 열자 고막을 때리는 음악 소리가 터져나왔다.

키가 크고 늘씬한 미녀 아홉 명이 한겨울인데도 땀을 뻘뻘 흘리면서 춤을 추고 있었다. 앞으로 일 년 넘게 함께 생활할 나인뮤지스다. 이런 미녀 군단을 눈앞에서 보기는 처음이다. 걸그룹 취재계획서를 작성할 당시, 내 노트북을 훔쳐보던 선배의 말이 떠올랐다. "자식, 전생에 나라를 구한 모양이구나. 만약 취재 허락을 받아낸다면 여복이 터진 거 아니냐?"

사장이 성큼성큼 연습실을 가로질러 가 스피커를 껐다. 갑자기 찾아온 정적에 아이들이 깜짝 놀라며 뒤를 돌아봤다. 사장이 말했다.

"인사들 해! 어쩌면 함께 일할지도 모를 사람이야."

나는 자기소개를 미처 준비하지 못했다. 어떻게 해야 할지 몰라 어정쩡하게 몸을 비틀었다. 부끄러움과 당혹스러움에 목까지 벌겋게 달아올랐다. 아이들은 내 고통을 아는지 모르는지, 주르륵 뛰어나오더니 좌우로 흩어져 줄을 맞춰 섰다. 리더로 보이는 소녀가 구령을 붙였다.

"둘, 셋!" 그러자 모두가 합창했다.

"안녕하세요, 나인뮤지스입니다."

나는 당황해서 눈을 내리깔았다.

"아, 예. 앞으로 잘 부탁드립니다."

소녀들이 까르르 웃음을 터뜨렸다. 이토록 어색하게 첫인사를 전하는 중년 사내는 처음이었을 게다. 크리스털처럼 낭랑한 웃음소리가 연습실 벽면에 부딪혀 산산이 부서지며 산란의 빛을 여기저기 뿜어댔다.

그래서 나도 방긋 웃었다. 아이들이 발랄하게 웃었기 때문에. 이것이 우리의 첫 만남이다. 소녀들의 이름은 세라, 라나, 혜빈, 혜민, 혜미, 현주, 재경, 은지, 민하라고 했다.

02

조연출과 연습생, 외로움으로 소통하다

경험이 많지 않은 조연출이,
경험 적은 연습생들과 친해지기 위해 애를 태웠다.
가련한 시간이 흐르고 있었다.

선선한 바람 속에 따스함이 묻어났다. 꽁꽁 얼었던 도시의 하늘과 땅에 서서히 생명이 움트는 모양이다. 마천루 사이를 오가는 바람에서는 꽃내음이 묻어났다. 겨우내 헐벗었던 가로수는 새순을 전신에 매달고는 관능적인 아름다움을 여기저기 뚝뚝 떨어뜨렸다. 어디선가 철새들이 날아왔다. 하얀 얼음을 뚫고 나온 새순에 반해 도심의 나뭇가지에 앉아 지지배배 울어댔다. 드디어 기다리던 봄이 왔다.

조연출 이영화는 싱그러운 계절을 만끽할 수 없었다. 그녀는 입술을 꼭꼭 씹으며 추억했다.

"그해 봄은 진실로 잔인했어요."

영화는 제작진을 대표해 한 달 동안 신주학 사장의 테스트를 받고 있었다. 나인뮤지스의 로드매니저가 되어 연습생들과 24시간 함께 생활하는 건, 결코 만만치 않은 과제였다. 얼마나 성실한지, 연습생을 대하는 태도는 얼마나 진지한지, 매니저와 연습생 사이에서 중립을 지킬 수 있는지를 스타제국은 꼼꼼히 체크했다. 힘겨운 통과의례지만 반드시 합격점을 받아야만 했다. 그래야 제작진이 합류할 수 있기 때문이다.

긴장으로 어깨가 부서질 듯이 고통스럽다고 그녀는 가끔 투정을 부렸는데, 나는 당연한 일이라고 여겼다. 그녀는 신입 매니저로서 연습실에 처음 들어섰던 순간을 잊지 못했다.

"예전에 쥬얼리를 인터뷰한 적이 있어요. 얼굴이 익숙한 멤버들인 은정과 주연이 저를 보고는 깜짝 놀라더군요. 누구를 취재하러 왔느냐고 묻기에, 회사를 그만두고 매니저로 전직했다고 하니까 뭐라는 줄 아세요?"

뾰로통한 표정에서 이미 대답을 짐작했지만, 나는 짐짓 모른 척하고 물었다.

"뭐라고 했기에?"

영화는 머리를 푹 숙이며 말했다.

"미친 거 아니냐고, 지금 제정신이냐고 그러더라고요. 왜 이런 일에 뛰어들었냐면서 다시 생각해보라는 충고까지 하더군요. 하루종일 (춤과 노래를) 연습하는 아이들 곁에 우두커니 앉아서 시간을 축내고 있어요. 처음 만난 사람들과 쉽사리 친해지기 어렵다는 건, 잘 아시죠? 선배는 연습생들의 성격을 모두 파악해서 보고하라고 다그치고, 스타제국 사장과 매니저들은 제 행동을 유심히 관찰하고 있으니, 저는 위아래로 잔뜩 짓눌린 햄버거 신세나 다름없어요."

후배는 엄살을 부리는 게 아니었다. 장편 다큐멘터리를 만드는 사람들이 진저리치는 고통 가운데 하나는 외로움이라고 배웠다. 카메라를 들고 낯선 사람의 삶을 기록해야 하는데, 상대는 불편한 상황에 손사래를 치기 마련이다. 숨겨진 것을 파헤치고 싶은 이와 속내를 드러내기 싫은 자. 그들 사이에 팽팽한 긴장이 존재하는 건 당연한 일이다.

나는 처음 다큐멘터리를 연출했던 지난 2007년을 기억했다. 중국 옌지延吉에서 탈북자의 현실을 담으려 애썼지만, 두 달 동안 허탕만 쳤다. 스트레스로 온몸이 아팠다. 단 하루만이라도 편히 쉬고 싶어서 한국 식당을 찾았다. 수상한 손님을 궁금히 여긴 사장이 말을 건넸다. "한국에서 온 분이세요?" 나는 밥풀을 입술에 묻힌 채 고개를 끄덕였다. 탈북자를 찾아 중국에 왔지만 단 한 명도 보지 못했다고 고백했더니 사장이 깔깔댔다.

"명찰을 달고 다니는 것도 아닌데 느낌으로 파악하셔야죠. 하긴 저희도 탈북자인지 모르고 종업원을 고용했다가 중국 공안에 호되게 당한 적 많답니다."

기구한 운명을 가진 29세의 이금희를 식당 사장의 소개로 만났다. 두려움에 질린 그녀는 눈망울을 굴리며 말했다. "여기서 제 고향을 말하는 게 얼마나 위험한 일인 줄 아시죠? 바로 여러분이 공안일 수도 있으니까요."

그녀는 거기까지 말하고 입을 굳게 다물었다. 저녁을 먹고 나서 노래방에 같이 갔는데, 인순이가 부른 〈거위의 꿈〉을 금희가 불렀다.

"그래요 난, 난 꿈이 있어요. 그 꿈을 믿어요. 나를 지켜봐요. 저 차갑게 서 있는 운명이란 벽 앞에 당당히 마주칠 수 있어요."

다큐멘터리를 만들려는 제작진도 외로웠고, 탈북자인 금희도 외로웠다. 옷깃을 아무리 여며도 한기가 가시지 않는 서늘한 계절이었다.

그녀가 숨겨둔 이야기를 꺼낸 건 예상 밖이었다. 우리는 택시를 타고 이동중이었다. 백미러를 통해 그녀의 모습이 보였다. 금희는 천천히 입을 열었다.

그녀는 북송선을 탔던 재일교포의 딸이다. 예술학교를 다니다 뇌물을 요구하는 선생님이 싫어서 두만강을 건넜다. 돈을 벌기 위해서였다. 중국에서 남한 남자를 만나 임신을 했다. 그의 도움으로 인천 가는 밀항선을 탔는데, 세찬 바람에 밀려 배가 그만 북한 영해로 들어섰다. 신의주에 있는 북한 보위부로 끌려갔다. 그녀는 임신 7개월이었다. 의사가 욕을 퍼부었다. "남조선의 씨를 배다니!" 그녀에게 커다란 양동이가 던져졌다. "곧 아이가 나올 거니 받아가지고 와서 검사를 받아라."

의사는 여자의 배를 만지며 태아의 머리를 찾아 길다란 주사를 놓고 갔다. 독 주사였다. 네 시간이 지나자 금희는 하혈을 했고 아이는 죽어 나왔다. "내가 엄만데, 이 엄마는 아무것도 할 수 없었어. 애가 꿈틀거렸다고, 양동이 속에서." 그날을 회상할 때, 그녀는 제작진 앞에서 무척 많이 울었다. 그래서 우리도 함께 울었다. 한국 식당에서 금희를 처음 만나고 세 달이 지난 다음의 일이다. 이후 그녀의 모습을 담는 일이 한결 수월해졌다. 나는 그제야 깨달았다.

'서로의 인생을 이해하기 위해 제작진과 취재 대상자가 어색한 시간을 힘겹게 견딘 뒤, 마침내 외로움으로 소통해야 완성되는 게 다큐멘터리구나.'

누구의 삶이든 외롭긴 마찬가지다. 애타는 기다림 없이 서로 다른 삶이 공명하기는 불가능하다. 그런 까닭에 나인뮤지스와 제작진에게도 그런 힘겨운 과정이 필요할 것이다.

그 최전방에 영화가 홀로 서 있다. 경험이 많지 않은 조연출이, 경험 적은 연습생들과 친해지기 위해 애를 태웠다. 가련한 시간이 흐르고 있었다.

벚꽃이 피더니 빠르게 졌다. 도심을 화사하게 물들였던 벚꽃은 바람에 실려 둥실둥실 봄기운을 여기저기 퍼뜨렸다. 저녁이 찾아오면 나는 회사 앞 가로등 밑 벤치에 앉아 조연출에게 전화를 걸었다.

매일 오후 1시부터 다음날 새벽 2시까지, 로드매니저는 연습생들과 함께 생활했다. 본격적인 촬영에 들어가기에 앞서, 매니저와 연습생에 관한 정보를 충분히 파악해야 했다. 하루를 기록하는 데 게을러질까 두려워, 나는 정해진 시간에 조연출에게 전화를 걸어 보고를 받았다. 그것도 모자라서 매일 일기를 쓰라고 닦달했다. 수화기 건너편에서 그녀는 한숨을 길게 내쉬곤 했다. 나는 물었다.

“뭔가 새로운 건 없니?”

후배는 말했다.

“모든 게 다 새롭죠. 새롭지 않은 게 어디 있겠어요? 매주 월요일에 열리는 마라톤 회의부터 이야기해볼까요?”

스타제국은 월요일 오전 9시 30분부터 모든 매니저를 불러모아 회의를 했다. 소속 연예인들의 주간 스케줄을 체크하고 홍보 전략을 고민하는 시간이다. 신주학 사장이 직접 회의를 진행했는데, 최소 네 시간에서 최대 여섯 시간까지 쉬지 않고 계속됐다. 덕분에 매니저들에겐 지옥 같은 시간이라 불렸다.

“대체 무슨 회의를 하기에 그렇게 긴 시간이 필요한 거야?”

“저는 매번 졸아서 잘 모르겠어요. 다른 매니저들도 마찬가지일 거예요. 아무튼 ‘덤 앤 더머’ 회의라고 매니저들이 불평하더군요. 어차피 오너가 모든 걸 결정하니까요."

"사장님도 그 사실을 알아?"

"알면 가만히 계시겠어요? 근데요, 선배. 매일 저녁마다 선배랑 저랑 나누는 대화도 스타제국의 월요회의 못지않게 '덤 앤 더머' 수준인 건 아시죠?"

하긴, 그녀의 말은 정확했다. 권력관계가 확고한 윗사람과 아랫사람의 대화는 얼마나 공허한가. 결정권자는 '합의'라는 명분을 얻기 위해 자신의 생각을 강요하고, 힘없고 의지 없는 이들은 그의 결정에 고개를 끄덕거리거나 아니면 그 시간에 쪽잠을 청하는 게 정해진 수순 아닌가.

조연출의 관찰에 따르면 나인뮤지스 연습생들에게는 심각한 분열 조짐도 보였다. 사장은 이 새로운 걸그룹을 독특한 콘셉트로 기획했는데, 케이팝을 '듣는 음악'이 아닌 '보는 음악'이라고 정의했기에 나온 발상이었다.

해외에서 인기를 끌고 있는 '소녀시대'를 예로 들어보자. 노래 잘하는 친구들이 미모와 각선미까지 뛰어나기에 이른바 '미각美脚' 이라는 애칭까지 얻으며 톱스타로 등극했다. 이에 사장은 제안했다.

"미모와 각선미가 가장 뛰어난 여자인 모델을 끌어모아서 걸그룹을 만들어보면 어떨까? 엄청난 아이돌 스타가 탄생하지 않을까?"

연습생들 간의 분열은 바로 이 아이디어에서 비롯됐다. 나인뮤지스의 연습생은 두 부류로 나뉘었다. 가수가 되기 위해 수백 대 일의 경쟁률을 뚫고 스타제국에 합류한 소녀들이 첫번째 부류다. 리더를 맡고 있는 세라가 대표적이다. 그녀는 캐나다에서 유학을 마치고 가수가 되고 싶어서 한국으로 돌아왔다. 외국 유학까지 다녀왔지만 가정 형편은 넉넉하지 않았다.

힘겨운 가정 형편에도 뒷바라지를 계속하는 어머니에게 세라는 늘 미안함을 감추지 못했다. 무려 30킬로그램 넘게 체중을 감량하고, 요요 현상을 피하려고 하루에 한끼밖에 먹지 않는 그녀는 전형적인 독종 연습생이다.

노래를 잘하는 혜미 역시 마찬가지다. 세라와 함께 리드보컬 자리를 두고 경쟁하고 있다. 광주에서 실용음악학원을 다니다 연습생으로 발탁됐다. 늘씬한 다른 멤버들에 비해 미모가 모자란다고 자주 낙담했지만, 연습할 때는 누구보다 열심이라고 자부했다. '빅뱅'의 승리처럼 스타가 돼서 금의환향하는 게 그녀의 꿈이었다.

은지는 성격이 괄괄하고 중성적인 매력을 가졌다. 어린 시절에 만났던 남자친구는 자신이 사귀는 사람이 여자인지 남자인지 모르겠다고 불평했단다. 그녀는 정식으로 데뷔하기 전에 공중파 드라마에 단역으로 출연하기까지 했다. 매니저들은 그녀를 두고 가장 스타성이 높은 연습생이라고 판단했다. 다른 연습생에 비해 춤도 월등하게 잘 췄다. 연습을 과도하게 하는 바람에 발목을 다쳤지만 쉬는 법이 없었다. 조연출이 연습을 만류하자 그녀는 말

II

무려 30킬로그램 넘게 체중을 감량하고, 요요 현상을 피하려고 하루에 한끼밖에 먹지 않는 그녀는 전형적인 독종 연습생이다.

했다. "언니는 몸을 움직일 때 느껴지는 그 자유로움을 몰라서 그래요."

재경은 세라의 가장 친한 친구다. 전문 모델로 활동했었다. 영화배우 고소영을 닮은 외모 때문에 기획사는 그녀에게 섹시한 이미지를 요구했는데, 재경은 그게 불만이었다. "저는 섹시한 모습을 강조하는 게 싫어요. 제게 어울리지 않는 옷 같거든요. 오히려 귀여운 이미지가 좋은데, 매니저 오빠들은 저한테 가장 야한 의상만 가져다줘요."

영화는 내게 물었다. "선배도 그 친구가 가장 섹시하다고 생각하세요?" 나는 두 팔을 살짝 들어올리며 난처하다는 표시를 했다. 아직 사람을 상품으로 평가하는 데 익숙지 않았기 때문이다.

한국 및 아시아 슈퍼모델로 선발됐던 중고 신인들도 연습생 그룹에 포진해 있었다. 그 대표주자가 라나다. 그녀는 아시아 태평양 슈퍼모델 선발대회에서 2위를 차지했다. 스타제국은 라나가 나인뮤지스를 대표하는 이미지라고 판단했다. 여러 기획사가 그녀에게 '러브콜'을 보냈기에, 사장은 라나를 데려오기 위해 상당히 공을 들여야 했다. 그렇기 때문에 그녀가 종종 연습을 빼먹어도 아무도 질책하지 못했다. 불만을 가진 세라는 제작진에게 살짝 귀띔했다. "아세요? 연습생에게도 등급이 있다는 걸."

혜민도 한국 슈퍼모델 선발대회 본선에 올랐다. 커다란 패션쇼 런웨이에 선 경험도 여러 번이고, 미스코리아 대회 본선에도 올

II

재경은 세라의 가장 친한 친구다. 기획사는 그녀에게 섹시한 이미지를 요구했는데, 재경은 그게 불만이었다.

"저는 섹시한 모습을 강조하는 게 싫어요. 제게 어울리지 않는 옷 같거든요. 오히려 귀여운 이미지가 좋은데, 매니저 오빠들은 저한테 가장 야한 의상만 가져다줘요."

랐다. 그녀 역시 자주 연습을 빼먹는다고 영화는 전했다. 핑계는 다양했는데, 주로 병원 치료나 친척들의 경조사 탓이었다.

혜빈은 온라인 쇼핑몰 업계에서 상당히 유명한 모델이었다. 늘씬한 몸매에 귀여운 얼굴을 지녔다. 자가용을 타고 다니는 유일한 연습생이기도 했다. 혜민과 혜빈이 유난히 다른 연습생들에게 불만을 사고 있어서, 조연출은 그들과 함께 맥주를 마신 적이 있었다.

"막상 기획사 밖으로 나가서 솔직하게 이야기를 나눠보니 그들도 고민이 많더라고요."

그래, 고민 없는 인생이 어디 있겠니? 이런 내 반응에 그녀는 발끈하며 대답했다.

"연습생들만의 세계가 따로 있어요. 들어보시면 예상한 것과는 전혀 다른 고민일걸요? 일단 이 바닥에 들어와서 직접 보시라고요."

이 밖에 아시아 태평양 슈퍼모델 선발대회에서 1위를 차지했던 현주, 한국 슈퍼모델 선발대회 최연소 본선 진출자인 민하도 있었다. 방송 경험이 많은데다, 세라 이전의 팀 리더였던 현주는 매사에 쿨한 스타일이다. 막내인 민하는 시크했지만, 어느 날 연습중에 갑자기 눈물을 흘려 모두를 당황케 했다. '연습생이라고는 겨우 아홉 명뿐인데, 잘 뭉치지도 않고 언제 데뷔할지도 모르니 답답하다'고 그녀는 말했다.

조연출은 이들 가운데 세라에게 가장 많이 마음을 줬다. 연습실 한쪽에 웅크리고 있던 신입 매니저에게 다가와 마음을 처음 연 사람이 세라였다.

"처음에 제게 가장 쌀쌀맞았던 연습생은 리더였어요. 일주일이 지난 다음 우연히 함께 커피를 마셨죠. 그동안 어떻게 살아왔는지, 왜 가수가 되고 싶은지, 경쟁에서 이기기 위해 어떻게 살을 빼고 독하게 연습했는지…… 쉬지 않고 이야기하더군요. 그 친구가 저한테 고맙다고 했어요. 만약 다큐멘터리 제작팀이 오지 않았다면, 데뷔 여부를 자신할 수 없어서 포기했을 거라고요."

나는 지적했다.

"연습생 한 명에게 지나치게 정을 주는 거 아니니? 그건 꽤 곤란한 일 아닐까?"

후배는 고민스러운 표정으로 대답했다.

"그래도 죽기 살기로 하는 애는 세라밖에 없는 것 같아요. 아…… 이렇게 빨리 친해질 줄은 미처 몰랐네요. 어서 촬영이나 해야겠어요."

조연출과 연습생. 그들은 이미 외로움으로 소통을 시작했다. 하지만 나인뮤지스의 미래는 결코 장밋빛으로 보이지 않았다. 눈에 보이진 않지만 켜켜이 쌓여 있는 연습생들 간의 갈등이 손에 잡힐 듯 느껴졌다. 앞으로 제작진이 겪을 고난이 만만치 않을 듯한 예감도 들었다.

도시에는 봄기운이 완연했다. 살가운 바람이 살랑살랑 불었다.

어느새 서울 도심의 벚꽃은 비처럼 뚝뚝 떨어져나가기 시작했다. 따스한 봄은 이미 그 한복판을 지나고 있었다.

03
연습실에는 땀과 눈물이 넘쳤다

▶▶
뒤떨어진 멤버를 위해 스타성 있는 친구까지 희생해야 하나요?
모자란 점을 깨달았다면 쉬는 시간을 줄여서라도 악착같이 연습해야죠.

시간은 각자에게 전혀 다른 체감 속도로 곁을 지나가고 있었다. 스타제국에서 매니저 생활을 시작한 조연출에게 24시간은 더디게 흘렀다. 그녀는 고백했다. "출근하면서부터 연습실의 벽시계를 쳐다보죠. 하루는 빠르게 마감되는데, 한 달은 천천히 채워지는 느낌이에요."

기획사 밖에서 촬영을 준비하는 제작진에게 시간은 쏜살같이 달려가는 들짐승 같았다. 제작 일정에 맞춰 스태프를 꾸리고 촬영 계획을 잡아야 했다. 조연출이 전해준 정보를 바탕으로 예상 가능한 시나리오를 여럿 만드는 일도 만만치 않았다.

나인뮤지스 연습생들의 동선은 단순했다. 그들은 하루종일 스타제국 연습실에 머물렀다. 외부로 나오는 일은 거의 없었다. 그들 내부에 도사리고 있는 갈등 역시 수면 위로 드러나지 않았다. 연예인 지망생들은 본심을 숨기고 연기하는 데 능숙한 사람들이다. 그런 그들 사이의 갈등을 포착하는 건 여간 어려운 작업이 아닐 것이다. 극도로 제한된 공간에서, 솔직하지 않은 취재 대상자를 쫓는 게 우리의 임무다. 철저한 사전 준비가 요구되는 까닭이었다.

어떤 이야기를 만들 것인가에 대한 격론이 벌어진 것도 그즈음이었다. 스태프들은 내게 따져 물었다.

"무슨 이야기를 하고 싶은지 명확히 알려주세요. 케이블 음악방송처럼 눈물나는 성공스토리를 그릴 건가요? 아니면 일간지의 기획기사처럼 매니저와 연습생의 상하관계를 담을 건가요?"

나는 그 어느 쪽도 선뜻 내키지 않아서 우물쭈물했다.

"할리우드 영화도 아닌데 감동을 짜내는 건 우스꽝스러울 것 같아요. 매니저도 우리처럼 평범한 사람인데, 무조건 나쁘기만 할까요? 그들에게도 나름의 이유가 있지 않을까 싶네요. 냉정한 연예계를 선택한 건 오히려 연습생들 같은데…… 찬찬히 지켜보면 우리가 예상치 못한 스토리가 나올 것 같아요. 다큐멘터리의 매력은 그런 데 있다고 저는 믿거든요."

연출자의 우유부단함에 스태프들은 몸서리쳤다. 어느 방향으로 작품을 끌고 가려느냐는 질문에, 나인뮤지스 연습생과 스타제국 매니저들에게 해답이 있다고 떠넘긴 꼴이었다. 제작진 내부에서도 묘한 갈등이 시작되고 있었다.

스타제국의 테스트가 끝났다. 신주학 사장의 전화를 받았다. 정확히 서른 날이 지나고 다음날이었다.

"조연출 이 친구, 아주 물건입니다. 당장이라도 우리 회사로 스카우트하고 싶은데 방법이 없을까요? 매니저들 사이에서 칭찬이 자자합니다."

영화는 부쩍 야위었다. 마음고생이 많았던 모양인데, 얼마 전 벌어진 해프닝 탓이기도 했다.

그녀는 연습생들의 마음을 떠보려고 혜빈, 혜민과 술을 마시면서 밤새 이야기를 나눈 적이 있었다. 세라의 속내를 듣기 위해 이른 새벽에 숙소를 찾아가기도 했다. 조심스러운 만남이기에 기획사 몰래 움직였는데, 담당매니저에게 들통나고 말았다. 매니저는 불같이 화를 냈다. 회사 선배인 이석기 프로듀서와 함께 기획사를 찾아가 용서를 구한 끝에 마무리됐다. 당시 사장은 껄껄 웃으며 말했다.

"축구로 치면 말이죠, 옐로카드 두 장이 쌓인 셈이에요. 그래도 우리는 단 두 번 만에 퇴장시키진 않습니다. 삼세번 아시죠?"

그의 경고가 허풍이 아니란 걸 알기에 등줄기로 식은땀이 흘렀다.

드디어 촬영이다! 제작진 모두는 조연출 이영화에게 기립박수라도 쳐주고 싶은 심정이었다. 스타제국으로 가는 길에 따스한 봄바람이 쉬지 않고 불었다. 코끝을 간지럽히는 향긋한 바람에 마음은 설레고 발걸음은 가벼웠다. 영화가 저만치에서 달려나왔다. 그 옆에서 세라와 은지가 활짝 웃고 있었다.

우리는 기획사 건물 1층에 자리잡은 파라솔 밑에 앉았다. 먼저 입을 연 것은 세라였다.

"외부인들이 알지 못하는 비밀이 하나 있어요. 저희는 나인뮤지스 2기랍니다. 1기로 선발됐던 연습생들은 데뷔도 못하고 해체되고 말았죠. 같은 길을 걸을까 두려워서 저희는 항상 마음 졸이면서 지내요."

이번엔 은지 차례다.

"지난해 어느 케이블 방송에 출연한 적이 있어요. 연습생의 현실을 리얼하게 보여준다고 하더니 결국 대본부터 내밀더군요. 시키는 대로 움직이라는 거죠. 아무 이유 없이 다투게 하고, 화해하라고 유도하고, 그런 식으로 거짓말하는 건 너무 싫어요. 물론 기획사에서 원하는 대로 하겠지만, 그러지 않았으면 좋겠어요."

나는 대답했다.

"거짓으로 꾸미는 일은 없을 겁니다. 대신 있는 그대로, 진짜 모습을 보여주면 좋겠네요."

세라가 말했다.

"선배님들을 보니까 연예인이 되고 난 뒤에 과거의 영상이 발목을 잡는 경우가 많더라고요. 솔직하게 모든 걸 보여드리는 건…… 어쩜 힘들지도 몰라요."

은지도 거들었다.

"여기서 지내다보면, 스스로도 어떤 게 진짜 제 모습인지 헷갈릴 때가 많아요. 너무 무리한 요구가 아닌가요?"

그러더니 그녀는 샐쭉한 웃음을 지어 보였다.

스타제국 앞 포장마차에서 재경과 혜미를 만났다. 마침 저녁 시간이었다. 그들은 순대와 떡볶이를 먹다가 우리와 맞닥뜨렸다. 재경이 말했다.

"어묵 꼬치는 두 개, 떡볶이는 떡 세 개만 넘게 먹어도 안 돼요. 금세 살이 오르거든요."

그녀의 말을 순진하게 믿는 내 모습에 혜미가 웃음을 터뜨렸다.

"이 언니가 하는 말, 모두 가짜예요. 거짓말도 능청스럽게 잘한다니까요."

진실보다 거짓에 익숙하다는 그녀들의 짓궂은 모습은 예상 밖이었다. 연이은 놀라움에 나는 조연출을 쳐다봤다. 그녀는 어깨와 두 손을 살짝 들더니 '이런 게 바로 현실'이라는 표정을 지었다.

제작진의 합류는 연습생들에게 또다른 의미로 받아들여지고 있었다. 세라의 말이다. "드디어 데뷔한다는 신호죠. 언론에 여기저기 노출해야 사람들이 우리한테 관심을 가지니까요."

길게는 5년, 적게는 1년 가까이 연습해왔다. 소녀들은 성큼 다가온 희망에 환호성을 멈추지 않았다. 결석을 반복했던 라나와 혜빈, 혜민조차 연습을 빼먹지 않았다.

▸▸
"여기서 지내다보면,
스스로도 어떤 게 진짜 제 모습인지 헷갈릴 때가 많아요."

좁은 연습실에서 늘씬한 미녀들이 땀을 뻘뻘 흘리며 춤추는 모습은 아무리 봐도 낯설었다. 가만히 있어도 땀이 송골송골 배어 나오는 계절이지만, 안무 담당매니저 지성황씨는 창문과 출입구부터 꼭꼭 닫았다.

"여기는 주택가예요. 덥다고 문을 모두 열어놓으면 주민들이 경찰서에 당장 신고할 겁니다."

연습생들은 오후 1시부터 저녁 시간까지 똑같은 안무를 반복했다. 같은 음악과 같은 동작이 끝도 없이 도돌이표를 그렸다. 나는 물었다. "얼마나 연습해야 데뷔를 하는 건가요?"

그는 대답했다. "한밤중에 갑자기 깨워서 음악을 틀어도 완벽한 동작이 나올 만큼 연습해야죠. 그건 머리로 배우는 게 아니라 몸으로 기억하는 거예요. 마치 한 사람이 춤추는 것처럼, 아홉 명이 팔과 다리를 움직이는 각도까지 정확해야 합니다."

식사를 마치자 안무 담당매니저는 연습생들에게 마이크를 나눠줬다. 이름이 불리는 대로 한 명씩 연습실 중앙에 서야 했다. 기습 테스트다. 드라마 주제곡인 〈Give Me〉를 부르는 게 시험 과제다. 세라와 혜미는 만족스러웠지만 나머지는 기대 이하의 실력이었다.

매니저의 얼굴에 실망한 기색이 역력했다. 그는 연습실 밖으로 천천히 걸어나갔다. 주머니를 뒤져서 담배를 찾아 물었다. 저멀리 담배 연기가 몽글몽글 피어올랐다. 그 모습을 바라보는 연습생들의 표정이 새하얗게 변했다. 잠시 후, 그는 담배를 바닥에 내던지더니 발로 비벼 껐다. 연습실로 성큼성큼 들어온 그가 버럭 소리를 내질렀다.

"연습을 그렇게 게을리하더니, 데뷔 앞두고 이게 무슨 꼴이야? 발음, 발성, 뭐 하나 제대로 하는 게 없어. 너희들은 기초부터 엉망이야."

연습생들은 안절부절못했다. 나는 들고 있던 카메라를 내려놓고 헛기침을 하면서 다른 곳을 쳐다봐야 했다.

매니저의 지시에 따라 나인뮤지스 멤버들은 나무젓가락을 하나씩 입에 물었다. 정확한 발음 연습을 위해서였는데, 예외는 허락되지 않았다. 데뷔를 앞둔 가수들의 입에서 걸맞지 않은 동요가 흘러나왔다.

"학교종이 땡, 땡, 땡. 어서 모이자. 선생님이 우리를 기다리신다."

연습생들의 얼굴에 부끄러움이 역력했기에 우리는 카메라를 연습실 밖으로 내놓았다. 그녀들을 자극하지 않으려고 창문에 비친 모습만 촬영하기로 했다. 하지만 누군가 쪼르르 달려오더니 신경질적으로 블라인드를 내렸다. 시간은 새벽 2시를 넘어서고 있었다.

지성황 매니저의 질책은 다음날에도 계속됐다. 유난히 지적을 많이 받은 이는 혜빈이었다. 연습에 들어가기에 앞서 매니저는 제작진에게 귀띔했다.

"빈이는 몸을 사용해본 경험이 많지 않아요. 그래서 팔과 다리에 힘이 잘 들어가질 않죠. 그건 큰 문제입니다. 키 큰 친구들이 힘없이 움직이면 절도 있는 표현이 불가능하거든요."

나는 물었고 그는 대답했다.

"그럼 혜빈이는 어떻게 해야 하나요?"

"죽도록 연습하는 수밖에 없어요. 종종 자극을 주는데 잘 받아들이고 있는지 모르겠네요."

"만약 고쳐지지 않으면 어떡하죠?"

"연예계는 냉혹합니다. 스스로 판단해야 할 시기가 오겠죠. 물론 그런 일이 벌어지지 않기를 저도 바랍니다."

안무 연습을 중단하고 매니저가 혜빈에게 다가가 고함지르는 일이 잦아졌다. "팔과 다리에 힘을 줘! 구령에 맞춰서 다리를 움직이란 말이야. 자, 따라서 해봐. 하나 둘!"

혜빈은 진땀 흘리며 그의 지시를 따랐다. 하지만 쉽게 나아지지 않았다. 매니저는 쉬지 않고 다그쳤다.

"이렇게 하란 말이야. 하나 둘! 왜 이게 안 되니?"

모두가 숨죽인 채 이들의 신경전을 지켜봤다. 마침내 쉬는 시간, 연습실 문이 열렸다. 혜빈은 옷을 주섬주섬 챙겼다. 힘없이 계단을 올라갔다. 그녀는 분명 아무도 없는 옥상으로 갈 것이다.

예상은 정확했다. 작열하는 태양 아래서 혜빈이 울고 있었다.

제작진이 따라간 걸 눈치챘는지 허겁지겁 눈물을 닦았다. 카메라에 나약한 모습이 잡힐까 두려웠던 탓이다. 눈가가 불그스레한 소녀가 하소연했다.

"처음엔 아무것도 몰랐거든요, 제가 어느 수준인지도. 근데 이제는, 그냥 무덤덤해요. 스스로 부족한 걸 인정했거든요. 그런데 감독님, 아무리 노력해도 좀체 나아지질 않으니 어떡하면 좋아요?"

그녀는 굵은 눈물을 뚝뚝 떨어뜨렸다. 나는 문득 스스로를 되돌아봐야 했다. 살아오는 동안 노력해도 이뤄지지 않은 일이 얼마나 많았던가. 서글픈 기억이 꼬리에 꼬리를 물었다.

나는 유난히 재능 없는 신문기자였다. 언론사 공채시험에 합격한 입사동기는 열 명이었다. 경찰서에서 자료를 뒤져 사건을 파악하는 일, 사고 현장을 찾아 사실관계를 정리하는 일, 장례식장에서 유가족을 인터뷰하는 일, 그 어떤 업무에서도 나는 꼴찌였다. 그런 까닭에 선배들은 충고했다.

"너무 고깝게 듣지 마라. 기자는 다소 재능이 필요한 직업 같더라. 그런데 넌 아닌 것 같아. 다른 직업을 찾아보는 게 어떻겠니?"

학업을 마친 뒤 겨우 문을 열고 들어간 사회에서 '적응'은커녕 '방출'을 통보받은 순간이었다. 나는 깊이 절망했다. 술을 잔뜩 마시고 유능하지만 유난히 독했던 어느 선배를 찾아갔다.

"저는 가난하고 무능합니다. 덕분에 좋아하는 일을 찾아 사회

▸▸

"그럼 혜빈이는 어떻게 해야 하나요?"

"죽도록 연습하는 수밖에 없어요. 종종 자극을 주는데 잘 받아들이고 있는지 모르겠네요."

"만약 고쳐지지 않으면 어떡하죠?"

"연예계는 냉혹합니다. 스스로 판단해야 할 시기가 오겠죠. 물론 그런 일이 벌어지지 않기를 저도 바랍니다."

로 나오는 일이 쉽지 않았습니다. 영화감독이 되고 싶었지만 자신이 없었거든요. 차선책인 드라마감독은 입문도 못했습니다. 그런데 여기에서도 나가라고 하면…… 선배, 저는 어떻게 살아야 할까요?"

말을 마치는데 코피가 주르륵 흘렀다. 서 있기도 버거울 만큼 힘들고 서러웠다. 선배는 말했다. "재능이 없다면 그냥 버텨라. 성실하면 중간은 간다."

지난 시절을 생각하니 눈물이 절로 나왔다. 나는 혜빈의 슬픔을 진심으로 이해했다.

그녀를 달래서 함께 연습실로 돌아왔다. 그런데 연습생 두 명이 보이지 않았다. 은지와 재경이 안무 연습을 빠지고 잠실야구장으로 떠났다고 했다. UCC 동영상을 이용해 나인뮤지스를 홍보할 계획이라고 했다. 데뷔를 앞두고 포털사이트에서 주목받기 위한 기획사의 발 빠른 대응이었다.

나는 물었다.

"뒤처진 멤버들이 안무에 적응하려면 아홉 명 모두가 함께 연습해야 하지 않나요?"

매니저는 어이없다는 표정이었다. 그는 덤덤하게 대답했다.

"아홉 명이 동시에 데뷔한다고 모두 스타가 되는 건 아닙니다. 재능 있는 친구들이 앞서는 건 당연한 일이죠. 뒤떨어진 멤버를 위해 스타성 있는 친구까지 희생해야 하나요? 모자란 점을 깨달았다면 쉬는 시간을 줄여서라도 악착같이 연습해야죠."

나는 조용히 무릎을 쳤다.

'그래, 이게 바로 아이돌의 현실이로구나.'

04

매니저는 치밀하고 냉혹했다

데뷔하고도 멤버를 바꾸는 일은 흔합니다.
개인 사정으로 팀을 탈퇴했다는 기사가 언론에 자주 나오는데,
그 말을 그대로 믿었나요?

서울 잠실야구장에서 LG 트윈스와 롯데 자이언츠의 경기가 열렸다. 서울과 부산을 대표하는 프로야구단의 대결을 앞두고 그 열기가 대단했다. 은지와 재경은 막내 매니저와 함께 LG 트윈스 응원석에 앉았다. 이름 모를 늘씬한 미녀들의 등장에 남자 관객들의 눈이 휘둥그레졌다. 경기장 곳곳에서 수군거리는 소리로 인한 파동이 조용히 일었다.

당장 무대에 오를 듯 진한 화장을 마친 은지와 재경은 주위의 시선을 즐기는 눈치였다. 작은 카메라를 손에 쥔 막내 매니저는 땀을 뻘뻘 흘리며 치어리더 단상을 연신 쳐다봤다. 응원석을 향해 설치된 단상 옆에 나인뮤지스의 전담매니저인 이효진 실장이 서 있었다. 이실장과 막내 매니저는 끊임없이 사인을 주고받았다.

그들은 포털사이트의 검색어 조작을 시도하고 있었다. 성공한다면 무척 유용한 홍보 방법이 될 것이다. 나는 얼마 전에 그와 나눴던 대화를 떠올렸다.

이실장은 모델 매니저에서 걸그룹 매니저로 새로운 도전을 시작한 인물이다. 그렇기 때문에 나인뮤지스에게 거는 기대와 애정이 각별했다. 그는 물었다.

"언론사에 계시니까 홍보에 관해서는 전문가겠네요. 요새 젊은 이들이 혹할 만한 새로운 홍보 기법은 어떤 건가요? 신문 인터뷰를 한번 추진해볼까요?"

나는 대답했다.

"데뷔도 하지 않은 연습생을 인터뷰해서 보도할 언론사는 없을 겁니다. 포털사이트의 검색어를 활용해보면 어떨까요?"

솔깃해진 그는 몸을 앞으로 바짝 당겼다. 그러고는 속삭이듯 물었다.

"자세히 좀 설명해보세요."

내 기억은 지난 2006년의 어느 날로 거슬러올라갔다. 포털사이트 검색어를 통해 소위 '핫'하게 데뷔하는 연예인이나 신제품을 홍보하는 회사가 많다는 제보를 받았다. 포털사이트는 실시간으로 네티즌들이 많이 검색하는 단어를 10위까지 골라 보여주는데, 주로 신문 기사나 방송 프로그램, 파워블로거의 콘텐츠 가운데 자극적인 내용이 검색어의 상위권을 차지하게 마련이다. 메인 화면에서만 하루 백만 건 이상의 '클릭'이 이뤄지기에, 검색어 순위에서 한자리를 차지하면 기대 이상의 홍보 효과를 보곤 했다. 그런 까닭에 많은 이들이 머리를 쥐어짜내며 이른바 '검색어 전쟁'을 벌이고 있다는 것이다.

나는 제보의 사실 여부를 직접 실험해보기로 했다. 그리고 그 과정을 고스란히 기사화할 작정이었다.

실험에 동참할 신인 연예인을 찾는 일은 어렵지 않았다. 후배들과 함께 몇 차례 회의를 가졌다. 때마침 밸런타인데이가 다가오고 있었다. 남자친구에게 수줍게 사랑을 고백하는 어느 여학생의 고백을 영상에 담기로 했다. "남자의 로망 아닌가요?" 아이디어를 낸 후배가 낄낄거리며 내뱉은 말이다.

여배우를 지망하는 그녀의 대학 시절 전공은 도예. '○○녀'라는 검색어가 포털사이트에 자주 등장했던 시절이었다. 우리는 직감했다. '성공 여부를 판가름할 지점은 바로 여기다.'

그녀가 도자기를 빚으면서 남자친구에게 사랑을 고백하는 영상이 완성됐다. UCC 형태로 만든 3분 남짓의 그 영상을 네티즌들이 자주 찾는 유명 사이트에 올렸다. 편집을 하던 다른 후배는 투덜댔다.

"손발이 오그라드는 이런 영상을 누가 좋아하겠어요? 아까운 시간만 낭비하는 거예요."

그의 예상은 보기 좋게 빗나갔다. '도자기녀'라는 이름의 동영상이 인터넷을 발칵 뒤집어놓는 데 일주일이 걸리지 않았다. 대형 포털사이트 세 곳에서 검색어 1위를 차지하더니, 각종 신문과 방송에서 인터뷰 요청이 쇄도했다. 대형 연예기획사는 도자기녀의 주인공을 찾더니 스카우트를 제의했다. 그녀는 일약 온라인 세상의 신데렐라가 됐다. 그후 지상파 방송의 예능 프로그램에 등장하고 일일 드라마의 주연급 자리까지 꿰찬 어느 여배우의 이야기다.

대중에게 알려지지 않은 한 여성의 삶을 통째로 바꿔놓은 검색어의 힘을 설명하는 동안, 매니저의 눈은 반짝반짝 빛났다. 나는 마지막으로 한마디만 덧붙였다.

"성공 가능성은 1퍼센트 미만입니다. 홍보를 위해 도박을 하는 것이나 마찬가지죠."

라이벌 간의 승부답게 경기는 엎치락뒤치락하며 이어졌다. LG 트윈스가 점수를 얻거나 잃을 때마다 은지와 재경은 커다란 몸짓으로 반응했다. 경기장 안에는 여러 대의 카메라가 움직이면서 재미있는 장면을 잡아내고 있었는데, 두 미녀의 모습은 경기 종료를 앞두고 자주 관객들의 마음을 훔쳤다.

9회가 끝나기 직전, 이실장이 막내 매니저에게 사인을 보냈다. 관객석에서 열렬하게 춤을 추며 응원하는 연습생들의 모습을 카메라에 담으라는 의미다.

경기는 롯데 자이언츠의 승리로 막을 내렸다. 장내 아나운서가 갑자기 마이크를 꺼내들더니, LG 트윈스와 롯데 자이언츠 응원석에서 여성 관람객을 각각 한 명씩 골라 미모 대결을 벌이자고 제안했다.

스타제국의 연습생들은 운이 좋았다. LG 트윈스에서는 재경이 나섰다. 그녀는 상대 응원석에서 뽑힌 미인을 손쉽게 눌렀다. 경기에서 승리는 놓쳤지만, 응원에서 승리를 차지한 LG 트윈스 팬들은 열광했다. 여기저기서 카메라 플래시가 터졌다. 이실장의 얼굴에 미소가 번졌다.

기획사로 돌아가 야구장에서 찍은 영상을 편집해 인터넷에 퍼뜨린 뒤 결과를 기다리면 될 것이다. 가능성은 높아 보였다. 합정동으로 돌아가는 차 안에서 그는 의기양양했다.

"영상의 제목을 뭘로 짓느냐고요? '잠실 응원녀'는 어떨까요. 분명히 포털사이트의 메인 검색어를 차지할 겁니다. 두고보세요. 제 감이 좋거든요."

같은 시간에 혜빈은 기획사의 옥상 한쪽에서 눈물을 훔치며 우두커니 앉아 있을 것이다. 그 사실을 잘 알고 있었기에 마음이 무거웠다.

아이돌 가수에게 '드림 콘서트'는 말 그대로 꿈의 무대다. 십만 명이 넘는 관객이 찾아오고 아시아 전역에 방송되는 행사이기 때문이다. 이 무대에 소속가수를 세우기 위한 기획사들의 경쟁은 전쟁을 방불케 했다. 과열을 막기 위해 한국연예제작자협회에서는 독특한 규제를 내놓았다. 한 기획사에서 최대 두 팀까지만 드림 콘서트에 설 수 있다는 쿼터제가 바로 그것이다.

신주학 사장은 스타제국에 할당된 두 장의 티켓 가운데 하나를 나인뮤지스에게 배정했다. 드림 콘서트의 본무대에는 남성 아이돌 그룹인 '제국의아이들'이 나설 것이다. 그들은 한국은 물론 일본에서도 상당한 팬덤을 확보하고 있었다. 유망한 신인을 소개하는 샛별 무대는 나인뮤지스의 몫이다. 그녀들 때문에 스타제국 소속의 다른 가수들은 드림 콘서트를 포기해야만 했다. 여러 매니저들이 분개했다. 이를 바라보던 사장이 말했다.

"가요계는 분명 듣는 음악에서 보는 음악으로 변화하고 있다. 승부를 걸어야 할 타이밍이 있는 법이다. 지금이 그때다."

엄청난 기회가 미완성 상태인 신인 걸그룹에게 주어졌다. 스타제국 매니저들에게 비상이 걸렸다. 파격적인 사전 데뷔무대지만, 자칫 실수라도 하면 재기조차 불가능할 것이다. 이 기회가 소녀들에게 약 아니면 독이 될 터다.

관록 있는 매니저들이 모두 회의실에 모였다. 전담매니저는 물론이고 안무, 노래, 홍보, 스타일 담당매니저까지 한자리에 모였다. 점심식사 직후에 시작된 회의는 어스름이 깔리는 저녁이 돼서야 끝났다. 안무와 노래에 대한 결론부터 나왔다.

"그동안 연습했던 안무는 전부 뜯어고친다. 현장 반응을 유도하기보다 카메라에 비치는 데 중점을 둬라."

"담당프로듀서에게 미리 알아봤다. 신인 무대라 카메라는 단 세 대만 움직인다. 정면 그리고 양 측면이 전부다. 앞줄만 그럴듯하면 일단 성공이다. 세라, 은지, 현주, 라나, 혜민을 전면에 포진시킨다."

"안무 연습은 오늘부터 밤새우는 스파르타 방식으로 진행한다. 자다 일어나서도 안무를 정확하게 출 수 있는 수준에 이르러야 한다."

"노래는 못해도 좋다. 하지만 또박또박 크게 부르도록 연습시켜라. 어차피 빠른 시간 안에 업그레이드되진 못한다. 중요한 건 '자신감'이다."

매니저들이 회의에서 가장 많은 시간을 할애한 건 이른바 '비주얼'에 관한 것이었다. 만약 패션과 트렌드를 선도하지 못한다면 나인뮤지스는 실패작이라는 게 그들의 공통된 견해였다.

"대부분 슈퍼모델 출신이니까 얼굴과 몸매는 최고 수준이다. 한국의 '푸시캣 돌스'처럼 만들어보자. 그러려면 젊은 여성들의 '워너비'로 비춰져야 한다. 최근 군살이 붙은 친구들이 여럿이더라. 빨리 방법을 찾아내라."

스타일 담당매니저가 묘책을 내놨다.

"팔뚝이나 허벅지가 특히 문제다. 시간이 없으니 지방분해주사를 맞히자. 협찬해줄 병원부터 알아보겠다. 4주면 멍든 자국도 사라질 것이다."

드림 콘서트에서 입을 의상에 대해선 최고참 매니저가 결론지었다.

"무조건 고급스럽게 간다. '밀리터리 룩'이 유행이니까, 세련되게 리폼한 군복을 입고, 선글라스를 쓰자."

회의 결과는 만족스러웠다. 매니저들은 성공을 자신했다. 드림 콘서트에서 파란을 일으키겠느냐고 묻는 내게, 그들은 엄지손가락을 들어 보였다. 하지만 그들의 즐거움은 오래가지 못했다.

사장이 매니저 회의에 나타난 것이다. 그는 회의 결과를 보고받았다. 사장은 후배들의 결론에 동의하지 않았다. 매니저들은 끊임없이 설득했고 사장은 계속 도리질했다.

"세련된 여군 복장을 하고, 마치 모델이 런웨이를 걷는 것처럼 아홉 명이 한꺼번에 등장하는 겁니다. 방송국과 의논해서 무대에 대형 터널을 설치하겠습니다. 아이들이 쏟아져나오는 느낌을 주려고요. 노출은 보일 듯 말 듯하게 가겠습니다. 고급스러움이 포인트입니다."

"아냐, 아냐. 내 생각은 달라. 울긋불긋한 치어리더 복장으로 당장 바꿔! 상의는 가슴 부분을 깊게 파고 치마도 아주 짧은 걸 입히자고."

"그럼 쌈마이로 가자는 말씀인가요?"

"왜 그걸 쌈마이라고 표현하는 거야? 노출을 할 바엔 제대로 하자는 이야기인데."

"늘씬한 애들을 벗기려 한다는 비난이 쏟아질 겁니다."

"야, '꿀벅지' 뭐 이런 거 좋잖아? 무조건 내 말 들어."

사장은 결론을 던져놓고는 자리를 박차고 나갔다. 매니저들은 당황했다. 소위 '멘붕'에 빠진 것이다. 그들은 곧 너나없이 담배에 불을 붙였다. 회의실엔 연기가 자욱했다.

나는 사장을 따라 황급히 나섰다. 시골 출신인 그는 스타제국 건물 입구의 화단을 정성스럽게 가꾸는 취미를 가졌다. 머릿속이 혼란스러울 때면 막내 매니저를 불러서 함께 화단에 흙을 북돋웠다. 나는 조심스럽게 물었다.

"매니저들이 합의한 내용을 단번에 뒤집은 이유는 뭡니까?"

그는 대답했다.

"커다란 무대에서는 알록달록한 옷이 잘 보입니다. 고급스럽다고 단색을 쓰면 보는 이의 기억에 남지 않습니다. 신인일수록 뭔가 이슈를 만들어야 해요. 그렇지 못하면 곧 사라지거든요. 노출을 전면에 내세우는 게 천박해 보여도 쉽사리 잊히는 것보다는 낫습니다. 이게 다 경험에서 나온 저의 감입니다."

나는 다시 물었다.

"사장님, 매니저들은 모두 감을 강조하더군요. 만약 세월이 흘러 그 감이라는 게 없어지면 어떻게 합니까?"

그는 허허롭게 한참 웃었다.

"누구나 나이가 들고 결국 감이 없어지겠죠. 그런 때가 오면 이 바닥을 떠나야 하지 않을까요?"

강인하기만 한 그의 눈에 물기가 슬쩍 보였다. 갑작스럽게 드러난 그의 외로움 때문인지, 나는 사장이 무척 미더워졌다.

매니저들의 공언대로 안무 훈련은 그 강도가 날로 높아졌다. 하루 분량을 완벽하게 소화하지 못하면 연습실을 나갈 수 없었다. 봉명필 본부장은 사장 다음으로 경력이 많은 최고참 매니저다. 직접 나인뮤지스 지도에 나선 그가 강조한 것은 세 가지다. 아주 명료한 원칙이었다.

혼자 춤추고 노래하지 말고 대중들하고 같이 느껴라. 그러기 위해선 노래의 의미를 정확히 이해해야 한다. 걸그룹은 남자 관객에게 어필해야 한다. 결국 섹시함을 전면에 내세워야 한다. 춤의 기본은 웨이브다. 부드러움이 없는 안무는 매력이 없다.

본부장은 소녀들의 작은 실수에도 민감하게 반응했다. 그는 거듭 외쳤다. "처음부터 다시!" 새로 바뀐 안무는 런웨이의 모델 워킹을 차용해 구성됐다. 특히 지적을 많이 받은 이는 혜빈과 혜미였다. 모델 경험이 전혀 없는 혜미는 연이은 실수에 눈물을 펑펑 흘려야 했다.

본부장은 현주를 불러냈다. "네가 혜미 앞에서 당당하게 걸어 나와봐. 그렇지, 바로 이거야! 어깨를 펴고 카메라를 정면으로 바라보면서 걷는 거야. 왜 이게 안 되는 거냐, 넌?"

그의 불호령이 지나간 자리마다 연습생들은 녹초가 되어 쓰러졌다. 이윽고 새벽이 왔다. 연습을 마치면서 그는 내게 말했다.

"한 해에 등장하는 아이돌 가수가 천 팀이 넘습니다. 텔레비전에 단 한 번도 등장하지 못하고 사라지는 아이들이 부지기수죠. 서울대에 입학하려면 수백 대 일의 경쟁을 뚫어야 하지만, 아이돌 스타로 성공하려면 만 대 일의 경쟁에서 살아남아야 합니다. 이 바닥의 생리입니다. 독해지지 않으면 여러 사람의 인생이 한순간에 망가지고 맙니다. 그런데 저희를 보고 잔인하다고 욕할 수 있습니까?"

나는 감춰뒀던 궁금함을 드러냈다.

"지적을 자주 받는 친구가 몇 있습니다. 만약 그들이 따라오지 못한다면 어떤 일이 벌어질까요? 데뷔를 앞두고 멤버를 교체할 수도 있습니까?"

그는 대답했다.

"당연한 일 아닙니까. 데뷔하고도 멤버를 바꾸는 일은 흔합니다. 개인 사정으로 팀을 탈퇴했다는 기사가 언론에 자주 나오는데, 그 말을 그대로 믿었나요?"

문득 앞으로 재미있는 일들이 벌어지겠다는 생각이 들었다. 함박웃음이 절로 나왔다. 어느새 제작진도 냉혹함에 익숙해지고 있었다.

05
분열은 내부에서 시 작 됐 다

■

비모델파와 모델파의 대립이 뚜렷하게 자리잡고 있음을 알았다.
그것은 앞으로 벌어질 또다른 갈등을 예고한 것이기도 했다.

햇살이 무척 밝고 무더웠던 날로 기억한다. 제주도의 어느 교회를 방문했던 날이다. 그곳은 서귀포 바닷가에서 한라산 오름을 향해 한참을 들어간 시골 마을이었는데, 꼬불꼬불한 오솔길 끝자락에 자리잡은 자그만 예배당이었다.

마침 주일예배가 진행되고 있었다. 스무 평 남짓한 교회엔 십여 명의 교인들이 옹기종기 모여 앉았다. 청년 두어 명, 그들의 자녀로 보이는 아이들 서너 명, 그리고 할머니들이 전부다.

사십 년 가까이 교회를 열성적으로 이끌었다는 목사님은 수더분했다. 한 시간 가까이 이어진 예배를 마치자 신자들은 약속이나 한 듯, 목사님을 향해 한 줄로 늘어섰다. 갓 태어난 아이를 안고 있는 젊은 부부가 맨 앞에 섰다. 목사님이 아이의 머리에 손을 얹더니 기도를 시작했다.

"주님, 아이가 튼튼하게 자라도록 보호해주소서. 갓난쟁이의 대장, 소장, 위장, 간장을 두루 살피시고 아토피에 걸리지 않도록 피부를 튼튼하게 하여주옵소서. 엄마 젖을 잘 빨 수 있도록 입가 근육에 힘을 주시고, 산모가 수유를 잘하도록 젖이 넘치게 하옵소서."

이처럼 솔직한 '돌직구' 기도는 처음이라, 나는 속된 말로 빵 터지고 말았다. 내 웃음소리에 교인들이 뒤돌아봤다. 예배당 한쪽에서 입을 막고 서 있는 외지인을 바라보는 그들의 눈빛에 의문이 가득했다. '대체 왜 그러시나요?' 하고 입을 모아 내게 묻는 것 같았다.

당시엔 웃어넘기고 말았는데, 시간이 흐르면서 나는 자주 그 장면을 떠올리게 됐다. 그리고 궁금해졌다. '절대자를 향한 기도란 어떠한 것이 바람직한가? 결국 솔직담백한 기도가 정답에 가깝지 않을까? 나는 왜 그 경건한 순간에 웃음을 터뜨리고 말았을까? 그들이 지나치게 솔직한 걸까, 내가 너무 세상물에 찌든 것일까?'

절대자를 향해 세련되지는 않았지만 솔직한 기도를 했던 제주도의 순박한 교인들에게 이 자리를 빌려 감사드린다. 소통의 문제가 생길 때마다, 그 소담스러운 예배당을 떠올리며 지혜를 얻기 때문이다.

속내를 숨기고 체면치레하는 통에 소통에 문제가 생기고 내분이 일어나 서로에게 상처를 줬던 일들이 내 삶의 주변에 얼마나 너저분하게 많았던가 말이다. 나인뮤지스의 어린 영혼들에게도 꼭 전해주고 싶었던 아름다운 사람들에 관한 짧은 기록이다.

"나인뮤지스는 팀이 두 개예요. 저희들끼리 자주 싸우고 갈라선 까닭이죠. 세라, 재경, 민하, 은지, 혜미의 비非모델파와 라나, 혜민, 혜빈, 현주의 모델파는 사사건건 대립하고 있어요. 정말 머리가 아픕니다."

스타제국 매니저들이 한숨을 내쉬며 던진 말이다.

그들과 함께 생활하고 있음에도 매니저들의 불만을 실감하긴 어려웠다. 여자들의 독특한 대화법을 해석하지 못한 까닭이다. 남자 중학교, 남자 고등학교, 군대를 거쳐온 내게, 여자들의 대화는 마치 풀기 힘든 암호 같았다.

나는 대학 시절을 떠올렸다. 영어영문학을 전공했던 동기 가운데 한 명이 교직과목을 이수한 뒤 서울 신촌 인근의 여자 고등학교에 부임했다. 많은 친구들이 부러워했다. "대학에 이어 사회에서까지 꽃밭으로 가는구나. 정말 여복을 타고났구나, 너란 인간은."

졸업식을 마치자 그는 의기양양하게 교문을 걸어나갔다. 인생이라는 게 결국에는 운에 달려 있다는 것을 그는 온몸으로 보여주고 홀연히 떠났다. 나는 절대 내공의 검객이 적들을 단번에 제압하고 떠나버린 빈 들에 남겨진 구경꾼처럼 어깨를 잔뜩 오므리고 기죽어야 했다.

졸업 후 5년이 지났다. 신입 교사 티를 완전히 벗은 친구는 고백했다. "이 직업 덕분에 여자에 대한 환상이 모두 깨졌어. 남자보다 더 지저분한 게 여자고, 남자와는 전혀 다른 언어를 쓰는 게 여자고, 남자보다 훨씬 정치적인 게 여자야."

그가 퉁명스럽게 말하는 동안 친구들은 야유를 퍼부었다. 하지만 그의 눈동자에 어린 허망함 때문에, 나는 더이상 여고 교사들을 부러워하지 않았다.

나인뮤지스를 관찰하면서 여자들은 '말'이 아닌 '몸'으로 대화한다는 사실을 눈치챘다. 하지만 뭔가 다른 언어를 사용하고 있음을 깨달았을 뿐, 그 언어를 해독할 순 없었다.

그녀들은 싫어하는 사이임에도 불구하고 손을 맞잡은 채 화장실에 함께 갔고, 푹신한 소파에 나란히 앉아 대화를 나눴다. 남자라면 얼굴을 향해 주먹을 날렸을 상황인데도 말이다.

내 고민을 알았는지, 조연출이 다가와 말했다.

"선배, 무지하게 무딘 거 아시죠?"

"그게 무슨 소리야?"

"아이들이 두 패로 나뉘어서 매일 각을 세우고 있는데도 전혀 눈치를 못 채고 있잖아요."

■

나인뮤지스를 관찰하면서 여자들은 '말'이 아닌 '몸'으로 대화한다는 사실을 눈치챘다. 그녀들은 싫어하는 사이임에도 불구하고 손을 맞잡은 채 화장실에 함께 갔고, 푹신한 소파에 나란히 앉아 대화를 나눴다. 남자라면 얼굴을 향해 주먹을 날렸을 상황인데도 말이다.

나는 한숨을 길게 내쉬었다. 조연출이 계속 말했다.

"아이들의 반지를 유심히 보세요. 거기에 해답이 있어요."

그랬다. 비모델파 아이들은 하나같이 손가락에 플라스틱 꽃반지를 끼고 있었다. 리더인 세라가 사준 것이라고 했다. 물론 비모델파 멤버들에게만 선물한 것이다. 반면에 모델파 아이들의 반지에는 아무런 공통점도 없었다.

세라를 비롯한 비모델파 아이들은 카메라로 자신의 얼굴을 찍을 때도 꽃반지가 잘 보이도록 반드시 손을 들어 자세를 잡았다. 연습실에 비치한 공용 컴퓨터의 바탕화면은 비모델파 아이들이 모두 모여서 반지를 낀 손가락을 쭉 내밀고 촬영한 것이었다. 라나, 혜민, 혜빈, 현주는 그 사진을 보면서 눈살을 찌푸리곤 했다.

조연출에게서 힌트를 얻은 뒤, 나인뮤지스 멤버들이 대립하는 현장이 조금씩 눈에 들어왔다.

은지와 함께 한강 변에 앉아 인터뷰를 한 것도 그 무렵이었다. 멤버들을 소개해달라는 부탁을 했더니, 그녀는 거리낌없이 대답을 쏟아냈다. 평소라면 전혀 느끼지 못했을 비모델파와 모델파의 대립이 그녀의 말 속에 뚜렷하게 자리잡고 있음을 알았다. 그것은 앞으로 벌어질 또다른 갈등을 예고한 것이기도 했다.

나는 외국어를 배우면서 처음 귀가 뚫린 듯한 상쾌함을 느꼈다. 놀라움에 인터뷰를 중단하고 카메라를 붙잡고 있던 조연출을 쳐다봤다. 그녀는 알 듯 모를 듯한 미소를 보였다.

여자들의 언어를 조금이라도 알아들어 다행이라는 의미인지, 여전히 나를 까막눈이라고 탓하는 것인지 분간할 수 없었다. 그래도 나는 좋았다. 이제 겨우 다른 언어에 눈뜬 초심자였으니까.

은지의 말을 요약하자면 다음과 같았다.

"이상한 생각을 해봤어요. 우리 멤버들이 만화 캐릭터라면 어떨까 하는 상상이요. 혜민이는 뒤쪽 창가에 앉아서 다른 멤버들이 무얼 하든 상관하지 않는 아이예요. 혜빈 언니는 책상 앞에 바른 자세로 앉아서 공부하는 모범생이죠. 머리를 이렇게 땋아서 다니는 모범생 있잖아요. 그리고 현주 언니는 애들이 결정을 못 내릴 때 '야, 이렇게 하면 되잖아!' 하고 정리해주는 사람이고, 재경 언니는 만사를 귀찮아하는 사람이에요. 라나 언니는 멤버들의 행동을 관찰한 다음에 '선생님, 이런 일이 있었습니다!' 하고 일러바치는 사람이죠."

이쯤에서 은지는 잠시 말을 끊었다. 금세 밝은 얼굴로 돌아오더니 하늘을 향해 목소리 톤을 높이며 외쳤다. "언니, 미안해요!" 그녀는 다시 말을 이었다. "세라 언니는 반장이죠. 시간이 지체되거나 사람들이 늦으면 안절부절못해요. 멤버들을 막 혼내고 리더 역할을 해야 하니까요. 사실 우리 기획사의 문제가, 어떤 일을 잘못하면 항상 리더만 혼내는 거예요. 그런데 우리 멤버 대부분이 '저건 내 얘기다'라는 걸 모를 때가 참 많아요. 세라 언니가 혼나고 있으면, '그 언니가 잘못했겠지'라고 생각하는 친구들이 있다는 이야기죠."

은지가 하도 해맑게 대답해줬기에, 나는 마음을 내려놓고 한 가지를 더 물었다.

"앞으로 너희들의 진짜 모습을 담고 싶은데, 그건 우리들이 더욱 친해지면 충분히 가능한 일이겠지?"

그녀의 낯빛이 순간 바뀌었다. 잠시 정적이 흘렀다. 은지가 아까와는 달리 정색을 하고 낮은 목소리로 말했다. 그녀는 내 눈을 똑바로 쳐다보고 이야기했다. 나는 침을 꿀꺽 삼켰다.

"그건 불가능하죠."

"왜?"

"우린 연예인이니까요. 저도 진짜 제 모습이 어떤 건지 모르겠는데, 카메라를 들고 다니면서 우리를 기록하는 분들에게 진짜 우리의 모습을 다 꺼내서 보여줄 수 있다고 생각하세요?"

나는 등골이 오싹했다. 그래서 말했다.

"그럼, 우리가 진심으로 친해지기는 힘들겠구나?"

"글쎄요, 아마 그럴 거예요. 그렇게 친해지고 싶다면 카메라부터 꺼야 하지 않을까요?"

며칠이 흘렀다. 사달이 난 것은 비모델파 내부에서였다. 야구장 응원 영상으로 은지가 순식간에 인터넷스타로 등극하고, 재경은 들러리로 전락한 직후의 일이다.

사실 은지는 빛의 속도로 온라인상의 여신이 됐다. LG 트윈스 응원단을 대표했던 야구장 영상 덕분이었다. 네티즌들은 그녀의 신상을 털며 소재를 파악했다. 3대 포털사이트마다 은지, 나인뮤지스라는 검색어가 10위권 안에 들어갔다.

매니저들은 연습실에서 은지를 대놓고 칭찬했다. 그럴 때마다 그녀는 다른 멤버들 앞에서 활짝 웃으며 '메롱' 하는 표정을 지어 보였다. 은지의 여신 등극 때문에 걸그룹 이름이 알려졌지만, 서로 경쟁하는 사이인데 마냥 즐거울 수는 없는 일이었다. 특히 같은 자리에 갔던 재경 입장에선 매우 찜찜한 일이었을 게다. 다만 은지 홀로 그 순간을 마음껏 즐기고 있을 뿐.

봉명필 본부장의 지휘로 스파르타 훈련이 계속되고 있었다. 유난히 재경의 인상이 좋지 않았다. 안무 동작도 흐느적거리고 노래도 성의 없어 보였다. 그걸 놓칠 리 없는 본부장이었다. 그는 음악을 툭 끊더니 그 자리에 풀썩 앉았다. 손을 번쩍 들어 재경을 지적하더니 무서운 얼굴로 말했다.

"야, 너희들 표정 관리는 왜 안 하는 거야? 특히 재경이는 왜 얼굴이 굳었어? 싸웠어?"

재경이 우물쭈물하며 대답했다.

"제가 몸이 좀 아파서요. 말씀드리고 오늘 연습 빠져야 되나, 고민했어요."

본부장이 단칼에 잘랐다.

"말도 안 되는 소리는 하지도 마. 데뷔 날짜가 다가오는데 뭘 아파서 쉬어, 쉬기는! 연습하고 음반 녹음하고 나면 데뷔 날짜 금방 온다니까. 시간이 많은 줄 아나봐."

본부장이 한숨을 길게 내쉬는 동안, 재경이 갑자기 돌아서더니 연습실 문을 박차고 나갔다. 갑작스러운 일이었다. 나는 카메라를 들고 계단을 뛰어내려가 재경을 따라 냅다 달렸다.

로드매니저인 달수가 뒤를 따랐다. 그는 우리 곁을 쏜살같이 지나치더니 재경에게 다가갔다. 그리고 카메라에 잘 잡히지 않는 골목으로 데리고 들어갔다.

시간이 얼마나 흘렀을까. 마음을 가다듬은 재경이 달수와 함께 나타났다. 촬영중임을 눈치챘는지, 엷은 미소를 잃지 않았다. 연습실로 다시 들어간 재경은 세라를 찾더니 그 품에 안겨서 한참 울었다. 본부장은 그 모습을 못 본 채 지나갔다.

시간이 흐른 뒤 재경에게 그날의 일을 물었다. 그녀는 그 일을 다시 떠올리자 울컥하는 모습이었다.

"회사에서 누구를 처음으로 밀고, 누구를 두번째로 밀고, 반응이 오는 애가 누구이고, 밀어야만 하는 애가 누구이고, 우리 팀을 위해서 뛰어야 하는, 그런 순서도 알고 위치도 알겠는데, 그 사실을 있는 그대로 받아들여야 하는 건데도, 혼자만의 반항이랄까……"

마치 랩이라도 하듯, 여기까지 속사포처럼 쏘아대던 재경이 입술을 꽉 깨물었다. 그리고 내뱉듯이 말했다.

"억울하면 출세해야죠, 뭐."

비모델파와 모델파의 대립에 이어 비모델파 내부에도 균열이 시작되자, 재빠르게 분위기를 눈치챈 매니저들은 리더인 세라를 혼냈다.

세라는 연습을 마친 멤버들에게 잠시 전할 이야기가 있다고 했다. 그녀의 눈에 독기가 서렸다. 주섬주섬 짐을 챙기던 아이들이 잔뜩 긴장했다. 세라는 뭔가를 작정한 모습이었다. 그녀는 입술을 바들바들 떨면서 천천히 말을 꺼냈다.

"항상 연습실에 있는 건 민하, 혜미, 나, 은지, 재경이고, 안무 선생님이 '나머지는 어디 갔어. 왜 안 와. 네가 모르면 어떡해?'라고 물으면 나는 연락받은 것도 없는데…… 그래, 연습이 힘든 건 잘 알겠는데…… 연습을 하루 빠지고 놀아버리면 다음날 나오기 힘들잖아."

세라의 목소리가 한 단계 높아졌다. "머리하러 가거나, 피부관리 받으러 가거나, 이런 건 내가 결국엔 알지 않겠어? 그 사실을…… 참은 게 수십 번이야, 진짜. 누군지 말 안 해도 스스로는 알겠지. 나는 여기에 목숨 걸었고, 나는 진짜 하고 싶어서 노력하는데…… 그런데 우리 솔직히 너무 못하잖아. 그래서 나는 더 잘하고 싶은데…… 꾀부리고, 늦게 오고, 연습하는 도중에도 하기 싫어하는 표정이 역력하면 어떻게 하자는 거야? 그럼 목숨 걸고 하는 사람은 뭐가 되냐고?"

말을 마친 리더는 머리를 푹 숙였다. 두 손으로 얼굴을 모두 가린 채.

■

"나는 여기에 목숨 걸었고, 나는 진짜 하고 싶어서 노력하는데…… 그런데 우리 솔직히 너무 못하잖아. 그래서 나는 더 잘하고 싶은데…… 꾀부리고, 늦게 오고, 연습하는 도중에도 하기 싫어하는 표정이 역력하면 어떻게 하자는 거야? 그럼 목숨 걸고 하는 사람은 뭐가 되냐고?"

말을 마친 리더는 머리를 푹 숙였다.

내가 판단하기에 세라의 화살은 예상 밖의 과녁을 향하고 있었다. 그녀는 내분이 일어난 비모델파 대신 모델파를 정조준하고 있었기 때문이다.

소녀들의 정적을 깬 것은 혜빈이었다. 누구보다 말수가 적은 그녀가 벌떡 일어났다. 한쪽에 내던져진 검은색 가방을 들더니 연습실 밖으로 뛰쳐나갔다.

연이은 멤버들의 연습실 무단이탈에 나는 적잖이 당황했다. 달려나가는 혜빈을 따라가면서 물었다.

"갑자기 어디로 가는 거니?"

"몸이 너무 안 좋아서요."

"그래도 리더 말을 더 들어봐야 하지 않을까?"

"아뇨, 더 듣고 싶지 않아요."

다음날, 모델파 가운데 라나, 혜민, 혜빈이 나타나지 않았다. 그날은 안무를 담당한 지성황 매니저의 생일이었다. 아이들과 가장 가까이서 교감하는 이였기에, 그는 지난 저녁의 소동을 전부 알고 있었다.

이른 아침부터 출근한 그는 안절부절못했다. 담배를 연신 피워 물더니, 마침내 연습실 밖 큰길로 나갔다. 그는 길가에 주저앉아 나타나지 않은 아이들을 초조하게 기다렸다.

세라를 비롯한 비모델파는 돈을 모아서 케이크를 준비했다. 길밖에 있는 매니저를 부르더니 생일 축하 노래를 불렀다. 우울했던 분위기가 한층 밝아졌다. 기분이 좋아진 매니저는 아이들을 데리고 홍대로 나갔다.

"오랜만에 아이들에게 자유 시간을 주려고요. 스파게티든 피자든, 오늘만은 다이어트 스트레스에서도 벗어나도록 맛난 것들을 잔뜩 먹일 생각입니다."

같은 시각, 모델파인 현주는 옥상에 있었다. 그녀는 푸른 하늘을 바라봤다. 의자 등받이에 몸을 잔뜩 기대고 두 팔을 올려 깍지를 낀 채 현주는 말했다.

"세라는 리더니까 답답한 마음에 속내를 꺼내놓은 거죠. 자기를 도와달라고 한 말일 텐데, 그 진심이 잘 전해지진 않은 것 같아요. 오늘은 라나 언니랑 혜민이와 혜빈이가 나오지 않았지만 내일은 결국 다 연습실에 모일 거예요. 어차피 갈 데도 없는데다, 데뷔가 얼마 남지 않은걸요. 이렇게 한 번쯤 부딪쳐보는 것도 좋은 일이죠."

쿨한 그녀의 진단이었다.

06
위기 앞에서 비로소 하 나 가 됐 다

▶

두려움은 비모델파와 모델파를 가리지 않고
나인뮤지스 멤버들에게 퍼져나갔다.
그것도 아주 날렵하고 깊숙하게.

좁고 긴 회랑은 어두웠다. 천장에 열을 지어 붙어 있는 형광등은 묘한 리듬을 만들면서 쉴새없이 껌벅거렸다. 그 길을 따라 나인뮤지스 멤버들이 걷고 있었다. 그들은 핫팬츠 혹은 미니스커트에 민소매 티셔츠를 입었다. 몸에 딱 달라붙는 상의에는 1번에서 9번까지 번호가 각각 붙어 있다. 복도 끝에는 거대한 무대가 이들을 기다리고 있을 것이다. 소녀들은 모두 상기된 표정이었다. 두 손을 깍지 낀 채 머리 위로 치켜드는 멤버들이 가끔 눈에 띄었는데, 그것은 긴장을 풀기 위한 발버둥이었다.

드림 콘서트는 매년 상반기에 서울 상암동 월드컵경기장에서 열렸다. 그해를 빛낸 아이돌 그룹들이 대거 등장하기에, 아시아 각국의 팬들은 종교의식을 거행하듯 서울로 찾아왔다. 거대한 축

구경기장에 무대를 세우다보니, 그 규모는 실로 어마어마했다. 무대로 나가기 위해선 경기장을 감싸고 있는 기나긴 회랑을 걸어야 했다.

최정상의 스타라 할지라도, 수만 명이 내지르는 함성이 점차 고막을 때리기 시작하고 웅장한 무대가 서서히 드러나는 그 길을 걷는 일은 고역이었다. 바로 그 무시무시한 복도에서 신인 걸그룹 나인뮤지스가 타박타박 걸음을 내딛고 있었다.

잔뜩 긴장한 혜빈이가 매니저를 향해 말문을 열었다.

"화장실에 다녀와도 될까요?"

노련한 매니저는 그녀의 마음을 이해했다. 그가 고개를 끄덕이자 당당한 표정을 짓고 있던 세라도, 무대 경험이 많다던 라나도 하나같이 화장실로 뛰쳐들어갔다.

그래, 차마 표현하지 못했을 뿐. 우리는 서로의 어깨를 간절히 의지하고 싶을 만큼 얼어붙어 있었다.

수많은 팬들이 내지르는 함성이 점차 크게 그리고 현실적으로 들리기 시작했다. 그 옛날 로마시대 검투사들이 목숨 건 경연을 벌였던 콜로세움이 이런 분위기였을까? 스무 살 안팎의 나인뮤지스 멤버들이 견뎌야 하는 마음의 무게를 생각하니 마음이 저릿했다.

그녀들의 이마와 콧잔등에 송골송골 맺힌 땀방울을 바라보면서 나는 문득 결심했다. '소시민으로 살아야겠다. 결코 유명해지지 말아야겠다. 남들에게 주목받는 삶을 살지 않겠다.'

지나간 삶을 살금살금 돌이켜보면, 얼마나 숨기고 싶은 실수가 많았던가. 나로 인해 상처받은 이들 역시 부지기수다. 세상에 잘못한 것, 그래서 용서를 구하고 싶은 것, 그러지 못해 부끄러운 일들이 산더미 같은데 어찌 감히 고개를 빳빳이 세우고 무대 위에 나설 수 있단 말인가. 그것도 수만 명이 모여 출연자의 행동 하나하나를 관찰하려 애쓰는, 단두대와 같은 무대에 오르는 일은 상상만 해도 끔찍했다.

화장실에서 옷매무새를 마지막으로 가다듬는 어린 영혼들에게 카메라 앵글을 맞추며, 나는 소시민으로 살아야 하는 당위성을 다시 한번 곱씹었다.

현주의 판단은 정확했다.

모델파인 라나, 혜민, 혜빈은 하루를 결석하더니, 그다음날부터 연습실에 나왔다. 그들은 아무 일도 없었다는 표정으로 스타제국에 등장했다. 그 대범함이 놀라워 나는 입을 쩍 벌렸다.

더욱 놀라운 것은 기획사 사람들의 반응이었다. 세라를 필두로 한 비모델파 아이들과 신주학 사장을 포함한 매니저들은 이번 사건에 대해 아예 기억을 못하는 사람들처럼 말하고 행동했다. 그 누구도 연습실 무단이탈과 멤버들의 내분에 대해 언급하지 않았다.

모두가 집단 기억상실증에 빠진 건 아닐까 걱정해야 할 정도였다. 아이들은 여전히 손을 맞잡고 화장실에 다녔고, 더위에 지쳐 연습실 바닥에 널브러져 있을 동안엔 도란도란 이야기꽃을 피웠다. 매니저들 역시 일상으로 돌아와 스파르타 훈련을 이어나갔다.

드림 콘서트 샛별 무대에서 선보일 노래는 두 곡이었다. 푸시캣 돌스의 〈Beep〉와 선배 가수 서인영과 함께 부른 〈Give Me〉. 연습실에는 두 곡의 음률이 끊임없이 재생됐다. 특히 푸시캣 돌스의 노래 전반부에 패션모델들의 캣워킹cat walking을 변형시킨 안무를 넣었는데, 또각또각하는 하이힐 소리가 울릴 때마다 나는 눈살을 찌푸려야 했다. 매니저들은 혼란스럽고 불편한 내 심사를 읽었는지, 소리 없이 다가와 넌지시 말했다.

"알면서도 모른 척 지나가야 하는 일들이 많습니다. 여기는 사람 장사하는 곳이니까요."

오히려 문제가 된 것은 나의 그릇된 호의였다. 모델파의 무단 이탈이 있었던 날, 세라는 말했다.

"너무 힘들어서 도와달라고 양손을 벌려 이야기를 꺼냈는데, 언니들이 저런 반응을 보이다니…… 뭔가 뒤통수를 맞은 느낌이에요."

그녀의 상처가 안타까워서 연습을 마치고 돌아가는 세라에게 수박 한 통을 안겨줬었다. 그다음날, 리더에게만 수박을 선물했다는 사실이 알려지면서 다른 멤버들의 반응이 차가워졌다.

나는 조연출에게 말했다.

"수박이 문제인 모양이야."

그녀는 한심하다는 눈초리로 나를 한참 쳐다봤다. 그러더니 수박을 두들기듯, 내 머리를 톡톡 치며 대답했다.

연습실에는 두 곡의 음률이 끊임없이 재생됐다.
또각또각하는 하이힐 소리가 울릴 때마다 나는 눈살을 찌푸려야 했다. 매니저들은 혼란스럽고 불편한 내 심사를 읽었는지, 소리 없이 다가와 넌지시 말했다.

"알면서도 모른 척 지나가야 하는 일들이 많습니다. 여기는 사람 장사하는 곳이니까요."

"문제는 선배예요. 아직도 여자들을 잘 모르시는군요."

그날 저녁에 수박 열두 통을 사서 연습실을 찾았다. 멤버 각각에게 수박 한 통씩을 돌렸고, 매니저 몫으로 세 통을 남겼다. 아이들이 시뻘건 과즙을 흘리며 수박을 베어무는 동안, 나는 또 한 번 여자라는 외계인들과 소통하는 게 가능한 도전인지 수차례 자문하고는 마침내 절망했다.

드림 콘서트 샛별 무대에 오를 날이 다가오고 있었다. 훈련은 더욱 타이트해졌다. 안무 담당인 지성황 매니저는 연습실 문을 아예 걸어잠갔다. 다른 가수에게 돌아갈 기회를 빼앗아 신인에게 안겨준 특혜였기에 그는 유난히 날카로워 보였다.

"많은 사람들이 나인뮤지스를 유심히 관찰하고 있다는 사실을 기억해라. 이번 무대를 망치면 너희들 미래도 없는 거니까."

한 차례 파동을 겪었지만, 나는 아이들이 서로를 여전히 경계한 채 이를 악물고 있다는 느낌을 자주 받았다. 그래서 매니저에게 물었다.

"애들이 완전히 달라진 것 같은데요?"

그는 내게 되물었다.

"대학 입학시험을 치를 때, 어떤 기분이었나요?"

나는 대답했다.

"그야 잔뜩 긴장했죠. 청소년기를 통틀어 가장 큰 시험이었으니까요. 남은 인생의 절반 이상을 결정하는 시험이기도 했고요."

그가 픽 웃으며 말했다.

"저 친구들은 대입 시험 치를 때보다 천 배 정도는 더 긴장하고 있을걸요."

드림 콘서트가 열리는 날, 새벽부터 비가 내렸다. 도시, 여름의 뜨거움, 태양 빛을 반사하면서 열을 내뿜는 유리 건물들. 그것들을 한순간에 식히는 장맛비였다. 나는 기원했다. 미래의 스타들이 모여 사는 스타제국을 누비는 사람들에게 신의 가호가 있기를.

정오 가까이 되자 비가 멈췄다. 태양은 구름을 밀어내고 그 뜨거운 얼굴을 디밀었다. 그리고 비에 젖은 도시에 불타오르는 욕망을 빈틈없이 심어댔다. 그렇게 꿈의 공연이 시작되고 있었다.

출연 가수들의 대기실은 월드컵경기장 내부에 있었다. 신인들은 한 방을 두 팀이 나눠 사용했고, 이름을 널리 알린 그룹은 하나의 방을 온전히 배당받았다.

세라는 대기실 한쪽에서 어머니에게 전화를 걸었다.

"첫무대라서 스타일링하느라 귀밑까지 머리를 잘랐어. 응, 층을 많이 내서 자른 거지. 알겠어, 하하……"

유쾌한 수다를 마친 그녀에게 다가가 물었다.

"어머니랑 통화한 거니? 뭐라고 하셔?"

"네, 부산에 사는 저희 어머니랑요. 당신이 긴장된다면서, 머리는 어떻게 했느냐, 화장은 예쁘게 한 거냐, 무대에서 네 위치는 어디냐…… 아무래도 제가 가수를 하는 게 엄마의 바람이었으니까, 굉장히 흥분하신 것 같아요. 좋네요, 엄마 목소리 들으니까."

세라는 카메라 앞에서 주먹을 쥐고 "파이팅!" 하고 외치더니, 뜬금없이 눈물을 보였다. 그녀의 울음에 나는 적잖이 당황했다. 눈물을 그렁그렁 매단 채 세라가 말했다.

"생각했던 것보다 훨씬 더 떨리네요."

모델파 아이들은 반대편 구석에 모여 있었다. 혜민이 혜빈에게 말했다.

"어젯밤에 이것저것 생각하다가 언니가 눈물날 것 같다고 말한 게 생각난 거야. 갑자기 눈물이 핑 돌더니 한참 울었어. 아침에 딱 일어났는데 눈이 이렇게 부은 거야. 눈이 안 떠졌어."

혜빈이 춤 연습을 하다 말고 놀렸다.

"오늘 끝나면 너 또 운다. 무대 내려오자마자, 엉엉."

혜민이가 고개를 끄덕이면서 대답했다.

"맞아. 둘 중 하나야. 완전 잘해서 우는 거랑, 내가 실수해서 우는 거랑, 분명히 둘 중 하나야."

두려움은 비모델파와 모델파를 가리지 않고 나인뮤지스 멤버들에게 퍼져나갔다. 그것도 아주 날렵하고 깊숙하게.

월드컵경기장 밖은 전국 각지에서, 아니 아시아 곳곳에서 몰려온 케이팝 팬들로 인산인해를 이뤘다. 그들은 자기가 응원하는 스타를 상징하는 풍선을 들고, 그들을 응원하는 구호를 번갈아 외쳤다. 누군가가 들고 있는 카메라를 발견하면, 냅다 그 앞으로 달려가서 소리부터 질러댔다. 그것은 반드시 치러야 하는 의무 같아 보였다.

"우리는 슈퍼주니어예요!"

"동방신기! 어서 나와요, 미치겠어요. 정말 사랑해요!"

"좋은 자리 잡으려고 학교도 빠지고 왔어요. 이런 데 올 때는 원래 그런 거예요. 소녀시대, 파이팅! 윤아 언니, 저 또 왔어요!"

본 공연을 앞두고 나인뮤지스는 리허설 무대에 섰다. 신인을 위한 주최측의 배려였다. 수많은 관객 앞에서 준비한 걸 모두 보여주기 위해 무대에 미리 적응하라는 의도였다.

신인을 소개하는 샛별 무대는 본무대 직전에 치러지는 사전 행사지만, 드림 콘서트를 찾은 십만여 명의 팬들 앞에서 노래를 부르고 춤춰야 했다. 경험 없는 신인들은 극도로 긴장해 실수를 자주 저지르곤 했다. 리허설이 중요한 까닭은 바로 여기 있었다.

나인뮤지스 역시 예외는 아니었다. 소녀들은 실수 연발이었다. 혜민은 등장과 동시에 무대에서 미끄러졌다. 은지는 굽 높은 신발을 신고 춤을 추다가 발목을 접질렸다.

문제는 연습실과 전혀 다른 환경에 있었다. 이른 새벽에 쏟아진 비 때문에 무대 바닥은 미끄러웠다. 넓은 면적의 바닥은 몇 개의 철제 골조물을 이어 만든 것이었는데, 얼기설기 엮은 탓에 2센티미터 정도 높이의 요철이 여럿 만들어졌다. 사람들은 그것을

'턱'이라고 불렀다. 거기에 걸려 엎어지기 쉬웠기에 신인들에겐 악몽과도 같은 존재였다.

노련한 아이돌 그룹은 그 장애물을 요리조리 피하며 춤을 추고 노래를 불렀다. 하지만 첫무대에 나선 신인들이 턱을 피하려면 카메라 대신 무대 바닥만 쳐다봐야 했다. 안무 대형은 자주 흐트러졌고, 음 이탈도 여러 번 있었다.

리허설을 마치고 무대를 벗어나는 아이들의 얼굴은 파랗게 질렸다. 저멀리서 매니저가 소리를 지르며 달려왔다. 그의 눈에서 불똥이 튀었다.

"너희들 지금 제정신이야? 방송에 나간다는 걸 잊었어? 바닥만 보면서 춤을 추면 어떻게 해? 프로듀서가 지금 너희들 빼라고 난리 났어."

비상이었다. 샛별 무대에 이르기까지 단 한 시간이 남았다. 나인뮤지스 아이들은 모델파와 비모델파를 가리지 않고 머리를 맞댄 채 회의를 시작했다.

세라가 리더답게 먼저 말을 꺼냈다. 다른 멤버들은 그녀에게 질문하거나 맞장구를 쳤다. 위기 앞에서 그들은 한몸같이 똘똘 뭉쳤다.

"그러니까 간격은 맞추고 앞뒤로 퍼져! 무대 위의 턱에 걸리겠다 싶으면 아예 그 뒤로 대형을 미루자."

"아까 발이 무대에 걸려서 뒤로 빠지니까, 다른 사람이랑 부딪치게 되더라."

"그럼 맨 뒷줄만 턱보다 뒤로 가는 건 어때? 앞줄은 아예 무대 앞쪽으로 옮기자. 그럼 되겠지?"

"오케이!"

"문제는 중심이야. 중심이 잡혀야 대형이 흐트러지지 않으니까."

세라는 스타일리스트에게서 면봉과 실핀을 얻어왔다. 책상 위에 그것들을 펼쳐놓더니 설명을 계속했다.

"이 실핀을 무대 전면에 있는 스피커라고 생각해! 면봉이 우리들의 자리야. 그러니까 이 스피커를 기준으로 센터를 잡자. 그럼 연습실에서 하던 것처럼 안무를 할 수 있을 거야."

그녀의 설명을 들은 멤버들은 고개를 끄덕였다. 라나도, 혜민도, 혜빈도, 현주도, 은지도, 재경도, 혜미도, 민하도.

폭죽이 굉음을 내면서 터졌다. 드림 콘서트의 시작을 알리는 신호였다. 본무대에 앞서 샛별 무대부터 진행될 것이다.

"나인뮤지스, 준비하세요. 다음 무대입니다."

무전기를 통해 그녀들의 첫 출전 지시가 떨어졌다. 아이들은 회의를 중단하고 무대로 향하는 회랑으로 나갔다. 복도는 아주 좁고 길었으며 동시에 어두웠다. 그 길을 걷는 아이들의 얼굴이 딱딱하게 굳었다.

엄청난 환호성이 점차 크게 들리기 시작했다. 심장이 펄떡이며 고동쳤다. 아이들은 긴장을 다스리기 위해 화장실에 다녀왔고,

매니저의 구령에 맞춰 깊은 호흡도 연신 반복했다.

마이크는 무대 앞에서 받았다. 이 작은 기계를 통해 그동안 연습했던 그녀들의 목소리가 울려퍼질 것이다. 아이들은 서로의 얼굴을 바라보면서 힘겨운 웃음을 지었다.

그때였다. 마이크를 들고 있는 막내 민하의 손이 덜덜 떨리기 시작했다. 다른 멤버들 모두 그 모습을 봤지만 선뜻 나서서 위로하지 못했다. 자기 자신도 챙기기 힘든 게 현실이었다. 분위기를 감지한 안무 담당매니저가 뛰어들어와서 큰 소리로 외쳤다.

"너희들 잘할 수 있어! 자신감을 가져, 알았지?"

아이들은 웃으며, 그러나 힘없이 고개를 끄덕였다.

그러자 용기를 낸 건 세라였다. 그녀가 라나와 혜민의 어깨에 손을 두르고 말했다.

"언니! 우리, 파이팅하자."

"그래, 그러자."

멤버들은 있는 힘껏 소리를 질렀다.

"나뮤, 나뮤! 파이팅!"

그것은 비명에 가까운 절규였다.

드디어 드림 콘서트의 진행자가 나인뮤지스를 소개했다.

"여러분에게 소개합니다. 아홉 명의 여신들입니다."

아이들은 한 줄로 무대 위에 올라서더니 자기 자리를 찾아갔다. 턱을 피해서 앞줄과 뒷줄의 간격을 멀찍이 띄웠다. 세라가 고개를 끄덕이자, '둥' 하는 소리와 함께 음악이 시작됐다. 구토를 할 만큼 자주 들었던 푸시캣 돌스의 노래다. 아이들은 머리를 흩날리며 안무를 했다. 리허설과 달리 아무도 바닥을 쳐다보지 않았다. 관객과 눈을 맞추면서 춤을 추고 노래를 불렀다. 카메라가 자기 앞으로 다가오면 연습한 대로 윙크도 했고 미소도 날렸다.

나는 무대 뒤에 자리를 잡고 그녀들의 움직임을 세세히 바라봤다. 펄떡거리는 심장박동 때문에 차마 촬영을 할 수 없어서 카메라를 아예 내려놓았다. 아이들이 안무를 하다 턱에 걸릴 것 같으면 절로 비명이 터져나왔다.

내 걱정은 기우였다. 시간이 흐르자 아이들은 무대에 자연스럽게 적응했다. 스피커를 울리는 음악에 몸을 맡기고 흥겹게 춤을 췄다.

모델파 아이들과 비모델파 아이들은 연습실에서와 달리, 눈짓을 나누면서 서로 실수하지 않도록 배려했다. 노래도 자기 순서를 마치면 다른 멤버가 돋보일 수 있도록 몸을 살짝 굽혀 카메라 이동을 도왔다.

이어지는 〈Give Me〉까지 이들의 첫 드림 콘서트 무대는 6분 동안 계속됐다. 안무가 틀리는 일도, 음 이탈이 생기는 일도 없었다. 난생처음 보는 신인의 활약에 무관심했던 팬들이 일어서서 박수를 보냈다. 결과는 한마디로 성공적이었다.

무대를 내려온 아이들의 눈에 환희가 가득했다. 그녀들은 작은 새들처럼 조잘댔다.

"저, 화면에 예쁘게 나왔나요?"

"관객들이 하나하나 다 보였어요. 너무 신기하죠?"

"떨려서 그런지 다리 접질린 게 하나도 아프지 않았어요."

나는 아무 말도 못한 채 부여잡고 있던 가슴에서 손을 떼고 박수를 보냈다. 서로가 겪은 긴장을 알기에 우리는 밝은 미소로 대답을 대신했다.

나인뮤지스는 신주학 사장에게 이끌려 드림 콘서트를 주관한 한국연예제작자협회 관계자들 앞으로 갔다. 커다란 책상에 아무렇게나 둘러앉은 고위 인사들 앞에서 아이들은 횡으로 한 줄을 만들어 섰다. 그리고 한 명씩 자기소개를 했다.

"안녕하세요. 캐나다에서 온 세라입니다."

"저는 아시아 태평양 슈퍼모델 2위, 라나입니다."

"영화배우 장진영의 닮은꼴이라 불리는 은지입니다."

키 크고 늘씬한 미녀 군단의 모습에 중년 남성들은 터져나오는 웃음을 줄줄 흘렸다.

"이야, 신사장! 어디서 저런 물건들을 모은 거야?"

"새로운 스타가 탄생하겠군. 이제 걸그룹은 예쁘기만 할 게 아니라 몸매까지 갖춰야 한다니까. 이게 바로 트렌드야!"

그들의 칭찬에 신사장은 기쁨을 감추지 못했다. 나는 그 모습이 불편해 얼른 자리를 피했다.

대기실로 돌아온 아이들은 무대의상을 벗고 편안한 옷으로 갈아입었다. 그러는 동안, 드림 콘서트의 본무대가 시작됐다. 형형색색의 풍선이 경기장을 가득 메웠다.

대기실에서 경기장 쪽으로 나가면 작은 발코니가 있었다. 본무대가 한눈에 보이는 장소였다. 아이들은 그곳에 옹기종기 모였다.

민하와 동갑인 혜미는 고등학교 시절, 동방신기를 보기 위해 매년 드림 콘서트를 찾았다고 했다. 그녀는 팬들이 운집한 곳을 손가락으로 가리켰다. "저는 작년에 바로 저 자리에 있었는데, 오늘은 무대에 올라갔다 왔어요. 정말 놀라운 일이죠?" 그녀는 그렇게 고백하고는 까르륵대며 웃었다.

기다리던 소녀시대의 무대가 시작됐다. 명실공히 아시아 최고의 걸그룹. 세라와 은지는 그들의 히트곡에 맞춰 몸을 흔들며 춤을 췄다. 노래까지 따라 부르던 세라가 갑자기 고개를 돌려 내게 물었다.

"언젠가 우리도 저런 자리에 설 수 있겠죠?"

나는 아무 대답을 하지 않았다. 그러자 그녀는 은지의 팔짱을 끼고는 말했다.

"당연히 우리도 저렇게 할 수 있을 거예요. 수많은 팬들이 보는 앞에서 당당하게 노래할 거예요."

나는 아이들이 샛별 무대 위에 서 있는 것보다, 지금이 훨씬 더 싱그럽다고 느꼈다.

07
여고생은 세상을 일찍 배웠다

▸▸

금세라도 눈물이 뚝뚝 흐를 것 같은 그녀는
연습실 구석에서 천천히 몸을 풀기 시작했다.
혹독하고 잔인한 신고식이었다.

플라타너스였다. 깊은 잠에서 나를 흔들어 깨운 것은.

나는 꿈속에서 장난감 로봇을 조립하고 있었다. 팔과 다리를 끼워넣으면 완성인데, 아귀가 딱 들어맞지 않아서 마음이 불편했다. 몸통이 덜그럭거리자 마침내 부품을 바꿔야겠다고 결심했다. 커다란 상자 속에는 대체 가능한 팔과 다리가 수두룩했다. 나는 그 가운데 하나를 골랐다. 있는 힘껏 몸통에 끼워넣었다.

그 순간, 로봇이 찢어지는 듯한 비명을 지르더니 피를 철철 흘리기 시작했다. 바닥에 흥건한 피를 발견한 나는 얼른 도망치고 싶었다. 하지만 몸이 움직이지 않았다. 악몽이었다.

따스한 햇살이 이마를 두드린 건 행운이었다. 세모로 네모로

조각난 햇살들이 우수수 내리며 잠든 내 이마를 때렸다. 힘겹게 눈을 떴다. '아, 꿈이었구나.'

고속버스 안이었다. 커다란 차창 밖으로 시선을 돌렸다. 따스한 햇살을 막고 줄지어 선 플라타너스 가로수들이 찬연한 태양빛을 세모, 네모, 마름모 모양으로 분해한 뒤 대지로 내려보내고 있었다. 햇살은 도로 위에 부딪히며 마치 장맛비가 쏟아지는 듯한 소음을 냈다. 악몽에서 어렵게 벗어난 나는, 아주 긴 한숨을 내쉬었다. 잠시 후면 청주 고속버스터미널에 도착할 것이다. 난생처음 만나는 고등학생을 인터뷰하려고 오늘 아침 고속버스를 탔다. 그녀의 이름은 아름이다.

드림 콘서트를 마친 스타제국은 활기찼다. 아이들은 다가오는 데뷔 무대의 성공을 확신했다. 예전과 달리 연습실 분위기도 유쾌했다. 눈물보다 웃음이 많아진 연습실은 낯설게 느껴질 정도였다. 뭐라고 딱히 꼬집어 말할 수 없지만, 희망적인 힘이 나인뮤지스 멤버들을 감싸고 있었다.

스타의 탄생이 다가오고 있다고 나는 생각했다. 새로운 스타가 만들어지는 현장을 함께한다는 건 놀라운 일이다. 그런 까닭에 자주 감동했다. '역시 내 감이 틀리지 않았어!'라는 생각에 미치자, 기분좋은 웃음이 절로 나왔다. 신주학 사장이 강조했던 감의 중요성을 드디어 깨달았다. 나는 기쁨 반, 자신감 반으로 주먹을 불끈 쥐었다.

하지만 이것은 아주 짧은 축제에 불과했다. 드림 콘서트에 대한 매니저들의 평가는 달랐다. 그들은 어떠한 순간에도 마음을 내려놓지 않는 냉철한 승부사들이었다.

"대형 무대에서 보니까 아이들이 그다지 세련되지 않더라. 이건 심각한 문제야. 지금 상태로는 위험해."

"멤버들 간에 '케미'가 살지 않아. 키 큰 아이들이 모여서 춤을 추니까 뻣뻣하게만 보이고. 멤버 구성에 문제가 있는 건 아닐까?"

소위 '케미'란 화학반응chemistry을 의미하는 신조어다. 한 팀 혹은 듀엣의 구성원들이 호흡이 잘 맞고 조화로울 때 사용하는 말이다. 이 같은 정의는 아이돌 그룹에도 적용됐다. 예컨대 소녀시대의 아홉 멤버들은 섹시함, 청순함, 귀여움 등 개별적인 매력을 가지면서도 전체가 모였을 때 뿜어내는 카리스마까지 소유했다. 그것은 '케미'라고도, 스타성이라고도 불렸다.

나인뮤지스의 첫무대를 녹화해서 여러 번 돌려본 결과, 멤버들 각자의 개성과 전체적인 조화가 그다지 매혹적이지 않다는 게 매니저들의 결론이었다.

나는 이효진 실장에게 다가가 해맑게 물었다.

"그렇다면 어떤 대책을 갖고 있으신가요?"

"꾸준히 예비 멤버들을 추천받아 테스트하고 있습니다."

"결국 멤버 교체를 하겠다는 말씀인가요?"

"오해하지 않으셨으면 합니다. 나인뮤지스 멤버들이 이탈하거나, 먼 훗날 2기를 출범할 때 참여할 예비 멤버를 미리 봐둔다는 의미입니다. 이런 계획을 아이들이 알면 크게 동요할 테니 각별히 유의해주세요."

나는 그의 말을 곧이 믿지 않았다. 수차례 경험을 통해 무조건적인 신뢰는 어리석음과 동격이라는 진리를 이미 깨달은 바 있었다. 나는 '하나만 더'라는 의미로 두번째 손가락을 곧추세우며 그에게 귓속말로 물었다.

"가장 유망한 예비 멤버는 누구입니까?"

그 질문에 대한 대답이 바로 아름이었다. 청주의 어느 고등학교 2학년생이고, 유명 학생복 회사가 개최한 전국 고등학생 모델 선발대회에서 2위를 차지한 인물이라는 게 내가 얻은 정보의 전부였다. 매니저를 들볶아 아름이 부모님의 전화번호를 구해서 곧장 전화를 걸었다. 인터뷰 허락을 받고 조연출과 함께 청주로 내려가는 버스에 몸을 실었다.

시내에 위치한 아름이의 모교는 아담했다. 아기자기한 운동장에 직사각형 건물 한 동. 전형적인 지방도시의 여고 모습이었다. 학교 건물 옆으로 조성된 꽃길엔 해사한 여고생들이 삼삼오오 손을 잡고 다녔다.

아름이를 찾는 일은 어렵지 않았다. 커다란 카메라를 들고 있는 내게 아이들은 먼저 다가와 물었다.

"어느 방송국에서 오신 거예요? 저희 학교 연예인을 찾아오셨어요?"

"아름이를 찍으러 오신 거네요. 저도 방송에 나가나요?"

묻지도 않았는데, 아름이의 소재를 알려주는 학생들에게 밀려 교실로 들어갔다. 굳이 그녀를 찾지 않아도 될 만큼, 아름이는 친구들 가운데에서 유난히 키도 크고 어여쁜 소녀였다.

마침 점심시간이었다. 그녀는 도시락을 먹는 대신 볶은 콩을 꺼냈다. 그 가운데 몇 알만 집어서 입에 넣었다. 오른손에는 휴대용 얼굴마사지 도구를 들고 있었는데, 친구들과 마주앉은 채로 그걸로 연신 볼을 부볐다. 아름이가 살짝 투정을 부리자, 아이들은 중구난방으로 이야기를 나눴다.

"나도 실컷 먹었으면 좋겠다."

"어서 먹어! 그러다 말라 죽겠어. 해골도 아니고…… 우리 눈에는 지금도 연예인 같은데. 여기서 더 마르면 어떡해? 더 마르면 아픈 거지."

"그래도 연예계는 다이어트를 요구하니까."

"그럼 아름이는 계속 콩만 먹어야 되는 거야?"

"내가 원래 안 먹을 때는 이틀씩 아예 안 먹다가 하루에 몰아서 왕창 먹으니까 자꾸 배가 불렀다 들어갔다 하더라고."

"그러다 병든다. 네가 알아서 챙겨 먹어라."

학교에서 연예인으로 통하는 아름이가 스타제국의 테스트를 통과했다는 사실은 전교에 유명했다. 그녀는 혹독한 연습생 생활을 위해 고향을 떠나 서울로 전학 가야 했다. 정이 담뿍 든 친구들과 이별을 앞둔 아름이의 표정은 다소 어두웠다.

내가 다가가 인터뷰하러 왔다고 하자, 그녀는 이미 알고 있었다는 의미로 고개를 끄덕였다. "학교를 떠나는 날이거든요. 선생님과 친구들과 헤어진 다음에 하면 안 될까요?"

어느덧 종례 시간이다. 종이 울리자 담임선생님이 교실로 들어왔다. 펄떡이는 젊음들은 선생님의 등장에도 아랑곳 않고 교실 여기저기를 뛰어다녔다. 참다못한 선생님이 손에 쥔 짧고 굵은 몽둥이로 교탁을 탕탕 쳤다. 그 소리를 경고음으로 알았는지 모두 입을 다물었다.

"빈자리가 너무 많네. 저 뒤에 나가 있는 친구들, 앞으로 들어오세요. 여진이 짝꿍은 먼저 갔니? 소연이는 어디 갔어? 오늘 방과후활동 하니?"

아이들은 선생님의 질문에 합창이라도 하듯, 입을 모아 대답했다. 때로는 "네!"라고 외쳤고, 때로는 "아니요!"라고 소리질렀다. 교실에 안정이 찾아오자, 선생님은 목소리를 조금 낮췄다.

"아쉽고 서운한 시간을 잠깐 가지려 해요. 아름이가 서울로 전학을 가게 됐어요. 그래서 이 시간이 아름이하고 여러분하고 함께하는 마지막이 될 거예요."

아이들은 아, 하는 신음 소리를 내면서 웅성거렸다. 동시에 교실 안의 모든 눈동자들은 아름이를 향했다. 그녀는 고개를 숙이고 있었다. 선생님의 말은 이어졌다.

"꿈을 찾아 서울로 전학을 가게 됐지만, 어렸을 때부터 지내왔던 너희들과 헤어져서 아름이가 많이 서운할 거야. 우리 서로 인사를 나누는 시간을 갖자! 아름아, 앞에 나와서 친구들에게 인사하렴."

이름을 불린 여고생은 천천히 일어났다. 뭐가 그리 부끄러운지 얼굴을 붉게 물들인 채 교탁으로 향했다. 선생님이 자리를 비켜주자 그녀는 말했다.

"갑자기 가게 됐는데, 미리 말 못해서 미안하고……"

여기까지 말하더니 아름이의 커다란 눈에서 눈물이 주르륵 흘러내렸다. 그걸 신호로 교실 안은 울음바다가 됐다. 하긴, 그것이 그 또래 소녀들이 할 수 있는 가장 의리 있는 이별 의식일 터이다. 아름이는 훌쩍이며 말을 이었다.

"짧은 시간이었는데 헤어져서 아쉽고, 늘 좋은 말 많이 해줘서 고맙고, 잘해주지 못해서 미안하고, 내가 이럴까봐 미리 말하지 않았는데…… 몇 달 동안 즐거웠고 좋은 친구들 만나서 기분좋았어. 앞으로 연락은 자주 못하겠지만, 그래도 가끔 놀러올게."

반장이 일어서더니 교탁 앞의 친구를 향해 걸어나갔다. 반 친구들이 정성껏 적은 롤링페이퍼를 아름이에게 전달하기 위해서였다. 난데없는 선물에 떠나려는 친구는 고맙다는 인사조차 못하고 또다시 울었다.

선생님이 제자들의 등을 토닥토닥 두드렸다.

"아름아, 서울 애들은 깍쟁이라더라. 혹시 아이들이 힘들게 하면 우리 반은 언제나 열려 있으니까 다시 와. 알았지?"

그 말을 들은 아름이는 고맙고 서러워서 그 자리에 주저앉았다. 친구들도 함께 울었다. 선생님이 제자들을 향해 말했다.

"아름이가 가려는 길이 너희들 생각처럼 화려하거나 좋은 길만은 아닐 거 같아. 많이 힘들고 두렵고 어려운 길인데, 자기가 하고 싶은 일을 위해 떠나는 친구니까 여러분들이 많이 격려하고 지지하고 박수 쳐줬으면 좋겠어."

교실 밖에서 만난 아름이는 벌겋게 달아오른 눈을 가리고 대답했다.

"청주에서 태어나서 쭉 여기서 자랐어요. 꿈꿔왔던 걸 하러 가는 거니까 전혀 아쉽지 않을 줄 알았거든요. 처음에는 빨리 가고 싶어서 안달이었는데, 지금은 하루만 더 늦게 가고 싶어요. 친구들과 하고픈 말이 남았거든요." 그러더니 손에 들고 있는 롤링페이퍼를 한참 어루만졌다. "제가 되게 감상적이라, 그냥 읽기만 해도 눈물날 거 같은데…… 그래도 이게 서울 생활에 큰 힘이 될 것 같아요."

그다음날, 아름이는 어머니의 손을 잡고 서울로 이사했다. 스타제국 인근에 있는 조그만 기숙형 독서실이었다. 일고여덟 평 남짓한 독방에는 화장실 겸 욕실이 붙어 있었다. 그 서늘한 공간에 외동딸을 두고 떠나야 하는 엄마의 발걸음은 차마 떨어지지 않았다. 그래서 그녀는 아름이의 볼을 연신 쓰다듬고 뽀뽀를 했다. 어서 청주로 돌아가라는 딸의 독촉이 반복된 다음에야 버스터미널로 향했다.

버스에 올라탄 엄마는 창밖으로 시선을 돌렸다. 훌쩍 커버린 딸에게서 눈을 떼지 못했다. 그럴수록 아름이는 말괄량이 소녀처럼 펄쩍펄쩍 뛰면서 엄마에게 해맑게 이별 인사를 했다. 마침내 버스가 출발했다. 에너지 넘치던 소녀의 어깨가 갑자기 축 처졌다. 아름이는 떠나가는 차를 한참 쳐다봤다.

"아직 실감이 안 나요. 내일이면 또 볼 것 같아요. 엄마가 아침에 깨워줄 것 같고요."

그렇게 아름이는 부모님 곁을 떠났다.

아름이가 스타제국을 찾은 건 꼬박 일주일이 지난 다음이었다. 그동안 청주의 부모님은 두 번 상경했다. 한 번은 외동딸의 전학을 위해, 다른 한 번은 나머지 짐을 옮기기 위해. 그럴 적마다 부모님은 조그만 독서실 방에서 한숨을 쉬었고, 딸의 성화가 이어진 다음에야 버스터미널로 떠났다. 그들이 탄 버스가 사라진 뒤에 터미널 승차장을 서성이는 아름이의 행동도 반복됐다.

이효진 실장은 나인뮤지스 멤버들에게 아름이를 인사시키기 직전, 리더인 세라부터 불렀다. 잔뜩 긴장한 여고생은 연습생 사이에서 '백전노장'으로 불리는 세라 앞에 서자 아예 얼어붙었다. 그런 까닭에 세라가 주로 물었고, 아름이가 대답했다.

"나이가 어떻게 돼요?"

"열여덟 살이에요."

▶▶

에너지 넘치던 소녀의 어깨가 갑자기 축 처졌다. 아름이는 떠나가는 차를 한참 쳐다봤다.

"아직 실감이 안 나요. 내일이면 또 볼 것 같아요. 엄마가 아침에 깨워줄 것 같고요."

그렇게 아름이는 부모님 곁을 떠났다.

"추측하건대, 나인뮤지스…… 맞죠?"

"네."

"기럭지가, 나인뮤지스 같더라고요. 오늘부터 연습실에 오는 거예요? 저희랑 같이 트레이닝하는 거예요?"

"일단 언니들 데뷔하고 나면…… 저는 더 연습해야 한다고 들었어요."

세라의 표정이 일그러졌다. 하지만 그녀는 이내 감정을 억누르고 말했다.

"잘할 수 있을 거예요. 언니들이 힘들게 하면 저한테 얘기하세요. 제가 뭐, 다른 건 몰라도 그런 건 해결할 수 있어요."

"감사합니다."

"어디 아픈 데 있어요?"

"역류성 후두염이라고요."

"스트레스성이에요?

"아니요, 다이어트 때문에……"

"저도 몇십 킬로그램을 뺐는데, 그때 역류성 후두염에 걸리더라고요."

잠시 말을 멈춘 세라는 앞으로 막내가 될 아름이를 한참 동안 쳐다봤다. 그녀의 커다란 눈망울에 맺힌 두려움을 읽었는지, 작정한 듯 조언했다.

"저도 외국에서 혼자 와서 있었거든요. 그런데 무척이나 힘들 거예요. 언제 데뷔할지 확실한 날짜가 정해지지도 않고 눈앞에 보이는 게 없으니까 정말 힘들더라고요. 그리고 사는 곳은 어딘지 다른 사람한테는 이야기하지 마세요. 그게 왜냐면…… 하여튼 조심하셔야 되고요. 어쨌든 잘 부탁드립니다."

말을 마친 세라는 얼른 연습실로 올라갔다. 홀로 남겨진 아름에게 실장이 다가왔다. "언니들에게 '잘 부탁드립니다' 하고 인사하면 돼. 어차피 서로 신경쓰지 말고 연습해야 하니까."

연습실로 돌아온 세라는 아름이를 만났다는 말을 입 밖에 꺼내지 않았다. 드림 콘서트 이후 밝아진 연습실 분위기는 은지의 농담으로 이어졌다. 멤버들을 불러모은 그녀는 말했다.

"인어공주가 화장실에서 볼일을 보고 있었어. 세바스찬이 갑자기 문을 열었거든. 인어공주가 뭐라고 그랬게?"

"뭐라고 했는데?"

"안다, 다. 씨! 하하하, 웃기지?"

바닥에 펼쳐진 매트 위에 널브러진 아이들은 배를 잡고 웃었다. 바로 그때, 이효진 실장이 아름이와 함께 연습실 문을 열고 들어왔다.

뭔가 이상한 기운을 감지한 아이들은 웃음을 멈췄다. 얼른 일어나 주섬주섬 매트를 접었다. 나인뮤지스 멤버들을 향해 이실장이 먼저 입을 열었다.

"너희들 중에 나중에 누가 떠나게 되면, 그 공백을 메꿀 친구야. 너희들이 예전에 했던 기초연습부터 할 거야. 이름은 아름이.

많이 챙겨주고 예뻐해주고, 알았지? 자, 환영의 박수!"

아이들은 얼떨떨한 표정으로 성의 없는 박수를 쳤다. 어색한 분위기를 감지한 실장이 아름을 향해 말했다.

"너, 소개 한번 해봐."

"저는 열여덟 살 아름이고요. 이제부터 언니들하고 연습하는데, 잘 부탁드립니다."

그녀는 허리를 굽혀 90도로 인사했다. 서로 눈짓을 나눈 나인뮤지스 멤버들은 한목소리로 외쳤다.

"개인기! 개인기!"

아름은 쑥스러운 듯 몸을 비틀더니 랩을 시원하게 뽑았다. 예상 밖으로 훌륭한 실력 때문에 아이들의 표정은 더욱 굳어졌다. 현주가 말했다.

"여기는 여자들만 많은 곳이라 적응하기 힘들 수도 있어."

분위기는 갈 데까지 가고 말았다. 이실장은 서둘러 안무 담당인 지성황 매니저와 로드매니저인 달수에게 아름을 넘겼다.

드림 콘서트 이후 후끈 달아올랐던 연습실의 밝고 화기애애함은 이미 저만치 멀어졌다. 아이들은 무표정한 얼굴로 몸을 풀었고, 자리를 내준 아름이는 연습실 구석으로 밀려났다.

마주앉아 스트레칭을 시작한 예전 막내들, 혜미와 민하는 들으라는 듯, 큰 소리로 말했다.

"위기감 느끼고 있어, 지금. 더이상 막내가 아니잖아. 하긴, 어정쩡한 것보다 아예 나이가 많거나 어린 게 낫지."

재경과 현주는 연습실의 거울을 보면서 몸을 풀었다. 어색한 표정으로 우두커니 서 있는 아름의 얼굴이 거울에 비쳤다. 현주가 말을 꺼냈다.

"우리 아홉 명 중에 이제 나가는 사람 없을 텐데…… 저 친구, 몇 년 동안 연습만 하게 생겼네."

재경이 그 말을 받았다.

"쉿! 듣겠다. 우린 잘될 거야. 어떻게 하냐, 너. 이삼 년 동안 연습만 하겠네."

보다못한 내가 끼어들었다.

"이렇게 들리도록 말해도 되는 거야?"

"왜요, 들리면 안 되나요?"

잔뜩 뾰족해진 현주와 재경이 동시에 대답했다. 나는 불안한 눈빛으로 아름이를 쳐다봤다. 금세라도 눈물이 뚝뚝 흐를 것 같은 그녀는 연습실 구석에서 천천히 몸을 풀기 시작했다.

혹독하고 잔인한 신고식이었다.

그날 저녁에 다시 만난 아름이는 언니들의 첫인상을 묻는 질문에 끝내 대답하지 않았다.

아름이와 함께 청주를 다시 찾은 건 한참 뒤의 일이다. 그사이, 나인뮤지스는 데뷔를 했다. 아름이 역시 언니들과 친해졌다. 유난히 싹싹하고 잘 웃는 막내에게 멤버들은 경계심을 풀었다. 아름이가 서울 생활에 적응할 수 있도록 나를 비롯한 제작진도 신경을 많이 썼다.

드라마 〈내 이름은 김삼순〉에 등장하는 남산 도서관 계단에 가고프다 해서, 연습을 마친 새벽에 차를 몰고 남산에 오른 적도 있었다. 먹고 싶은 게 많은 나이라, 그녀가 먹고 싶다고 하면 몰래 데리고 나가 군것질도 시켜줬다. 재빠르게 스타제국에 적응하는 아름이를 보면서 나는 종종 생각했다.

'아직 어려서인지, 아무리 구박당해도 금세 회복하는구나. 하지만 세상을 점차 더 알게 되면 저 해맑음도 사라질 텐데, 걱정이다.'

청주의 어느 작은 카페에서 그녀와 마주했다. 그다지 기대 없이 대화를 시작했는데, 그녀의 이야기는 뜻밖이었다.

"혼자 있는 시간이 많다보니, 생각을 많이 하게 되더라고요. 언니들이나 매니저 선생님을 만나면 하루종일 웃고 다니지만, 머릿속은 끝없는 생각에 빠져 있어요. 누구나 다 그럴 거예요. 같이 있으면 대화거리가 생겨서 그럴 시간이 없잖아요? 근데 저는 워낙 외톨이니까요."

나는 놀라서 물었다.

"그런 속내를 엄마나 아빠에게 털어놓지 그랬니?"

그녀는 대답했다.

"못하죠. 제가 급하게 정리하고 올라왔잖아요. 그래서 말씀드리기가 아무래도 힘들어요. 그런 이야길 들으면 부모님이 많이 걱정하실 거예요. 특히 아빠가."

그러더니 아름이는 툭 하고 눈물을 터뜨렸다. 나는 다시 물었다.

"아름이도 울 때가 있구나?"

"그럼요. 누구에게도 다 백 퍼센트는 말하지 못하죠. 어느 면에서 어떤 게 힘들다는 건 조금씩 말하는데…… 그건 일부죠, 일부."

"유명해질수록 외로움은 더 깊어질 텐데, 포기하고 싶다는 생각은 하지 않았니?"

"포기하고 싶단 생각은 정말 안 했어요. 포기는…… 아무리 힘들어도 그건 안 될 것 같아요. 여기까지 어떻게 온 건데, 그걸 다 포기하고 내려가면…… 얼마나 후회가 크겠어요? 부모님도 많이 실망하실 거고요."

"그래도 부모님께는 전부 이야기하는 게, 나중에 아름이 정신 건강에 좋지 않을까?"

"딸이 하나다보니 저보다 제 생각을 더 하시는 것 같아요. 그래서 아무리 힘들어도 말씀드리지 않을 거예요. 데뷔하고 어느 정도 제 목표를 달성했을 때, 그게 십 년이 걸리든, 이십 년이 걸리든, 나 예전에는 이랬는데…… 하면서 털어놓을 수 있을 것 같아요."

"지금 아름이 머릿속은 외로움으로 가득하구나?"

내 마지막 질문이 떨어지기가 무섭게, 그녀는 머리를 푹 숙였다.

세상을 너무 일찍 배워버린 여고생이 하도 안쓰러워서, 나는 그날 무척 많이 아팠다.

08

세상의 모든 어머니는 애 달 프 다

❚❚

우리 라나가 데뷔하는 모습을 두 눈으로 보고 싶어요.
그 일념으로 아침마다 이를 악물고 일어납니다.

저멀리 한 중년 여성이 걸어가고 있다. 작은 손수레에 과일과 채소를 가득 담고서. 나는 방금 그녀의 고백을 들었다. "저는 간경화 말기입니다. 서울대병원에서 삼 개월 시한부 선고를 받았죠." 놀라서 입을 쩍 벌린 내게 그녀는 말했다. "너무 당황하실 건 없어요. 삼 개월밖에 못 살 거라고 했지만 벌써 삼 년째 이렇게 장도 보고, 장사도 하고, 멀쩡하게 살아 있으니까요."

나는 물었고, 그녀는 대답했다.

"이제 완치되신 거로군요?"

"아니요. 건강 상태는 여전히 위험하다고 병원에서 그랬어요. 지금껏 살아 있는 게 기적이라고."

"그럼 어떻게?"

"우리 라나가 데뷔하는 모습을 두 눈으로 보고 싶어요. 그 일념으로 아침마다 이를 악물고 일어납니다."

나는 온몸에 서늘함을 느꼈다. 절로 소름이 돋았다. '자식에 대한 부모의 사랑은 이렇게 애달픈 것이로구나.' 더이상 질문을 던질 수 없었다. 위대한 모성애를 직면하고도, 스무 살 남짓한 소녀들의 욕망을 취재하려 애쓰고 있다니. 스스로가 너저분하고 한심했다.

조물주는 이렇게 놀라운 방식으로 인류의 종족 보존을 지속시키고 있었다. 혹자는 성적 쾌락을 갈구하는 인간의 탐욕이 후세를 생산케 한다고 빈정댔지만, 그것은 자식에 대한 부모의 사랑을, 부모에 대한 자식의 애틋함을 모욕한 독설에 불과했다.

머릿속에 여러 생각이 날개 돋친 듯 떠다니며 부딪쳤다. 그 혼란스러움을 눈치챘는지 라나 어머니는 자리를 털고 일어섰다.

"집으로 돌아가야겠어요. 아이 도시락을 준비해야 하거든요."

현대 의학의 경고를 보기 좋게 걷어찬 어머니는 절도 있게 짧은 목례를 했다. 천천히 돌아서더니 과일 매장이 가득한 경동시장을 벗어났다. 손수레 손잡이를 굳게 잡고서 그녀는 또박또박 걸어갔다.

그 모습을 보는데, 눈에서 물방울이 또르르 흘렀다. 눈물이 얼굴을 덮는 게 두려워서 고개를 들어 하늘을 봤다. 그 시장에서 나는 많이 울었다. 바쁘게 뛰어다니는 상인들이 어깨를 치고 지나갔지만 차마 움직일 수 없었다. 아주 오래전, 내 어머니와 겪었던 서글픈 기억이 겹쳐 떠올랐기 때문이다.

내가 초등학교 시절을 오롯이 보낸 부산의 달동네는 저녁 어둠이 서둘러 퍼지고 아침햇살이 늦게 찾아오는 도심 속 빈민가였다.

외진 산등성이를 따라 판잣집들이 다닥다닥 붙어 있었다. 도로에 인접한 부촌에서 산꼭대기를 바라보면 작은 집들은 구불구불 긴 줄을 이뤘다.

노을이 세상을 벌겋게 물들일 무렵. 달동네의 길고 긴 밤이 시작됐다. 산등성이에 위치한 초등학교 운동장에는 시커먼 아이들이 어두워질 때까지 공을 차며 뛰어다녔다. 그들의 어머니가 찾아와 "어서 저녁 먹어라" 하고 소리를 질러야 아이들의 놀이는 겨우 끝났다. 어두워지면 달동네 판잣집들 사이로 밥 짓는 냄새, 생선 굽는 소리가 노릇노릇하게 피어올랐다.

나무합판으로 벽을 만든 집이기에, 사생활은 보장되지 않았다. 어둠이 막아놓은 시각의 한계를 예민해진 청각이 확장했다. 밥 먹는 소리가 들리는가 하면, 술 취한 아버지들의 고성방가가 이어지기도 했다. 부부싸움 소리가 자정을 넘기기 일쑤였고, 연탄가스를 마시고 혼절한 아이를 깨우는 부모의 날카로운 비명이 들린 적도 있었다. 한바탕 벌어지는 소리의 향연은 달동네의 기나긴 밤을 가득 채웠다.

아침이 밝아오면 달동네 꼭대기에서 저멀리 푸른 바다가 어렴풋하게 보였는데, 그것이 가난한 마을에 사는 유일한 위안거리였다. 아버지의 사업 실패로 서울에서 부산으로 급히 이사했던 나는, 달동네 초입에서 어이없는 표정으로 물었다. "엄마, 이렇게 가난한 데서 어떻게 살아?" 난감해진 어머니는 아무 말도 하지 못했다. 우리 살림살이는 가난한 달동네에서도 가장 가난한 축에 속했기 때문이다.

세 식구의 보금자리는 산 정상에 가까운 어느 판잣집의 작은 다락방. 저녁이 찾아오고 달동네에 요란한 혼돈이 시작되면, 어머니는 입술을 꾹 다물었고 아버지는 조용히 술잔을 기울였다. 나는 그들의 눈치를 보다 어머니 품에 몸을 맡긴 채 폭 잠들었다.

실패를 경험한 아버지의 절망은 대단했다. 그는 고통을 잊으려 소주를 자주 입에 댔는데, 마침내 알코올의존증까지 생겼다. 아버지가 심하게 취한 날이면 어머니는 아들의 손을 끌고 학교 운동장으로 갔다. 농구대 밑에 앉아 휘영청 떠오른 둥근 달을 함께 바라봤다. 나는 물었다. "외할머니가 계신 서울로 돌아가면 안 될까?" 그러면 어머니는 내 머리를 천천히 쓰다듬었다. 그리고 나직한 목소리로 당신이 좋아했던 트로트 가사를 흥얼거렸다. 어머니 품에서 그 노래를 듣는 게 좋아서, 나는 가끔씩 아버지가 우리 모자를 쫓아내주면 좋겠다고 생각했다.

시간은 꿋꿋하게 흘렀다. 서울말을 쓰던 초등학교 1학년 아이는 경상도 사투리를 유창하게 구사하는 4학년생이 됐다. 우리집 살림도 나아져서 다락방을 탈출했다. 큰아버지의 도움 덕분에 달동네 초등학교 앞에서 문방구를 운영한 지도 몇 년. 여전히 가난했지만 비참할 정도는 아니었다. 바뀌지 않은 건 단 하나. 술에 의존하는 아버지의 모습이었다. 자의식이 생기기 시작한 소년은 그 부당함에 종종 항거하곤 했다. 그리고 어머니를 한 명의 여성으로서 바라보게 됐다.

아버지의 술주정으로 또다시 집에서 쫓겨난 날이었다. 어머니와 아들은 여전히 농구대 아래에 자리잡았다. 하늘에 둥근 달이 떴지만, 어머니의 노래는 더이상 위안이 되지 못했다.

나는 큰 결심을 하고 어머니 앞에 양반 다리를 하고 앉았다. 사실 몇 달 동안 고민한 말을 꺼낼 참이었다. 나는 힘겹게 입을 열었다.

"엄마, 아빠랑 이혼하는 게 어때? 내 걱정은 하지 마. 이제 엄마는 서울로 돌아가서 이렇게 힘들게 살지 마."

어머니의 눈이 충격으로 커졌다. 그녀는 떨리는 목소리로 대답했다. "그런 말은 함부로 하는 게 아니야. 넌 공부만 열심히 하면 돼."

나는 다시 말했다. "아니야, 엄마. 나도 이제 알 건 아는 나이야. 그러니까 엄마, 나 때문에 참지 말고 이혼해도 좋아."

어머니는 소년을 한참 쳐다봤다. 그런데 문득, 그녀가 그러겠다고 하면 어쩌지? 하는 두려움이 솟구쳤다. 어머니 없이 내가 살 수 있을까? 갑자기 심장이 고동치기 시작했다.

나인뮤지스 멤버들의 어머니를 번갈아 만나기로 결심한 건, 순전히 라나 때문이었다. 데뷔를 앞두고 스타제국의 허락을 얻어 아이들의 개별 인터뷰를 진행했다. 각자에게 인터뷰하고 싶은 장소를 고르라고 했다. 잠시라도 연습실에서 벗어날 기회였기에 아이들은 유난히 즐거워했다.

첫 대상자는 라나였다. 그녀는 내게 껄끄러운 취재원이었다. 가장 나이 많은 맏언니로 모델파를 이끌고 있는데다, 슈퍼모델로서 방송 데뷔를 이미 끝낸 연습생이었다. 연예계 물을 마셔본 사람과 그렇지 않은 사람 사이엔 큰 차이가 있다고 했는데, 그 말은 사실이었다.

연습실에서 라나는 독특한 카리스마를 자랑했다. 안무 연습에 적극적이지 않다는 일부 매니저들의 지적에도 불구하고, 그녀는 어떻게 자신이 카메라에 비칠지 정확하게 아는 유일한 멤버였다. 결코 만만치 않았다.

같은 모델파인 혜민과 대화를 나누던 모습을 나는 분명히 기억했다. 슈퍼모델 선발대회에서 함께 본선에 오른 적이 있어 친분이 두터웠다고 했는데, 당시를 떠올리며 혜민이 투덜댔다.

"언니는 동생들을 한 명씩 따라다니면서 산소리를 했어요. 모델이니까 평소에도 옷을 함부로 입지 마라, 대회를 주관하는 선생님들에게 예의바르게 행동해라. 어차피 경쟁자인데, 왜 저렇게 말이 많을까 싶어서 그땐 많이 반항했죠."

라나가 웃으며, 그러나 단호한 표정으로 물었다.

"그래서, 내 말이 틀린 게 있었어?"

II
연습실에서 라나는 독특한 카리스마를 자랑했다. 안무 연습에 적극적이지 않다는 일부 매니저들의 지적에도 불구하고, 그녀는 어떻게 자신이 카메라에 비칠지 정확하게 아는 유일한 멤버였다. 결코 만만치 않았다.

혜민은 순간 풀죽어 대답했다.

"아니, 그때 언니 말을 듣지 않은 걸 후회한다고. 언니는 1등을 하고, 나는 순위권에 들지 못했으니까."

라나는 그런 친구였다. 그녀가 선택한 인터뷰 장소는 한강 유람선. 어린 나이에 연예계로 진출했기에 유람선을 타본 적이 없다고 했다. 그녀는 약속 시간에 정확히 맞춰 나타났다. 파란 미니스커트 위에 하얀 블라우스를 입고, 커다란 선글라스를 쓰고, 물방울무늬가 새겨진 리본으로 머리를 묶었다. 저만치에서 그녀가 나풀거리며 다가오는데, 연습실에서 마주했던 라나와 겹쳐지지 않아서 생경했다. 나는 고개를 갸웃했다. '이 친구 역시 푸릇푸릇한 이십대로구나. 경쟁에 찌든 연습실 밖으로 나오니 예외 없이 생기가 넘쳐 보이네.'

한강 유람선에서 인터뷰를 하는 동안, 라나는 신나 보였다. 슈퍼모델 선발대회 1위로 호명되던 순간에 대해, 다가오는 데뷔 무대에 대한 설렘에 대해 조잘조잘 이야기했다. 그랬던 그녀가 갑자기 말문을 닫은 건, 바로 이 질문 때문이었다.

"스타가 되면 어머니께 어떤 선물을 드리고 싶어요?"

라나는 갑자기 선글라스를 벗더니 한강을 물끄러미 바라봤다. 흐르는 강물에 햇살이 부서지며 반짝거리고 있었다. 그녀는 울먹이며 대답했다.

"엄마랑 같이 해외여행을 하는 게 소원이에요. 그런데 그럴 기회가 있을까요? 엄마는 시한부 선고를 받았거든요."

그녀의 어머니를 만나는 일은 쉽지 않았다. 라나를 몇 번이나 졸랐지만 돌아온 답변은 매번 냉랭했다.

"어머니가 원치 않으세요. 제가 막내라서 연세가 많거든요. 환갑을 넘기셨죠. 화려한 모습을 보여주실 수 없는 상황이라, 그게 오히려 제 미래에 걸림돌이 될 거라 생각하세요."

거절이 반복될수록 간절함은 더해지는 법. 나는 포기하지 못했다. 마침내 아주 짧은 시간 동안 대화하는 조건으로 만남을 허락받았다.

경동시장에서 만난 라나 어머니의 얼굴에서 병색을 찾긴 어려웠다. 수수한 인상의 그녀는 과일과 채소를 사느라 여념 없었다. 라나가 연습실에서 과일 샐러드 도시락을 먹던 모습이 생각났다. 다이어트는 슈퍼모델 1위에게도 피할 수 없는 숙명이었다. 어머니는 실컷 먹을 수 없는 딸을 위해 싱싱한 식재료를 구해주고 싶어했다. 일주일에 두세 번씩 시장을 찾는 이유다.

에누리를 요구하는 그녀와 제값을 받으려는 상인의 실랑이는 오래갔다. 나는 그 옆에서 언제쯤 질문을 할 수 있을지, 초조하게 순서를 기다렸다.

라나 어머니의 삶은 굴곡의 연속이었다. 그녀는 홀로 딸을 키웠다. 도전해보지 않은 사업이 없었는데, 그 사업이라는 게 사람을 롤러코스터에 태운 것과 같았다. 가끔 운이 좋아 큰돈을 벌기도 했지만, 모은 돈을 금세 잃고 재기를 위해 애태워야 했다. 그렇게 건강 상하는지 모르고 세상과 싸웠노라고 그녀는 말했다.

"2007년이었을 거예요. 미국에서 비행기를 타고 왔는데 도착하자마자 화장실에서 피를 토하기 시작했어요. 지나가던 사람들이 119에다가 전화를 하고, 저는 정신을 놓고, 구급차가 어떻게 저를 싣고 갔는지도 몰라요. 서울대병원에 갔는데 다섯 군데인가 여섯 군데인가를 꿰맸다고 하더군요. 진단 결과는 간경화 말기였어요. 의사 선생님은 참 덤덤하게 말씀하시더라고요. 아, 이게 죽는 것이구나 하는 생각이 들었어요. 다음날 병원에서 딱 삼 개월 살 수 있다는 선고를 받았죠."

그녀는 여기까지 말하고 잠시 쉬었다.

"제가 한번 입을 열면 거침없이 속내를 털어놓거든요. 그래서 더욱 만나 뵙기 두려웠답니다. 제가 혹시 실수하고 있는 걸까요?"

나는 희미하게 웃으며 대답했다.

"아뇨, 어머니. 아주 잘하고 계신 거예요."

라나 어머니는 조금 용기를 얻었는지 이어 말하기 시작했다.

"차라리 죽는다고 생각하니 마음이 편해졌어요. 근데 걱정되는 건 라나 때문이었죠. 저 철부지가 엄마도 없으면 어떻게 살아갈까 눈물이 자꾸 나오더라고요. 중환자실에 있다보니 밤에도 간호사들이 있었어요. 그분들이 왜 자꾸 우냐고 묻더군요. 그래서 우리 라나가 아직은 나이가 어려서 아무래도 마음이 안 놓인다고 했죠."

II

“스타가 되면 어머니께 어떤 선물을 드리고 싶어요?”

그녀는 울먹이며 대답했다.

“엄마랑 같이 해외여행을 하는 게 소원이에요.
그런데 그럴 기회가 있을까요? 엄마는 시한부 선고를 받았거든요.”

병원에 누워 있던 당시를 생각하면 다시 마음이 콱 막히는지 그녀는 연신 가슴을 쳤다.

"제가 생전 처음 성당에 가서 기도했어요. 부탁드리니 일 년만 더 살게 해달라고. 우리 아이가 가는 길을 조금이라도 보고, 주변 정리를 하게끔 일 년만 시간을 달라고. 기도도 안 해본 사람이 처음으로 간절히 기도를 했어요. 그렇게 삼 개월, 팔 개월, 십오 개월…… 이렇게 지금까지 살아 있네요. 이미 유언장도 썼는데, 생각보다 너무 마음이 편한 거예요. 모든 걸 다 포기해서 그런 거겠죠? 미운 사람도, 나한테 많이 잘못한 사람도 다 용서하고, 그러고 나니 마음이 정말 편해졌어요."

나는 물었다.

"라나와는 자주 대화하시나요? 어떤 부탁을 하시나요?"

그녀는 대답했다.

"여자도 자기 직업이 있어서 그 길을 가는 게 좋아요. 해외 유학을 다녀와서 패션 쪽에 전문직을 구하라고 말하죠. 공부를 더 하면서 자기 자신을 돌아보면 좋으니까요. 사실 제가 무뚝뚝하고 목소리가 안 좋거든요. 우리 딸도 같아요. 그런데 무슨 노래를 잘 하겠어요? 말도 안 되죠. 회사에서 착각한 거예요, 그건 아닌데. 그러니까 가수 말고 공부를 더 했으면 좋겠어요."

나는 다시 물었다.

"그럼, 어머니. 라나는 어머니를 모시고 여행하는 게 소원이라고 했는데, 어머니의 소원은 무엇인가요?"

그녀는 잠시 생각하더니 대답했다.

"우리 딸의 데뷔 무대를 제 눈으로 직접 보고 싶어요. 그래도 몇 년간 고생하면서 준비한 거니까 궁금하기도 하고. 엄마라도 봐줘야 하지 않을까요? 그 모습이 보고 싶어서 아침마다 악을 쓰면서 일어나거든요."

'아, 제길.' 마음이 먹먹해진 나는 속으로 한탄했다. 그녀는 헤어지면서 마지막이라며 한 가지 부탁을 했다.

"사진을 찍을 거면 잘 찍어주세요. 우리 딸한테 조금이라도 해가 안 되도록 엄마 모습을 남겨야죠."

내 눈물샘을 자극한, 그녀다운 작별 인사였다.

혜민은 부모님과 함께 살았다. 그녀는 인터뷰를 집에서 하자고 했다. 서울 삼성동에 있는 값비싼 브랜드 아파트가 그녀와 부모님의 보금자리다. 경비 아저씨에게 한참을 설명한 뒤에야 엘리베이터를 탈 수 있는 곳. 혜민의 부탁에도 불구하고 거주자가 아닌 이들에게 주차장을 허락하지 않아서 우리는 길가에 차를 세웠다.

방문 선물로 산 커다란 수박 한 덩이를 가슴에 안고 초인종을 눌렀다. "안녕하세요. 저희 집에 오신 걸 환영합니다." 혜민이 문 밖으로 해사한 얼굴을 삐죽 내밀었다.

넓은 평수의 아파트 내부는 밖에서 보는 것보다 더 고급스러웠다. 방마다 드레스룸이 딸려 있고, 거실에서 엘리베이터의 움직임을 볼 수 있는 모니터도 있다.

처음 마주한 혜민 어머니의 인상은, 한마디로 우아했다. 부엌에서 일하기 편한 옷차림이었는데도 화사하다는 느낌을 받았다. 그녀와 딸이 꼭 닮아서, 나는 데칼코마니를 떠올려야 했다. 강남 상류층에게 패션은 생활의 일부처럼 보였다. 굳이 꾸미지 않아도 된다는 자신감이 모녀로부터 은은하게 풍겼다.

혜민의 어머니는 미스코리아 출신이다. 고등학생 시절에 미스롯데에 당선됐다. 탤런트 안문숙이 그녀의 동기다. 대학 재학중에 KBS 탤런트 공채 8기로 합격했다. 미스코리아 대회에도 출전해 충남 진으로 선발됐다. 하지만 거기까지였다. 그녀는 연예계 생활을 중단했다. 직접 요리한 간식을 내놓으며 그녀는 말했다.

"친정아버지가 엄했어요. 군인이었거든요. 이쪽 일에 반대가 심했죠. 요즘 같으면 정말 열심히 일했을 텐데……"

나는 물었다.

"많이 후회하시나요? 혹시 그 아쉬움 때문에 따님에게 기대를 거는 건 아닐까요?"

혜민이 쏙 끼어들면서 대신 대답했다.

"엄마가 세뇌시켜서, 제가 이쪽으로 온 거예요."

그렇게 털어놓고는 그녀는 까르륵하고 웃었다. 이번엔 어머니 차례다.

"사실 혜민이 아빠는 반대해요. 옛날 사람처럼 보수적이거든요. 그래도 제가 많이 설득해서 지금은 후원해주고 있죠. 제가 나이를 먹어보니까 젊음은 한때더라고요. 그 시간이 참 아쉬워요.

그래서 저는 혜민이가 이십대 시절을 만끽했으면 좋겠어요. 굳이 스타가 되길 원하진 않아요. 아이에게 자주 말하죠. 가장 아름다운 지금을 즐겨라, 젊음은 돌아오지 않는다."

혜민의 어머니는 딸의 얼굴을 지긋이 쳐다봤다. 뭐가 미안한지 그녀는 얼굴을 다소 붉히며 말을 이었다.

"한편으로 내가 너무 욕심을 부리는 건가? 딸을 엄마의 세뇌로 이끌어가는 건 아닐까? 몇 번을 물어봤는데, 다행히 자기도 이 일이 하고 싶다고 그러네요. 얘가 재주가 많거든요. 얼굴이 그렇게 예쁘지는 않지만."

인터뷰를 마치고 나서 혜민이 자기 방으로 안내했다. 커다란 방에는 어여쁜 옷과 장신구가 그득했다. 스타제국에 가끔 찾아오는 팬들이 건네준 선물들은 여기저기 소중하게 전시되어 있었다. 어머니가 없는 자리에 서자, 혜민은 오히려 편안한 모습이었다. 나는 별생각 없이 물었다.

"엄마는 어떤 존재라고 생각하니?"

그녀는 갑작스러운 질문에 당황한 눈치였다. 곰곰이 생각하던 그녀가 눈물부터 보였다.

"요즘에는 엄마가 늙는 게 보여요. 그래서 너무 무서워요. 전 아직 엄마가 필요한데, 엄마가 없어질까봐…… 너무 걱정돼요. 엄마는 이제 겨우 쉰 살이 넘었는데, 벌써부터 무서워요. 저는 엄마를 정말 사랑해서, 엄마가 죽으라면 죽을 수도 있거든요."

이런 상황에서 당황한 건 오히려 나였다.

"혜민아, 왜 그런 생각을 하는 거니?"

"엄마가 최근 병원을 자주 다녀요. 이미 자궁을 드러내는 수술을 받았는데, 한번 더 해야 한대요. 그래서 스트레스를 많이 받기도 하고, 많이 아파서 자주 통증을 호소하세요. 그럴 적마다 얼마나 무섭고 놀라는 줄 몰라요."

그랬구나, 그랬었구나. 나는 며칠 전 혜민이 연습실에서 들려준 이야기를 퍼뜩 생각했다.

그녀는 미스코리아 대회의 서울 예선에 참가했다. 스타제국 매니저들이 눈치채지 못하도록 몸이 아파서 병원에 간다고 둘러댔다. 내게 비밀을 털어놓은 건, 지역 예선에서 합격 통지를 받은 기쁨 때문이었다. 주위에 자랑할 데가 없었던 혜민은 맑은 눈을 빛내며 말했다.

"엄마가 정말 좋아하실 거예요. 엄마도 미스코리아 출신이거든요. 제가 직속 후배가 되는 걸 보고 싶다고 어려서부터 자주 말씀하셨어요."

아쉽게도 인생은 원하는 대로 굴러가지 않는다. 혜민에게도 그 원칙은 비껴가지 않았다. 미스코리아 본선에 참가하려면 후보자들은 며칠간의 합숙에 반드시 참여해야 했다. 그녀는 어쩔 수 없이 스타제국 사장에게 모든 것을 털어놓았다. 결과는 당연히 거절. 데뷔를 앞둔 시점에 다른 일에 매달리다니. 달가워할 매니저는 없었다. 혜민은 서러워서 내게 울먹이며 말했다.

"엄마가 좋아할 일인데 너무 아까워요. 본선에서 반드시 수상할 것 같았거든요. 비록 슈퍼모델 선발대회에 입상하지 못했고, 나인뮤지스에서는 병풍 같은 존재지만 미스코리아 대회만큼은 정말 자신 있었어요."

그 기억이 떠올라서 나는 혜민에게 물었다.

"어머님께 네 자신이 병풍처럼 느껴진다고 이야기해본 적 있니?"

울음을 그치지 못한 그녀는 떨리는 목소리로 대답했다.

"엄마한테 얘기했죠. 어제도 새벽에 연습 마치고 오자마자 말했어요. 엄마는 항상 좋은 말씀만 해주세요. 네가 노력한 만큼 나중에는 바뀔 거라고. 하지만 그렇게 말하는 엄마 얼굴은 굉장히 슬퍼 보여요. 말로만 그렇게 하고 속으로는 무척 실망한 거겠죠?"

그때 나는 아주 오래전, 부산에서 겪었던 일을 들려주고 싶었다. 어린 아들에게 이혼을 권유받은 엄마는 알코올의존증에 빠진 아빠와 이별하지 않았다고. 더 억척스럽게 일해서 가장의 역할을 대신하고, 어리석은 아들을 열심히 키웠노라고. 그러고 보면 어머니는 우리가 만족시킬 수 있는 존재가 아니라, 어느 상황에서도 제 자식을 껴안고 애달파하는 존재라고.

내 이야기가 굵은 눈물을 뚝뚝 흘리던 혜민에게 도움이 됐는지 모르겠다.

09
매니저에게도 눈물은 있다

◀◀
아팠지만 좋은 경험이었어요.
연예인은 스타가 되면 언제든 떠나버리는 냉정한 사람들이거든요.

악어의 눈물과 낙타의 눈물. 그것은 상반된 의미를 가졌다. 악어가 흘린 눈물은 위선적인 행위를 일컫는다. 먹잇감을 잡아먹은 뒤 악어는 희생자를 위해 눈물을 흘린다고 했다. 강자가 약자 앞에서 거짓으로 동정을 보이는 행위를 악어의 눈물이라 말하는 건 그런 연유에서다.

난산을 경험한 낙타는 어린 자식을 거부하곤 했다. 몽골의 유목민은 이런 낙타를 초원으로 데리고 나갔다. 모성애를 잃은 짐승을 달래기 위함이다. 주인은 낙타의 어깨에 전통악기 마두금을 걸어주고 집으로 돌아간다. 초원에 남겨진 낙타에게 바람이 불어와 마두금을 울리면, 들짐승은 버려진 자식을 생각하며 눈물을 흘렸다. 울음을 통해 잃어버린 모성을 회복하는 것이다.

우리는 스타제국에서 매니저들과 함께 생활했다. 그들도 자주 울었다. 스타 지망생이든 매니저든 삶은 예외 없이 힘든 법이다. 그들의 눈물을 보면서 악어와 낙타를 번갈아 떠올렸다. 매니저의 눈물이 위선의 눈물인지, 치유의 눈물인지. 아직도 분간하지 못하겠다.

나인뮤지스의 데뷔가 놀라운 속도로 다가오고 있었다. 단순히 '연예인이 된다'고 표현했지만, 그것은 엄청난 변화를 의미했다. 쉽게 말하자면, 인간계에서 연예계로 숨쉬며 살아가는 공간이 바뀌는 것과 같았다. 지구인이 우주로 나갔을 때 느껴야 할 엄청난 압박을 상상해보라. 연습생들은 그 같은 압박을 견디며 일반인에서 연예인으로 재빠르게 탈바꿈했다. 그 속도와 압력이 얼마나 대단한지, 연습실은 뜨거운 열기로 후끈거렸다.

걸그룹의 탄생은 데뷔곡을 선정하는 것으로 시작됐다. 신주학 사장은 고심 끝에 〈No Playboy〉를 골랐다. 유명 뮤지션이자 대형 연예기획사 JYP의 대표인 박진영이 작사 작곡에 참여한 노래였다.

나는 기억했다. 맨 처음 연습실 문을 열고 들어갔을 때 들렸던 음악의 음률을. 당시 매니저들은 그 경쾌한 노래를 데뷔곡이라고 소개했다. 나인뮤지스 멤버들 역시 그 음악으로 수없이 노래하고 춤췄다. 자던 중에 누군가 깨우더라도 안무를 곧장 해낼 수준이라고 자랑도 했다. 그런데 그 데뷔곡이 바뀐 것이다.

매달 헤아리기 힘들 만큼의 여러 아이돌 그룹이 등장했다. 대부분 흔적없이 사라지고 일부만 살아남았는데, 그것이 케이팝 시장의 생리였다. 그런 까닭에 사람들의 이목을 끄는 독특한 전략이 필요했다.

신사장은 이른바 '히트메이커'인 JYP의 명성을 이용해 나인뮤지스를 반석에 올려놓을 심산이었다. 데뷔를 앞두고 노래를 바꾸면 신인 그룹이 쉽게 적응할 수 있겠느냐는 내 물음에, 그는 코를 찡끗하더니 대답했다.

"이런 참, 내 감을 믿어보라니까."

경험과 자신감이 불확실한 미래를 개척하는 데 중요한 자산이 된 적이 많았다. 그것은 내 지나간 삶에서 얻은 생생한 교훈이다. 사장에 대한 미더움이 커지고, 나인뮤지스가 스타의 반열에 등극할 날을 더욱 기대하게 됐다.

박진영의 곡이라는 소식이 전해지자 멤버들은 흥분했다. 연습실에 새로운 곡이 울려퍼짐과 동시에 커다란 눈의 소녀들은 기쁨을 감추지 못했다. 세라는 멤버들에게 가사가 적힌 종이를 복사해 나눠줬다.

"얘들아, 이거 우리 타이틀곡 가사야. 얼른 연습해."

흥얼대며 노래를 따라 부르던 현주가 말했다.

"노래, 정말 좋은데요? 역시 박진영이에요."

안무를 맡은 지성황 매니저도 바빠졌다. 새 곡에 맞춰 새로운 안무를 짜야 했다. 그는 창가 옆에서 눈을 감고 음악에 몸을 맡겼다. 흐느적거리면서 웨이브를 춰보기도 하고, 절도 있게 팔과 다리를 꺾어보기도 했다. 그 모습을 바라보던 세라가 다가갔다. 그러고는 웃옷을 훌훌 벗었다. 타이트한 상의만 남긴 그녀는 안무 담당매니저가 만들어내는 춤을 흡수했다.

걸그룹의 새로운 안무를 창조하는 이는 눈을 감고 음악에 몸을 맡겼고, 그 안무를 실제 무대에서 시연할 이는 그의 몸짓을 복제하려 애썼다. 나는 몹시 궁금해졌다.

'안무가는 왜 직접 스타가 되려고 하지 않는 걸까? 애써 창작한 작품을 다른 이의 몸을 빌려 보여주고 싶을까? 그에겐 욕망이 없는 것인가?'

지성황 매니저를 달달 볶아 그를 따라다닐 기회를 얻었다. 허락된 시간은 단 하루. 많은 이들이 기억하는 히트 안무를 만든 주인공이었지만, 그는 가난했다.

스타제국 인근의 반지하 전세방이 그의 집이다. 이른 저녁에 안무가를 찾아갔다. 철문을 열고 들어가자 높은음자리표가 아로새겨진 벽지부터 눈에 들어왔다. 방에도 부엌에도 화장실에도 해외 뮤지션의 사진이 덕지덕지 붙었다.

그는 울산에서 상경한 늙은 부모님과 식사를 하고 있었다. 어머니는 부드러운 인상이었지만, 아버지의 얼굴엔 병색이 짙었다.

그가 외아들에게 걸쭉한 경상도 사투리로 물었다.

"퇴근 시간이 없는가? 새벽 두시건 세시건, 밤샘할 때는 거기서 계속 가르쳐야 되나?"

"네, 밤새 함께 있어야죠."

"잠자는 데는 따로 있나? 아침은 거기서 안 해주제?"

"식당이 있으니까 별문제 없어요."

무뚝뚝한 경상도 부자의 대화는 이쯤에서 끊겼다. 그들은 조용히 밥을 먹었다. 밥그릇이 빈 다음에야 아버지는 딱딱한 어투로 입을 다시 열었다.

"사람이 서른이 넘어서면 빨리 판가름이 선다. 이게 아니다 싶으면 어서 방향을 돌려야제."

안무가는 말이 없었다. 그는 밥상에 고개를 처박았다. 아버지의 잔소리는 계속됐다.

"나이가 차면 아가씨도 있어야 하고, 부모는 다 그렇게 생각한다."

"장가가란 얘기네요?"

"암, 장가가야지."

그의 아버지는 췌장암 환자다. 서울의 한 병원에서 수술을 받기 위해 외아들의 집을 찾았다. 하지만 수술 전에 정밀검사를 받은 뒤 아버지는 돌연 마음을 바꿨다.

"췌장하고 간에 조그만 암이 붙어 있더라고. 내가 생각 많이 했지요. 암 수술하고 육칠 년 더 사는 게 나은지, 그냥 편하게 일 년 정도 살다 가는 게 나은지. 그래서 병원을 박차고 나왔어요. 내가 수술하고 누워 있으면 집사람도 그렇고, 아들도 그렇고."

"그래도 암 치료는 하셔야죠?" 내가 이렇게 묻자 그는 단호하게 대답했다.

"결정했으니 그냥 가렵니다. 그보다 아들놈이 어서 이 짓을 관둬야죠. 울산에 와서 번듯한 직장에 들어가는 걸 봤으면 좋겠는데."

안무가 지성황은 사춘기 시절부터 부모님 몰래 춤을 배웠다고 했다. 장손에 외아들이라는 부담감이 컸는데, 춤추는 동안에는 만사를 잊었다. 서울에서 열린 댄스 대회에서 1등을 하고 그길로 연예계에 뛰어들었다. 부모의 반대가 대단했지만 그를 막지 못했다. 이제 인생의 종점을 바라보는 아버지는 아들의 마음을 돌리려 마지막 시도를 하고 있었다.

"어릴 때는 국회의원을 시키는 게 꿈이었죠, 하하. 지금 흘러가는 방향은 그게 아니네요. 이번에 내려갈 때 데리고 가렵니다. 내가 정년퇴직한 직장에 부탁할 수도 있으니까."

나는 암울하게 말하는 안무가의 아버지가 안쓰러워서 입을 뗐다.

"장손인데 예쁜 며느님도 보셔야지요?"

그는 대답했다.

"예쁘면 뭐해요, 착해야지. 남 위할 줄 알고. 인물은 뭐 볼 필요 있어요?"

"그래도 젊을 때는 인물을 보잖아요?"

"인물은 잠깐이라니까요."

아버지와 대화를 나누는 동안, 안무가는 집 앞에서 담배를 피웠다. 답답한 표정이었다. 나는 그에게 다가가 물었다.

"왜 직접 스타가 될 생각을 안 했어요?"

그는 피식 웃으며 대답했다.

"저라고 그런 꿈이 없었겠습니까? 한때는 유명인이 되고 싶어 안달했죠. 하지만 스타는 실력만으로 되는 게 아니더라고요. 인물도 몸매도 운도 돈도 있어야 해요. 그 모든 걸 갖추지 못해서 저는 자연스레 뒤처진 거죠."

나는 그의 말꼬리를 물었다.

"만약 다시 태어난다면 스타가 되고 싶으신가요?"

그는 뜻밖의 대답을 남겼다.

"아니요. 이제 더이상 스타가 되기를 원하지 않습니다. 스타가 된 친구들이 어떻게 사는지 똑똑히 봤거든요. 저는 그렇게 살진 않을 겁니다. 그저 춤출 수 있으면 됐어요."

그는 먼 곳을 바라보며 허허롭게 웃었는데, 내 눈엔 울고 있는 것처럼 보였다.

데뷔 준비에 속도가 붙을수록 멤버들의 스트레스는 커졌다. 아무리 유명 뮤지션의 작품이라 해도 무대에서 제대로 소화하지 못하면 말짱 도루묵이다. 익숙하지 않은 것을 익숙해지게 하려는 매니저와 그들의 요구를 차마 받아들이지 못하는 아이들은 자주 부딪쳤다.

건반을 치면서 노래를 가르치는 보컬 선생님은 그런 소녀들의 마음을 읽었다. 그녀는 마음을 열고 아이들을 대하고 싶었던 모양이었다. 문득 노래 연습을 중단한 선생님이 나인뮤지스 멤버들에게 말했다.

"다들 힘이 떨어져서 분위기가 내려갔어. 목소리를 높여서 소릴 질러야 하는데, 그럴 마음이 없어 보이네. 너희들을 가장 많이 괴롭혔던 사람 이름으로 연습해보자. 누가 제일 너희를 괴롭게 하니?"

아이들은 서로 눈치를 보더니 입을 맞춰 소리질렀다.

"명필아!"

호랑이 같은 본부장을 흉본 게 민망했는지 아이들은 수줍은 웃음을 터뜨렸다. 그 모습을 지켜보던 선생님이 물었다.

"대체 명필이가 누구야?"

아이들이 한목소리로 대답했다.

"봉명필 본부장님이요."

선생님은 아차 하는 표정이었다.

"아, 그 양반. 좋았어! 더 크게 질러보자, 시작!"

"명필아!"

아마도 그날 봉본부장은 귀가 찢어지게 아팠을 테다. 연습실에서 독기 어린 눈으로 나인뮤지스를 가르치던 그의 얼굴이 떠오르자 나는 참지 못하고 박장대소했다. 아이들은 후련한 얼굴이었다.

"아, 시원해. 스트레스가 풀려요."

◀◀

"만약 다시 태어난다면 스타가 되고 싶으신가요?"

그는 뜻밖의 대답을 남겼다.

"아니요. 이제 더이상 스타가 되기를 원하지 않습니다. 스타가 된 친구들이 어떻게 사는지 똑똑히 봤거든요. 저는 그렇게 살진 않을 겁니다. 그저 춤출 수 있으면 됐어요."

리더인 세라가 제안했다.

"우리 주학이도 한번 갑시다."

신주학 사장의 이름까지 나오자 잔뜩 신이 오른 선생님이 거들었다.

"에프다 에프. 제일 높은 음. 시작!"

"주학아!"

그렇게 아이들은 매니저들의 이름을 번갈아가며 목이 터져라 외쳤다. 어쩌면 너셔나오는 욕지거리를 꾹 참고 소리만 질렀는지도 모를 일이다.

같은 시각. 유일하게 호명되지 않은 나인뮤지스의 전담매니저 이효진 실장은 강남으로 차를 몰았다. 다른 매니저들과 달리 그는 무척 합리적인 사람이었다. 정확하게 말하자면 그렇게 보이는 매니저였다. 누구에게나 조곤조곤 말했고, 연습생들도 차별 없이 대했다. '그에게선 점잖은 냄새가 난다'고 어느 소설을 인용한 표현으로, 아이들은 이실장을 에둘러 칭찬하곤 했다.

그는 부잣집 아들이었다고 했다. 남부럽지 않게 자랐던 이실장에게 외환위기는 삶의 변곡점이 됐다. 아버지의 사업이 부도나면서 가세가 급격하게 기울었다. 학비를 벌기 위해 직접 나서야 했는데, 디자인을 전공한 그가 매니저 일을 시작한 원인이었다.

"당장 돈이 필요했으니까요. 아르바이트로 삼은 일인데, 십 년 넘게 계속할 줄은 상상도 못했네요."

'매니지먼트는 결국 사람 장사'라고 말하는 그는 숱한 경험을 치렀다. 그것은 전쟁과 같은 것이었다고 했다.

"의기투합해서 함께 일했던 어느 연예인에게서 많이 배웠죠. 지금은 이름만 대면 알 만한 스타가 됐습니다. 온갖 어려움을 뚫고 알려질 만할 때 대형 기획사로 떠나버렸죠. 사랑하는 사람과 헤어진 것보다 수십 배는 더 마음이 아프더군요. 겨우 매니저로서 성공할 시기에 떠나니까 경제적으로도 어려웠고요. 정말 많이 울었습니다. 자살도 생각해봤고요."

믿었던 이의 배신으로 힘겨웠던 시간이 떠올랐는지, 운전대를 잡고 있는 그의 눈가가 촉촉해졌다.

"아팠지만 좋은 경험이었어요. 연예인은 스타가 되면 언제든 떠나버리는 냉정한 사람들이거든요. 항상 대비해야 한다는 지혜를 얻었죠."

그는 덧붙였다. "매니저들끼리 하는 얘기가 있어요. 담당연예인한테 하는 만큼 부모님께 했으면 효자가 되고도 남았을 거라고요. 가족과 주고받는 게 5 대 5라면, 매니저와 연예인의 관계는 8 대 2 정도? 매니저가 일방적으로 마음을 주는 관계 같더군요."

여기서 침을 꼴깍 삼키더니, 그는 고개를 돌려 내 얼굴을 빤히 쳐다봤다. "짝사랑이란 표현이 정확한 거 같아요."

나는 혼란스러웠다. 매니저와 스타 지망생. 두 관계에서 가해자는 매니저, 피해자는 스타 지망생이라는 공식이 무너졌기 때문

"매니저들끼리 하는 얘기가 있어요. 담당연예인한테 하는 만큼 부모님께 했으면 효자가 되고도 남았을 거라고요. 가족과 주고받는 게 5 대 5라면, 매니저와 연예인의 관계는 8 대 2 정도? 매니저가 일방적으로 마음을 주는 관계 같더군요."

나는 혼란스러웠다. 매니저와 스타 지망생. 두 관계에서 가해자는 매니저, 피해자는 스타 지망생이라는 공식이 무너졌기 때문이다.

이다. 그래서 나는 안절부절못하며 물었다.

"매니저만 잘리는 게 아니지 않습니까? 걸그룹에서도 멤버 교체는 이뤄질 텐데요?"

그는 대답했다.

"그렇죠. 나인뮤지스 역시 마찬가지였으니까요. 지금 아홉 명이 남기까지 스무 명 넘는 연습생들이 쫓겨났어요. 하지만 '이제 너는 이 그룹에 어울리지 않는다'라고 통보하는 사람 역시 상처를 받아요. 매니저도 사람이거든요. 조금 전까지 잘 지내다가 갑자기 이별 선고를 하는 관계로 돌아설 수 있으니 깊은 정을 줄 수 없어요."

교통 체증이 유난히 심했다. 한 시간 넘게 달려서 도착한 곳은 강남의 세련된 카페였다. 주차를 마친 이실장은 만날 사람이 있다고 했다. 따라가도 되냐고 물어보자 그는 고개를 끄덕였다.

그곳에서 슈퍼모델 출신인 문현아를 만났다. 이실장은 그녀의 신상을 잘 아는 눈치였다. 그는 물었다.

"노래해본 적 있지?"

현아는 대답했다.

"네. 다른 기획사에서 그룹 멤버로 활동했어요. 하지만 사장님이 약속을 지키지 않았어요. 결국 계약을 파기했는데, 그 과정에서 많이 힘들었어요."

그는 무심하게 응대했고, 현아는 똑부러지게 말했다.

"차라리 잘됐네. 아픈 경험은 미리 겪는 게 나으니까."

"여자들끼리의 경쟁이 얼마나 무서운지 잘 알아요. 그래도 이겨낼 자신 있어요."

이실장은 그녀와 계약하기로 마음먹었다. 현아에게 안무에 대해 자세히 이야기했고, 하루빨리 다른 멤버들 수준으로 실력을 끌어올리라는 충고도 했다. 앞으로 그녀는 아름이와 더불어 나인뮤지스의 예비 멤버로 등록될 것이다.

불과 몇십 분 전, 매니저의 아픔을 이야기했던 그의 발 빠른 행동에 나는 입이 떡 벌어졌다. 내 혼돈을 눈치챘는지 그가 먼저 말했다.

"지금의 멤버 가운데 막연히 연예인이 되고 싶어서 온 애들도 있어요. 생각 없는 친구들이죠. 현아는 독한 마음이 있네요. 나약한 애보다 독한 애가 있어야 팀의 분위기가 바뀝니다. 멍청하게 굴다가 나중에 제가 버림받는 것보다는 나아요. 미리 준비해야 합니다."

눈앞에 벌어지고 있는 일을 있는 그대로 이해해야 했다. 이것이 현실이다. 받아들이지 못하면 아마추어라는 핀잔을 들을 텐데, 이 바닥에서 그것은 절망적인 평가다.

나는 그날 이실장에게 프로페셔널의 의미를 배웠다.

'악어의 눈물과 낙타의 눈물을 동시에 흘리는 사람이 되어야 한다. 그렇지 않으면 버려질 것이다.'

IO

섹시함의 슬픔을 깨닫다

■

맨몸을 거의 드러낸 채 가터벨트 스타킹을 착용한 세라의 모습은 섹시했지만, 동시에 처연했다.

"제가 보수적인 집안에서 자라서 그런 걸까요? 노출 콘셉트가 너무 싫어요. 제 몸을 남들 앞에 드러내는 게 수치스럽거든요. 가수는 노래만 잘하면 되는 거 아닌가요? 이런 불만을 가진 제가 이상한가요?"

〈No Playboy〉의 뮤직비디오 촬영 현장에서 만난 세라의 말이다. 맨몸을 거의 드러낸 채 가터벨트 스타킹을 착용한 세라의 모습은 섹시했지만, 동시에 처연했다. 당장이라도 울 것 같은 그녀의 고백은 진심이었기에 나는 무척 혼란스러웠다.

아이돌 그룹은 소위 '팬심'을 먹고 자란다. 걸그룹의 경우 아저씨들의 마음을 얻어야 살아남는다고 했다. 이 바닥의 성공방정식이다. 매니저들에 따르면 군대를 다녀와 사회생활을 경험한 나이

■
"제가 보수적인 집안에서 자라서 그런 걸까요? 노출 콘셉트가 너무 싫어요. 제 몸을 남들 앞에 드러내는 게 수치스럽거든요. 가수는 노래만 잘하면 되는 거 아닌가요? 이런 불만을 가진 제가 이상한가요?"

먹은 남자들을 열광시키는 여성의 조건은 단 두 가지다. 섹시하거나 혹은 귀엽거나.

나인뮤지스는 '모델돌'이라 불릴 만큼 시원한 몸매와 화려한 미모를 자랑했다. 몸매가 강점인 신인 걸그룹이 살아남는 방법은 간단했다. 섹시함을 강조하는 것이다. 숱한 남성들을 매료시키고, 어린 여성들을 혹하게 하는 최선의 방법이기 때문이다. 나는 생각했다.

'당연히 벗어야 하고, 그 일을 즐겨야만 하는데, 그래야 성공하는데, 다른 이도 아닌 리더가 노출에 거부감을 느끼다니, 아이러니 아닌가?'

정글과도 같은 대한민국 사회에서 살아남으려면 경쟁에서 반드시 이겨야 한다. 연예계는 혹독한 정글이다. 여기서 생존하려면 몇 가지 조건이 필요하다. '짐승처럼 날 선 감각'과 '자신의 강점을 부각하는 전략'이 그것이다. 그렇지 않으면 처절하게 버려질 것이다. 운좋게 생명을 부지하더라도, 아웃사이더로 지내야 한다. 나 자신이 그런 삶을 살아왔기에 잘 아는데, 무척 외로운 것이었다.

세라는 지금 나인뮤지스의 최대 강점을 드러내길 거부하고 있다. 그녀는 스타로 성공하겠다는 꿈을 버린 것인가? 누구보다도 가수에 대한 의지가 컸던 인물이다. 그녀에게 아웃사이더로 살았던 내 경험을 들려주기로 했다. 세라만큼은 연예계의 중심에서 스타로 성장하길 바라는 마음에서였다.

어린 시절, 나는 영화감독 지망생이었다. 가난한 어머니의 손을 잡고 허름한 상영관에 들어서면, 영사기에서 뿜어져나오는 한 줄기 빛이 그리도 좋았다. 빛은 언어가 되고, 언어는 감동으로 타올랐다. 대학을 들어간 뒤 영화감독의 삶이 얼마나 가난한지 깨달았다. 그래서 드라마 피디를 지망했지만, 그리 간단한 일은 아니었다.

방송국 입사 시험에서 연거푸 떨어졌다. 시험을 보고, 낙방을 하고, 술 마시며 울고…… 그런 악순환이 계속됐다. 시험 과목이 비슷한 신문사 취재기자 시험에 합격한 건 기적이었다. 그날, 나는 학교 운동장을 펄쩍펄쩍 뛰어다녔다. 대학을 졸업하고 백수로 지낸 게 일 년을 훌쩍 넘겼다. 그렇게 원했던 영상을 다루는 직업은 아니었지만, 누군가 나를 받아줬다는 안도감에 세상을 다 가진 것처럼 즐거웠다.

단 한 번도 생각하지 않았던 신문기자의 세계. 그리도 원했던 영상의 세계로부터는 거부당했어도, 이 세상에서만큼은 능력을 인정받으리라 나는 다짐했다.

수습기자로 서울 동대문경찰서를 찾은 날. 세 문장으로 된 짧은 기사를 써서 선배에게 검사받았다. 선배는 빨간 펜을 들더니 원고지에 잘못된 문장을 체크했다. 원고지 두 장이 금세 붉은색으로 물들었다. 그는 지적했다. "주어 빼고는 쓸 단어가 하나도 없구나. 어떻게 신문사에 들어온 거니?"

입사동기는 열 명이었다. 경찰 자료를 뒤져 사건을 파악하는 일, 사고 현장을 찾아 팩트를 정리하는 일, 장례식장에서 유가족을 인터뷰하는 일. 어떠한 업무에서도 나는 꼴찌였다. 선배들은 내 술잔에 소주를 따라주면서 말했다. "네가 젊으니까 하는 말인데, 기자는 다소 재능이 필요한 직업 같더라. 그런 면에서 너는 아닌 것 같아. 편집국에서 구조조정을 한다면 네가 1순위일 게다. 다른 직업을 찾아보면 어떻겠니? 너는 차라리 영화나 드라마 연출을 하는 게 좋을 것 같아."

그들은 내가 진입하고 싶었으나 번번이 거절당했던 세상으로 다시 돌아가라고 충고했다. 나는 두려웠다. 겨우 문을 열고 들어간 사회에서 적응은커녕, 방출이라니. 평생 잘나간 적 없는 아웃사이더의 삶은 그렇게 서글펐다.

돌이켜보니, 세라는 매니저들의 스타일 회의 때부터 불만이 많았다. 스타제국의 대형 회의실 책상 위에 수많은 의상 콘셉트 사진이 놓인 건, 뮤직비디오 촬영이 있기 며칠 전이었다. 스타일리스트가 손수 제작한 무대의상을 멤버들에게 입혀보고 수정할 참이었다. 세라, 혜빈, 은지가 옷을 입고 회의실로 들어왔다. 아직 수선중이었기에 바느질 마감은 완벽하지 않았다. 의상 뒷부분이 벌어져 상의 속옷이 훤히 보였다.

매니저들은 개의치 않았다. 스타일리스트는 최정윤이다. 외국 유학까지 마친 그녀에 대한 신주학 사장의 신임은 두터웠다. 그녀는 사장을 비롯한 여러 매니저들에게 설명했다.

"아이들이 워낙 길쭉길쭉하니까, 라인을 강조했어요. 걸그룹이 핫팬츠에 가터벨트를 착용한 경우는 한 번도 없었거든요. 여기서 여신의 느낌을 좀더 낸다면, 뒤쪽에 길게 천을 대서 잡아줄 수 있어요."

사장은 머리를 끄덕였다. 다른 매니저들도 동의했다. 안무 담당매니저가 손을 들어 질문했다.

"아이들의 대표 컬러는 흰색으로 하는 건가요? 지금 입은 게 화이트라서."

질문이 떨어지기 무섭게 스타일리스트는 대답했다.

"이 톤 하나하고 블랙, 두 가지로 하려고요. 블랙은 상당히 시크한 느낌이 날 거예요."

세라가 갑자기 그들의 대화에 끼어든 건 그즈음이었다.

"선생님, 그런데 지금 입은 흰색 의상은 속옷 색깔이 다 보여요."

자신에 찬 스타일리스트에게 연습생의 돌발행동은 별문제가 되지 못했다. 그녀는 말했다.

"뮤직비디오를 촬영할 때는 지금 그 흰 의상을 입어서 속옷이 비치게 할 거고, 방송 무대에서는 블랙으로 속옷을 가려줄 거야. 뮤직비디오에서 그 정도 노출은 해줘야 돼."

똑부러지는 설명에 회의실에 모인 매니저들은 맞장구를 쳤고, 세라의 얼굴은 참담하게 구겨졌다.

불암 촬영소는 경기도 북부에 위치했다. 뮤직비디오 촬영은 사흘간 계속됐다. 세라의 불만은 잦아들지 않았다. 지난 경험담을 늘어놓은 나의 노력도 허사였다.

〈No Playboy〉는 바람둥이 남자친구에게 경고하는 당찬 여성의 심정을 담은 곡이다. 가사가 도발적이었기에, 뮤직비디오 영상도 감각적이고 섹시해야 한다고 매니저들은 판단했다.

콘티에 따라 가터벨트를 착용한 각 멤버들의 모습부터 담았다. 그것이 첫날의 촬영 분량이다. 아이들은 스타일리스트가 준비한 화이트와 블랙 의상을 번갈아 입었다.

촬영 순서는 리더부터다. 세라는 며칠간 잠을 못 잔 얼굴이었다. 음악을 크게 틀어놓고 맘껏 춤추라고 주문한 연출자는 촬영감독을 불렀다. 상의를 마친 그들은 세라에게 물었다.

"어디 아픈 거야? 눈 밑에 다크서클이 왜 그렇게 내려왔어?"

세라는 아무 대답 없이 두 손가락을 들어 눈 주위를 가리켰다. '힘들어서 몸 상태가 안 좋아요'라고 호소하는 것 같았다. 결국 다음 순서로 대기하는 멤버를 무대 위로 불러들였다. 세라는 마지막으로 밀렸다. 나는 세라를 쫓아갔다. 여유가 생긴 동안 메이크업 담당자가 그녀의 얼굴을 두껍게 화장했다. 스태프들은 면봉을 들고 그녀의 눈두덩이를 면밀히 관찰한 뒤 그 위에 분을 발랐다. 사진을 찍어서 다크서클이 감춰졌는지 여러 번 체크했다. 나는 그들 옆에 앉았다.

"무슨 일 있었니?"

세라는 갈라진 목소리로 대답했다.

"스트레스 때문인지 몸살에 걸렸어요. 벌써 며칠째인걸요."

"오늘 촬영 때문에 그런 거로구나?" 내 질문에 그녀는 힘없이 고개를 끄덕였다. 세라가 어떤 이유로 뮤직비디오 촬영을 두려워하는지 알기에 더이상 질문하지 않았다.

메이크업을 마친 세라는 다시 카메라 앞에 섰다. 다른 멤버들의 촬영은 모두 끝났다. 분위기를 풀어줄 요량인지, 연출자는 큰 소리로 외쳤다.

"순식간에 그렇게 예쁘게 변하면 어떡해? 깜짝 놀랐잖아."

세라는 그의 노력이 싫지 않은지 수줍게 웃었다. 곧이어 음악이 울려퍼졌다. 〈No Playboy〉는 도입부가 독특한 노래였다. '빰, 빰, 빰빠밤빠!' 하는 타악기 느낌의 단순하고도 묵직한 신시사이저 음이 반복됐다. 노출을 병적으로 싫어하는 소녀는 그 소리에 맞춰 경쾌하게 몸을 내던졌다. 카메라는 그 움직임을 앵글에 담기 위해 위아래로 흔들리며 그녀를 따라다녔다. 마치 세라의 몸을 탐닉하기라도 하듯.

그 모습이 마치 똬리를 튼 독사가 먹이를 사냥하기 직전, 희열에 몸통을 부르르 떠는 것 같아서 나는 무척 불편했다. 세라는 경쾌하게 육체를 흔드는 대신, 이를 악물고 뭔가를 털어내는 춤을 계속 췄다.

촬영 마지막날, 스타제국 소속 배우 줄리엔 강이 함께했다. 그

■

카메라는 그 움직임을 앵글에 담기 위해 위아래로 흔들리며 그녀를 따라다녔다. 마치 세라의 몸을 탐닉하기라도 하듯.
그 모습이 마치 똬리를 튼 독사가 먹이를 사냥하기 직전, 희열에 몸통을 부르르 떠는 것 같아서 나는 무척 불편했다.

는 바람둥이 역할을 맡았다. 연출자는 상반신을 드러낸 남자 배우를 중심으로 아홉 멤버들이 부챗살처럼 펼쳐져 누워 있는 장면을 찍고 싶어했다. 매력 만점인 수컷을 표현하려는 의도로 보였다. 나인뮤지스 멤버들은 사흘간의 촬영 가운데 노출이 가장 심한 옷을 입었다. 비키니에 가까운 블랙 색상의 의상이다.

상반신과 하반신을 최소한으로만 가린 소녀들이 우르르 촬영장 안으로 들어섰다. 팔과 다리는 물론 허리와 등까지 드러났다. 젊은 여성 특유의 우윳빛 살결이 눈부셨다. 스타일리스트는 멤버들의 노출된 살결에 금빛 가루를 정성스럽게 묻혔다. 조명이 내리쬐면 아이들의 몸은 블랙과 골드로 빛날 것이다.

알몸의 남성과 여성을 피사체 삼은 마지막 촬영은 꼼꼼하게 진행됐다. 수없이 NG가 반복됐지만, 아무도 불만을 말하지 않았다. 그 모습을 보면서 나는 골똘히 생각에 빠졌다.

'젊음은 여름 한나절 지나가는 소나기와 같다. 사람이 싱싱한 육체를 자랑할 수 있는 시기는 찰나에 불과하다. 그런 의미에서 젊은 몸을 보는 건 분명 즐거운 일이다. 그런데 지금 내 앞에 펼쳐진 뜨거운 육체의 향연이 그다지 반갑지 않은 이유는 무엇일까?'

사흘을 꼬박 채운 촬영을 마쳤다. 세라는 촬영장을 떠나지 못했다. 온몸에 붙어 있는 금가루를 떼어내는 데 여념 없었다. 그 옆을 지나치면서 무심히 물었다.

"연예인 되기가 쉽지 않구나?"

세라는 맥없이 대답했다.

"저랑 안 맞는 거 같아요."

그러더니 머리를 푹 숙이고 울기 시작했다. 그녀의 눈물은 스태프들이 현장 정리를 마칠 때까지 계속됐다.

노출 문제로 촬영 내내 불편했다는 소식이 스타제국에 전해지자, 매니저들은 불쾌한 심사를 감추지 않았다.

데뷔는 축제다. 짧게는 몇 년, 길게는 십수 년간 갈고닦은 실력을 대중에게 선보이고 그들의 평가를 받는 자리다. 결과에 따라 케이팝 스타로 등극할 기회를 얻을 것이다. 청소년들의 우상으로 군림할 기회인 만큼, 모든 연습생들에겐 꿈같은 순간이다. 그런데 이런 일이 벌어지다니.

봉명필 본부장은 나인뮤지스 멤버들과 기획사 매니저들을 한자리에 모이게 했다. 모든 스태프의 목소리를 그녀들에게 전달하기 위해서였다.

본부장이 먼저 입을 열었다.

"여기 왜 모인지 아는 사람? 아무도 없네. 우리 대화 좀 한번 해보자고 모인 거야. 누구든 시작해봐."

이효진 실장이 바통을 받았다.

"뮤직비디오 촬영장에서 나왔던 얘기야. 노출이 너무 심한 거 아니냐, 우릴 벗겨놓고 쌈마이로 만드는 거 아니냐는 질문까지 나오더라. 이건 좀 심하지 않니?"

다른 매니저도 거들었다.

"솔직히 말해서 너희들이 좋은 행동 했다면 이런 자리도 없었겠지. 다들 해피하고 재밌게 일하고 연습하고 있겠지. 근데 너희 중 누군가가 삐걱거렸고, 불만이 나왔고, 수군거렸고, 뒷말을 했기 때문에 이런 얘기들이 나오는 거야."

멤버들은 하나같이 고개를 들지 못했다. 특히 세라는 회의실에 들어온 순간부터 단 한 번도 매니저들과 눈을 마주치지 않았다.

스타세국 소속의 인기 걸그룹 '쥬얼리'를 오랫동안 담당했던 매니저는 조성훈 실장이다. 경험 많은 그가 어르는 목소리로 나섰다. 라나, 혜빈, 혜민, 그리고 세라를 한 명씩 쳐다보면서 말했다.

"나중에 성공하면 너희들이 하는 말이 곧 법이야. 그런데 지금은 너희보다 우리가 이 일에 대해 더 잘 알기 때문에, 너희가 자존심을 굽히는 게 우선이라고 생각해."

그의 조언은 대한민국 연예계의 현실을 관통한 것이었다. 스타가 되면 누구나 연예인의 말에 복종했다. 그러나 그리 되지 못한다면 오히려 다른 이의 말에 따라야 했다. 매니저와 스타. 그들의 관계를 규정하는 것은 인기였고, 달리 말하자면 돈이었다.

본부장이 오늘의 만남을 정리했는데, 그의 목소리는 표독스러웠다.

"이게 바로 이곳에서 일하는 사람들이 느끼는 거야. 개인적으는 나인뮤지스에 제대로 된 축이 없어서 그런 거 같기도 해. 리더가 리더다워야지, 리더답지 않으면 그건 리더가 아니잖아?"

그의 지적에 세라는 고개를 번쩍 들었다. 칼날이 자신을 향하고 있음을 느낀 탓인지, 그녀의 눈빛은 심하게 흔들렸다.

본부장은 그런 리더의 모습을 똑바로 응시했다. 그가 마지막 쐐기를 박았다.

"그래서 리더를 다시 정하든, 아니면 기존의 리더가 계속하든, 조만간 결정해야 할 것 같아. 오케이?"

아이들은 차마 대답하지 못했다. 리더인 세라가 그 자리를 유지하기 위해 얼마나 애써왔는지, 또 리더라는 위치를 얼마나 자랑스러워하는지 잘 알기 때문이었다.

뮤직비디오 촬영을 마친 이후에 불거진 파동의 시발점은 '노출 콘셉트'라고 판단됐다. 스타일리스트와 세라를 번갈아 만나기로 결심한 까닭이다. 여기에 그들이 내게 전한 말들이 있다. 먼저 최정윤 스타일리스트의 입장이다.

"이 친구들은 모르지만 저희는 매번 회의를 통해서 쏟아져나오는 가수들 속에서 살아남을 방법을 고민해요. '킬힐'을 신고도 날아다니면서 춤추고 노래할 실력이 되어야 해요. 하지만 지금 우리 애들은 그 수준이 아니거든요. 결국엔 비주얼로 승부를 봐야 합니다. 그게 이 친구들이 앞으로 나아갈 방향이라고 생각해요." 그녀는 이런 말도 전했다. "이 아이들한테 애정이 없었으면 이런 얘기도 안 했을 거예요."

나는 세라를 따로 만나 물었다.

“걸그룹으로 성공하려면 옷을 벗는 데 익숙해져야 하지 않겠니? 왜 그 예쁜 몸을 보여주길 싫어하는지 이해하기 힘들구나.”

그녀는 이렇게 대답했다.

“제가 되고 싶은 건 가수지, 스타가 아니에요. 그냥 즐겁게 노래 부르고 그 실력으로 평가받고 싶은데, 굳이 노출을 해야 하나요? 그러면 사람들은 귀로 음악을 듣기보다, 눈으로 벗은 몸부터 보려고 하지 않을까요?”

스타일리스트는 전략적인 반면, 세라는 소박했다. 나는 아웃사이더의 삶이 시작됐던 그 지점을 떠올렸다. 신문기자 일을 그만두라고 선배들이 재촉하던 그 시절의 일이다. 수습기자 교육을 마치는 날. 강남경찰서 앞에서 술을 잔뜩 마셨다. 유능하지만 독하다는 선배를 찾아갔다.

“저는 가난하고 무능합니다. 덕분에 좋아하는 일을 찾아서 사회로 나오는 일이 쉽지 않았습니다. 영화감독이 되고 싶었지만 자신이 없었거든요. 차선책인 드라마 피디는 입문도 못했습니다. 그런데 여기서도 나가라고 하시면…… 선배, 저는 어떻게 살아야 할까요?”

말을 마치는데 코피가 주르륵 흘렀다. 하루에 두 시간씩 자면서 6개월 동안 서울 시내 경찰서를 돌아다녔다. 나는 서 있기도 버거울 만큼 힘들고 서러웠다. 선배는 절망에 빠진 후배의 머리를 쓰다듬었다.

"재능이 없다면 그저 버텨라. 성실하면 중간은 간다."

그 시절, 나는 선배들의 따뜻한 조언을 받았던 이였다. 그런데 세라에게는 현명한 도움 대신 벗으라는 독촉만 했다. 그녀가 무엇을 원하는지 파악하기에 앞서, 성공에 이를 방법을 알려주려 애쓴 결과다.

나는 딸을 가진 아빠다. 아이의 이름은 지유다. 나는 우리 지유가 먼 훗날 옷을 훌훌 벗어던지고 대중의 별이 되겠다고 하면 당장 몽둥이부터 찾아들 인간이다. 나란 사람은 결국 보수적인 아비이기 때문이다.

왜 세라를 이해하지 못했을까? 틀린 건 노출을 꺼린 그녀가 아니었다. 오히려 텔레비전 앞에서 어린 소녀들의 벗은 몸을 죄의식 없이 즐기는 일부 대중들이 문제다. 그 사실을 딸아이의 부모가 된 지금에야 깨닫는다.

II

조연이 된 주연배우는 울었다

내가 이 일을 하기로 맘먹었으면 환상 속에서 벗어나야 할 것 같아요.
어서 어른이 돼야죠. 마음에 굳은살이 필요해요.

늙은 선교사는 엉거주춤하게 강대상講臺床에 올랐다. 그는 이십 년 가까이 아프리카에서 복음을 전했다. 양복에 넥타이가 어색한지 연신 옷매무새를 만지작거리던 남자는 천천히 입을 뗐다. "이 자리에 서려고 어제 시장에 나가 옷을 샀습니다. 새 옷이라 그런지 많이 어색하네요." 그러더니 수줍은 미소를 보였다. 예배당에 앉은 수많은 사람들에게 그의 웃음은 전염병처럼 번졌다.

남자는 기독교를 이단으로 여기는 지역에서 선교하는 일을 업으로 삼아 청춘을 바쳤다. 학교를 세우고 병원을 지었다. 그의 손을 잡고 함께 아프리카로 떠났던 아내는 이제 반백의 중년 부인이 됐다. 남편이 과거를 추억하는 동안, 나이 많은 아내는 긴장한 듯 입술을 종종 깨물었다.

부부가 힘겨운 임무를 마치고 한국에 돌아와 인사를 하는 자리였다. 아프리카에서 남자는 대학 총장, 여자는 병원 이사장이었다. 황무지에서 이룬 성과였다. 약속된 선교 기간이 끝나자 부부는 두 손을 털고, 처음 그곳에 갈 때처럼 빈손으로 돌아왔다.

한 가지 안타까운 일은 그들이 귀국한 뒤, 혹독한 전염병인 에볼라 바이러스가 마을을 덮쳤다는 소식이었다. 남자는 그것이 마음에 걸린다고 했다. 마지막으로, 이역만리에 떨어져 지내는 동안 매일 밤 읽었던 시가 있다면서 소개해도 되겠느냐고 그는 물었다. 자리에 앉은 이들은 대답 대신 박수로 응낙 표시를 했다. 그는 양복 안주머니에서 꼬깃꼬깃하게 접은 종이를 꺼내 들었다.

"죽는 날까지 하늘을 우러러 한 점 부끄럼이 없기를……"

늙은 선교사는 여기까지 읽고 한동안 말을 잇지 못했다. 하얀 머리의 아내가 그의 뒤에서 조용히 눈물을 닦았다. 부부가 낯설고 가난한 곳에서 겪었을 두려움과 외로움이 한꺼번에 밀려왔다. 예배당 여기저기서 손수건을 꺼내는 사람들이 보였다. 마음을 다잡은 그는 나머지 부분을 읽었다.

"잎새에 이는 바람에도 나는 괴로워했다. 별을 노래하는 마음으로 모든 죽어가는 것을 사랑해야지."

윤동주의 「서시」가 그토록 치명적이고 비장한 문장으로 이뤄졌는지, 나는 그날 처음 알았다. 남자는 말했다. "맡겨진 소임을 마쳤으니, 모두 내려놓고 고향으로 돌아가겠습니다. 마음이 무척 편안하네요."

해야 할 일을 끝내고 가진 것을 모두 내려놓은 부부의 모습은 아름다웠다. 남자와 여자는 시의 마지막 구절처럼, 그들에게 주어진 길을 묵묵히 걸어왔고 앞으로도 그러할 것이다.

무소유를 선택한 늙은 선교사의 현명함은 흔한 게 아니다. 지위, 돈, 명성에 연연하며 사는 게 우리네 인생살이다. 어떤 일에서건 중심에 서지 못하면 전전긍긍하기 마련이다. 변방으로 밀려나는 것을 존재 자체를 부정당하는 것과 동일시하는 게 세상 이치다. 화려한 스포트라이트가 주연에게만 집중되기 때문이다. 나는 그 사실을 스무 살을 갓 넘긴 어느 소녀로부터 배웠다.

조그만 원룸의 모든 조명을 끄고 구석에 앉은 소녀는 어둠 속에서 조곤조곤 말했다. "결막염과 위염에 걸렸고 몸살까지 났어요. 내 몸 버려가면서 이렇게 버텼는데, 그 결과가 좋지 않네요. 리더를 하라고 회사에서 정해준 날, 곧바로 포기했어야 옳았는데…… 굳이 왜 리더가 되려고 아등바등했을까요?"

상실을 이야기하는 소녀의 머릿속은 과거를 맴돌았다. 얼굴엔 분노가 그득하고 눈가엔 울음이 가득했다. 그녀의 모습을 바라보면서 나는 궁금했다. '조연에게 주어진 자리는 없는 것일까?' 걸그룹의 리더 자리를 놓치고 허무를 곱씹던 그녀의 이름은 세라다.

세라의 외할머니 댁을 따라간 적이 있다. 깡마른 손녀를 마주한 할머니는 놀라움에 입을 쩍 벌렸다. 그녀는 아무 말 없이 보글보글 된장국부터 끓였다. 그러더니 손녀를 식탁으로 이끌었다.

20킬로그램을 넘게 감량한 세라는 다이어트에 무척 예민했다. 아침을 건너뛰고 점심과 저녁엔 바나나와 방울토마토를 먹었다. 다른 멤버들이 먹거리를 챙겨오면 그녀는 자리부터 피했다.

"저는 물만 마셔도 살이 쪄요. 식탐까지 많아서 차라리 음식을 보지 않는 게 마음 편해요." 한쪽 눈을 찡긋 감으며 그녀가 말했다.

그런 이이였지만, 할머니가 차려주는 밥상은 마다하지 못했다. 밥그릇에 꾹꾹 눌러가며 잡곡밥을 퍼담던 할머니는 손녀에게 물었다.

"이렇게 밥 먹는 게 얼마만이야?"

"기억이 잘 안 나요, 하하. 언제 밥을 먹었는지 모르겠어요. 되게 오랜만이네."

손녀의 대답에 할머니의 눈가가 촉촉해졌다.

"밥 먹으면 살찐다고 안 먹지?"

"네, 할머니."

"그러면 안 돼. 금세 몸 상한다."

"엄마 생각난다, 할머니."

"엄마가 보고 싶은가보네. 불쌍한 내 새끼…… 어서 밥 먹어라."

세라의 어머니는 부산에 살았다. 한때는 행세 꽤나 했던 부잣집 마나님이었지만, 그녀 역시 외환위기를 극복하지 못했다. 요새는 골프연습장에서 아르바이트를 한다. 그 돈을 모아 가수 지망생인 딸에게 용돈을 부친다. 그런 까닭에 스타가 되고 돈을 많이 벌면 할머니와 엄마를 편하게 모시는 게 소녀의 소원이었다.

사랑이 그득한 밥상을 후딱 먹어치운 손녀는 기획사로 돌아갈 채비를 서둘렀다. 데뷔가 다가오고 있었다. 한가하게 감상에 빠져 있을 순 없었다. 게다가 포식까지 했으니 새벽까지 땀을 흠뻑 흘려야 할 것이다.

할머니의 배웅을 받으며 현관문을 열었다. 조금 걸어가던 그녀는 갑자기 몸을 돌리더니 문 앞에 서 있던 할머니에게 달려갔다. 주름 가득한 손을 꼭 붙잡고 세라가 말했다.

"처음 말하는 건데, 할머니. 내가 태어날 수 있게 해주셔서 고마워요. 그리고 우리 엄마의 어머니라서 감사해요. 제가 받은 사랑을 두 분에게 갚을 날이 빨리 왔으면 좋겠어요."

난데없는 손녀의 고백에 할머니는 깜짝 놀랐다. "얘가 왜 이럴까…… 할머니 눈물나잖아."

세라는 아랑곳 않고 말을 이었다. "저는 지금 하고 싶은 일을 하고 있지만 마음속에는 죄책감이 너무 커요. 주위 사람들은 저보고 독기를 빼고 즐기라고 얘기해요. 하지만 나는 리더니까, 나는 할머니 손녀고 엄마 딸이니까, 아파도 쓰러지기 전까지 연습할게요."

그녀는 다시 몸을 돌리더니 후다닥 뛰쳐나갔다. 할머니는 손녀의 뒷모습을 우두커니 바라봤다. 당분간 그녀는 음악 프로그램을 통해서만 손녀의 얼굴을 볼 수 있을 테다. 그래선지 한동안 아파트 현관을 벗어나지 못했다.

스타제국으로 돌아오는 차 안에서 세라와 단둘이 마주했다. '나는 리더니까 쓰러지기 전까지 연습해야 한다'던 아이의 결심이 마음에 걸렸다. 나이 어린 소녀가 짊어진 부담감이 온전하게 느껴졌다.

휴가철을 맞은 도심은 한가했다. 차량은 빠르게 달렸다. 그녀는 경쟁하듯 내달리는 택시와 버스를 쳐다보고 있었다. 나는 세라의 어깨를 톡톡 노크했다. 잠시 이야기를 나누자는 의미였는데, 그녀는 용케 알아차렸다. 소음이 심했기에 우리의 대화는 큰 소리로 진행됐다. 내가 먼저 물었다.

"리더를 하면서 상처받은 적 있니?"

잠시 다른 곳을 쳐다보던 아이는 대답했다.

"리더로서 욕심이 과했단 생각이 들어요. 한 사람 한 사람 개인을 생각하기보다 단체를 생각했거든요. 그 과정에서 어떤 사람은 분명 상처를 받을 수 있었는데, 전혀 신경쓰질 않았어요. 상처를 받는 동시에 상처를 준 셈이죠."

세라는 캐나다에서 학교를 다니는 동안 럭비부 주장을 맡았다고 했다. 인종차별반대위원장도 지냈다. 그러면서 그녀가 깨우친 건

▶
"리더를 하면서 상처받은 적 있니?"
잠시 다른 곳을 쳐다보던 아이는 대답했다.
"리더로서 욕심이 과했단 생각이 들어요. 한 사람 한 사람 개인을 생각하기보다 단체를 생각했거든요. 그 과정에서 어떤 사람은 분명 상처를 받을 수 있었는데, 전혀 신경쓰질 않았어요. 상처를 받는 동시에 상처를 준 셈이죠."

하나다. '리더는 참견하는 존재가 아니라 솔선수범하는 존재다.'

그 원칙을 나인뮤지스 멤버들에게도 적용하려고 노력했다. 하지만 결과는 엉망이었다.

"내가 해야 할 의무를 다하고 다른 이에게 자유를 주면 자연스럽게 따라올 거라 여겼죠. 그런데 한국은 캐나다와 다르더라고요. 나이도 중요하고, 누가 먼저 연습생이 됐는지도 중요하죠. 여러 가지 조건들이 개입되다보니 제 원칙이 전혀 먹히질 않았어요."

최근 들어 세라의 입지는 불안해졌다. 뮤직비디오 촬영장에서 과도한 노출 콘셉트에 불만을 표시한 이후 더욱 그랬다. 매니저들은 리더 역할을 둘로 쪼갰다. 안무 및 노래 연습은 세라에게 여전히 맡겼지만, 출석 체크 등 일상생활에 관한 건 라나에게 일임했다. 갑작스러운 결정이었지만 불만을 표시할 수 없었다. 나는 다시 물었다.

"라나 언니랑 역할을 분담하는 건 누구 제안이었니?"

"일방적으로 통보받았으니까 잘 모르죠. 어느 날, 안무 선생님이 언니에게 출석이나 예절 같은 기본적인 부분들을 총괄하라고 했거든요."

"출석이나 예절 같은 건 리더의 역할 아닌가?"

세라는 잠시 머뭇거렸는데, 말을 조심하려는 의도로 보였다.

"윗사람이 얘기하는 게 맞는 거니까. 라나 언니가 하는 게 맞을 거예요. 그래도 가끔 애들이 언니에게 '언제부터 연습이에요?' '우리 내일은 언제까지 해요?' '스케줄이 어떻게 돼요?' 이런 걸

물으면, 나는 뭐지…… 하는 느낌이 들어요."

나는 침을 꼴딱 삼킨 뒤 작심하고 물었다.

"세라야, 너한테 리더란 어떤 의미니?"

이런 질문에 명쾌하게 답하긴 어려운 법이다. 살면서 수많은 질문을 받지만, 기본적인 질문이 가장 어려운 것이다. 세라 역시 마찬가지였을 게다. 그녀는 한숨을 길게 내뱉었다.

"휴…… 리더라……"

그날 저녁, 나는 스타제국 봉명필 본부장의 호출을 받았다. 그는 뭔가 중요한 결심을 한 표정이었다. 단호한 어조로 본부장은 이야기했다.

"매니저들이 모여 회의를 했습니다. 직원들의 의견이 하나로 모였어요. 나인뮤지스의 리더를 바꿔보자고."

여기서 꼭 필요한 설명이 하나 있다. 아이돌 그룹에서 리더란 어떤 의미일까? 처음 스타제국을 찾았던 겨울날을 떠올렸다. 당시 연습실에서 멤버들을 모아 구령을 붙였던 이는 세라였다. 그녀는 연습생이었지만 당당하고 자신감 넘쳤다. 나는 궁금했다. 대체 무엇이 저 어린 소녀를 도드라져 보이게 하는 걸까.

기획사에서 생활하는 동안, 그 비밀은 자연스럽게 풀렸다. 리더는 스타가 되는 지름길이었다. 기획사는 그룹을 띄우기에 앞서 멤버 가운데 한 명을 골라 대중에게 알렸다. 그것은 아이돌 그룹을 재빨리 '스타덤'에 올려놓는 노하우였다. 일단 스타가 한 명

탄생하면 그룹 전체를 널리 알리는 데 유리하기 때문이다.

리더는 기획사가 밀어주는 바로 그 특별 멤버의 다른 이름이다. 매니저들은 리더를 드라마로, 예능 프로그램으로, 라디오로 내보냈다. 원조 아이돌인 'H.O.T.'의 문희준이 그랬고, '젝스키스'의 은지원이 그랬다. 걸그룹 바람이 불면서 소녀시대의 태연이 대표 선수로 나섰고, '원더걸스'의 선예 역시 같은 길을 걸었다.

그런 까닭에 기획사는 리더를 고르는 데 신중에 신중을 기했다. 재능이 뛰어남은 물론이고, 가장 성실하게 연습생 생활을 견딘 이가 낙점됐다. 데뷔 직전인 지금, 스타제국은 바로 그 중요한 멤버를 교체하겠다는 결정을 내린 것이다. 무척 이례적인 일이었다.

나의 머릿속은 복잡해졌다. 세라의 자부심은 리더라는 자리에서 나왔다. 실망감에 몸부림칠 아이의 모습이 눈에 선했다.

"그 친구가 잘해왔어요. 하지만 세라의 나이가 멤버 가운데 중간이다보니 불화가 자주 생기더라고요. 방송이 코앞인데 이런 상태로 계속 갈 수는 없잖아요?" 어리둥절한 내 모습을 바라보던 본부장의 배경 설명이었다.

같은 시각. 나인뮤지스 멤버들은 연습실에서 수다 삼매경에 빠졌다. 그녀들보다 한 달 빨리 데뷔한 '미쓰에이miss A'의 신곡이 가요계를 강타하고 있었다. 신인 걸그룹의 인기는 국경을 넘었다. 유튜브에는 미쓰에이의 노래와 안무를 따라 하는 케이팝 팬들의 영상이 올라왔다. 아이들은 그 가운데 하나를 골라 보면서 즐거워했다. 은지가 멤버들에게 말했다.

"프랑스 여자애가 미쓰에이 따라서 춤추는 거야."

세라가 장단 맞추듯 말했다.

"우리도 독일 사람 하나 사자. 그래서 우리 타이틀곡으로 춤추게 하는 거야. 어때?"

그 말을 들은 아이들은 까르륵 웃으며 배를 잡았다.

봉명필 본부장이 여러 매니저들과 함께 연습실에 나타난 건 그때였다. 아이들은 얼른 연습 대형으로 늘어섰다. 본부장은 소녀들의 어수선함을 말렸다. "자, 모두 모여봐. 중요한 결정을 발표할 게 있어."

멤버들은 두 줄로 연습실 한복판에 앉았고, 본부장은 그 앞에 자리잡았다. 다른 매니저들은 여기저기 흩어져서 애써 시선을 돌렸다. 뭔가 심각한 이야기가 나올 것을 느낀 소녀들은 커다란 눈망울을 쉴새없이 굴렸다. 무거운 침묵이 흘렀다. 마침내 본부장이 정적을 깼다.

"축구에서 감독이 열한 명의 선수에게 지시를 하지만, 그에 맞춰서 전술과 팀워크를 이끌어내는 건 주장이야."

멤버들은 대체 이게 뭔 소린가 하는 눈치였다. 막내인 민하는 옆자리에 앉은 동갑내기 혜미를 쳐다보면서 어깨를 살짝 들어올렸다. 그 시늉을 본 혜미는 얼른 민하의 허벅지를 살짝 꼬집었다. 집중하라는 의미였다.

"쉽게 말하자면, 운동장에서 감독은 주장이라는 거야. 그만큼 중요한 자리야. 다시 한번 리더라는 게 어떤 건지 너희들이 생각해주면 좋겠다."

그제야 나인뮤지스 멤버들은 눈치를 챘다. '아, 이 말을 하려는 것이로구나.' 아이들의 얼굴이 하얗게 질렸다.

"스타제국 직원들의 의견을 모두 경청해서 결론이 나왔어. 리더는 오늘 이 시간부로 라나가 한다."

세라는 사형선고라도 받은 죄수처럼 고개를 푹 떨궜다. 라나 역시 당혹한 표정이 역력했다.

"앞으로 라나는 큰언니로서 동생들을 잘 이끌어주고 다독거려주길 바란다. 다시 말하는데, 오늘 이 시간부로 나인뮤지스의 리더는 라나다. 자, 박수!"

아이들은 얼떨떨한 얼굴로 박수를 쳤다. 동의해서 치는 박수가 아닌 떠밀려서 치는 박수는 마치 초등학생이 박자에 맞춰 두드리는 캐스터네츠 소리 같았다.

입술을 악물고 있던 세라는 눈물을 보였다. 눈가를 손가락으로 살짝 눌러주면 그칠 것 같던 눈물은, 끝내 폭포수처럼 흐르기 시작했다. 그녀는 목젖을 떨며 울었다. 멤버들이 하나둘 다가와 세라를 다독였지만, 그녀는 진정되지 않았다. 흐느끼는 목소리로 전前 리더는 하소연했다.

"저는 진짜 최선을 다했거든요. 내가 대신 욕먹어도 열심히 했는데 이렇게 되니까, 저는 지금 되게 후회되네요. 왜 난 내 밥그

릇을 챙기지 못했을까. 결국에 회사에서 내 이미지가 이렇게 될 거였다면, 그렇게까지 내가 왜 속앓이를 하면서……"

매니저들의 날카로운 눈초리를 의식했는지, 여기까지 말한 세라는 눈물을 멈췄다.

"그러니까 제 방법이 잘못됐던 것 같아요. 제 인격적인 문제 같아요. 반성이 많이 되네요. 리더가 바뀐 것에 대해서는 물론 저도 찬성해요."

마침 비가 쏟아지기 시작했다. 본부장과 매니저들은 연습실을 서둘러 나갔다. 세라는 창밖으로 내리는 비를 처연하게 바라봤다. 멤버들은 함부로 그녀에게 다가가 위로의 말을 전하지 못했다.

이른 새벽에 연습이 끝났는데, 이효진 실장이 세라를 집까지 태워줬다. 그는 운전하면서 그녀를 토닥였다.

"많이 서운하니? 나는 오히려 네가 시원하게 생각할 줄 알았어. 자꾸 애들한테 치이고 마음고생하니까."

그의 말은 위로가 되지 못했다. 세라는 말문을 굳게 닫았다.

"앞으로는 다른 아이들에게 지나치게 신경쓰지 말고…… 지금 나만 혼자 떠들었는데 세라는 할 이야기 없니?"

시간이 한참 지난 다음, 리더 교체에 관한 그녀의 솔직한 심경을 들을 수 있었다. 세라는 자기 방 구석에 앉아 불을 꺼달라고 했다. 두 다리를 접어 가슴에 괸 아이는 아프게 과거를 회상했다.

"예상은 했지만 막상 닥치니까 진짜 상처더라고요. 내가 엄청 잘했으면 그런 일도 안 벌어졌을 텐데. 내가 이 그룹에 남아 있을 수 있었던 건 리더였기 때문인데, 그것조차 사라지니까 매일 불안하더라고요. 나를 대체할 사람은 많으니까요."

내 반응을 기다리지 않고 그녀는 말을 이었다.

"내가 이 일을 하기로 맘먹었으면 환상 속에서 벗어나야 할 것 같아요. 어서 어른이 돼야죠. 마음에 굳은살이 필요해요."

그러더니 세라는 한마디 덧붙였다.

"더러운 세상, 사람을 사람으로 보지 않는……"

나는 아이에게 어떠한 조언도 하지 못했다. '삐뚤어질 테다'라고 선언한 어린 소녀 앞에서, 그저 카메라만 들고 서 있었을 뿐이었다.

다시 세라와 옛일을 추억하는 자리가 있었으면 좋겠다. 아프리카에서 소임을 마치고 빈손으로 돌아와 「서시」를 읊었던 늙은 선교사 부부의 이야기를 전하고 싶다.

자부심이란 리더나 대학 총장, 혹은 병원 이사장이라는 자리에서 나오는 게 아니라, 스스로 가지려 애써야만 소유할 수 있는 게 아닌지 이야기할 작정이다. 그리고 세라에게 물어보고 싶은 게 있다. 세상엔 주연뿐 아니라 조연에게도 주어진 자리가 있지 않을까? 그렇게 맡겨진 일에 열중하다보면 역전의 기회를 맞을 수 있지 않을까?

사실 이건 이 세상을 꾸역꾸역 살아가고 있는 나 자신에게 전하고 싶은 말이기도 하다.

12

깊은 상처에는 굳은살이 박이지 않는다

▸▸

제일 힘들었을 때가 언제냐고 물으면 바로 말할 수 있는데,
언제 제일 행복했냐고 하면 대답을 못하겠더라고.
어느 정도 깊이의 감정이 행복일까?

제작진을 태운 승합차는 고속도로를 달렸다. 나인뮤지스 멤버들이 이틀간 엠티를 떠난 수원으로 가는 길이다. 흔들리는 차량 안에서 우리는 회의를 했다.

아침이면 촬영감독과 조연출을 비롯해 모든 스태프가 모여 하루의 일정과 촬영할 내용을 숙지하고, 저녁이면 진행 상황을 체크한 뒤 일기 형식으로 글을 남긴다. 다큐멘터리를 만드는 이들에겐 당연한 일상이다. 그럼에도 오늘 회의는 특별하게 느껴졌다. 2주 만에 스태프들이 다시 모였기 때문이다.

위기는 대상을 가리지 않았다. 나인뮤지스 멤버들과 스타제국 매니저들뿐만 아니라, 제작진에게도 찾아왔다. 그것도 절체절명의 카운터펀치를 장착하고.

예정됐던 제작비 지원이 끊겼다는 소식을 들었을 때, 나는 하늘부터 쳐다봤다. 충격이 심하면 하늘이 노랗게 보인다는 사람들의 농담은 거짓이 아니었다. 나인뮤지스 대신 소녀시대를 주인공 삼으라는 지시에 나는 손사래를 쳤었다. 회사는 스타급 아이돌 그룹을 취재해야 작품이 성공할 것이라고 판단했다. 경영진이 번복한 결정에 몇 차례 항의했지만 소용없었다.

그럼에도 나는 촬영을 멈추지 못했다. 해외투자자를 급히 알아본 건 그 때문이었다. 일본 방송사와 운좋게 연락이 닿았다. 그들은 한 가지 조건을 내세웠다. '제2의 배용준'을 찾아달라는 것이다. 그러면 신인 걸그룹 편과 신인 남자 탤런트 편으로 나눠 두 시간 편성을 고려하겠다는 통보였다. 방송이 결정되면 다큐멘터리 판매가격이 책정되고, 그것으로 제작을 계속할 수 있을 것이다.

대중문화를 담당하는 후배 기자를 다시 닦달했다. '배용준의 뒤를 이을 대형 신인 배우를 골라달라'는 어이없는 부탁에, 그는 또다시 엄지손가락을 들어올렸다. 6개월 전, 스타제국 신주학 사장과의 면담을 주선했던 바로 그 친구였다. 그는 길쭉한 중지를 세우고픈 심정을 겨우 참고 있었을 것이다.

기획사 키이스트 소속의 신인 탤런트를 소개받기로 한 건, 며칠 뒤의 일이다. 그를 발굴한 매니저는 중앙대학교 연극영화과의 졸업 연극을 보러 갔다가 우연히 대형 신인을 낚았다. 모자를 깊이 눌러쓴 어느 대학생 배우의 목소리를 듣는 순간, 스타 탄생을 예감했다는 게 기획사의 설명이다.

목동에서 만난 신인 배우는 지하철을 타고 왔다. 대형 신인이라 불렸지만 아직 인지도는 낮았다. 그와 한 시간 가까이 이야기를 나눴다. 스타성이 강한 친구라는 느낌이 단박에 들었다.

다섯 번 정도 촬영을 나갔는데, 유망주답게 그는 매사에 흔들림이 없었다. 기획사의 관리 역시 철저해서 공개된 스케줄에만 동행할 수 있었고, 사적인 모습은 일절 촬영이 불가능했다. 그래서인지 나는 즐겁지 않았다.

고작 스타 탄생의 순간만을 기록하려고 뛰어든 매니저 생활은 아니었다. 무대 뒤에 숨겨진 스타 지망생들의 내적 갈등을 담고 싶었다. 결국 나는 중요한 결정을 내렸다. 남자 탤런트를 촬영하는 일을 포기한 것이다.

차세대 한류 스타로 불렸던 신인 배우의 이름은 김수현. 그는 많은 이들의 기대에 부응하듯 드라마 〈드림하이〉〈해를 품은 달〉〈별에서 온 그대〉 등에서 맹활약하며 최정상의 스타로 발돋움했다. 그를 소개한 후배는 종종 나를 놀린다.

"어쩜 그리 운이 없으세요? 일본 방송사의 요구대로 다큐멘터리를 완성했더라면 지금 돈방석에 앉았을걸요?"

그의 핀잔에 멋쩍은 웃음을 짓지만, 나는 한류 스타의 초창기 모습을 담지 않은 걸 지금도 후회하지 않는다. 잘 차려진 성찬을 받기보다, 날것 그대로의 생선회를 즐기고 싶었기 때문이다.

마침내 제작비 잔고가 비었다. 더이상 제작은 불가능했다. 나는 촬영감독에게 최종 결정을 알리고자 스타제국 인근의 술집으로 향했다.

“감독님, 눈치채셨겠지만 제작비 지원이 중단됐습니다. 이 상태로는 월급조차 드릴 수 없어요. 이쯤에서 제작을 접으려고 합니다.”

그는 말없이 맥주잔을 들었다. 세계 최고 권위의 다큐멘터리 촬영감독상인 골든 프로그상Golden Frog Award 후보까지 진출했던 실력파 감독. 지난봄에 첫째 딸이 대학에 진학했다. 프리랜서인 가장은 반드시 돈이 필요했다. 그의 사정을 잘 알기에, 붙잡을 수 없었다. 맥주를 단번에 들이켠 촬영감독은 입가에 묻은 거품을 쓱 닦더니 말했다.

“이기자님, 언론계는 어떤지 모르겠지만 다큐멘터리하는 사람들은 서로를 ‘패밀리’라고 부릅니다. 돈은 안 주셔도 됩니다. 우리 일단 갈 때까지 가봅시다.”

서연택 촬영감독. 맏형처럼 현장을 든든히 지켜준 그의 존재 덕분에 제작을 계속할 수 있었다.

스타제국이 엠티를 마련한 데는 두 가지 목적이 있었다. 하나는 케이블 음악방송 때문이고, 다른 하나는 세라와 라나의 관계를 복원하기 위함이었다.

전날 내린 소나기 덕분인지, 푸르른 하늘에 떠다니는 구름이 눈부셨다. 유난히 맑은 날이었다. 수원에 위치한 수영장은 그리스의 어느 해변을 연상케 했다. 고개를 들면 푸른 하늘에 하얀 구름이 오갔고, 아래를 쳐다보면 파란 지붕에 하얀 건물들이 줄지어 섰다.

멤버들을 인솔한 이는 조성훈 실장과 이효진 실장이다. 이른 아침에 서울을 출발한 아이들은 하품부터 하면서 차에서 내렸다. 눈꺼풀에 졸음이 주렁주렁 달렸다. 그 모습을 보고 있던 조실장이 참지 못하고 소리를 질렀다.

"놀러온 게 아니다. 일하러 왔다는 걸 잊지 마! 카메라에 어떻게 비칠지 생각하면서 적극적으로 행동하란 말이야."

그의 목소리를 신호 삼아 케이블 방송의 카메라 다섯 대가 멤버들을 밀착 촬영하기 시작했다. '리얼리티 쇼'의 촬영이 시작된 것이다.

나인뮤지스라는 이름은 이미 포털사이트에서 검색 순위 1위를 몇 번 차지한 바 있었다. JYP의 미쓰에이에 이어 또다른 대형 걸그룹이 탄생할 거라고 언론은 떠들었다. 지금은 인기 그룹이 된 '씨스타' '걸스데이' 등도 비슷한 시기에 데뷔했지만, 당시엔 상대적으로 언론의 관심을 얻지 못했다.

멤버 대부분이 모델 출신으로 늘씬한 각선미를 자랑하기에 신주학 사장은 '모델돌'이라는 별명을 붙였다. 그의 전략은 영리하고 감각적이었다. 새로운 스타 후보를 찾는 연예 매체들은 흥분했다. 남성 잡지들은 앞다퉈 나인뮤지스의 섹시 화보를 만들어보자고 기획사에 연락했다.

케이블의 음악 전문 방송 역시 멤버들의 화려한 외모와 늘씬한 각선미를 부각하고자 애썼다. 아이들에게 비키니를 입히고 수영장에서 촬영하게 된 이유였다.

아슬아슬한 비키니를 입은 모델파 아이들은 당당하게 카메라 앞에 선 반면, 비모델파 아이들은 다소 주눅든 모습이었다.

나인뮤지스 멤버들의 스케치 영상은 두 가지 콘셉트로 나뉘어 진행됐다. 멤버들을 풀장 안에 밀어놓고 제작진이 물을 뿌리면 흠뻑 젖은 모습으로 교태를 부리는 게 하나였고, 파라솔 아래에 누워 인터뷰를 진행하는 게 다른 하나였다.

첫 촬영의 주인공은 리더인 라나. 그녀는 막힘없이 촬영에 임했다. 슈퍼모델 1위다운 시원한 몸매에 제작진은 탄성을 터뜨렸다. 어떤 포즈를 제안받아도 무난하게 연기를 해냈는데, 그 역시 박수를 받았다. 방송 프로듀서가 묻고, 라나가 대답했다.

"슈퍼모델 선발대회와 데뷔 무대, 어떤 게 더 떨리나요?"

"둘 다 떨리진 않아요. 최선을 다해왔으니까 그것으로 만족하거든요."

노출을 싫어하는 세라는 커다란 수건을 온몸에 칭칭 감고 나타났다. 다른 멤버들이 촬영하는 동안, 그녀는 홀로 동떨어진 곳에 앉아 그들의 모습을 지켜봤다. 개별 촬영에서도 세라는 적극적이지 않았다. 요염한 표정을 지어달라는 프로듀서의 요구에 세라는 어색한 미소만 보였을 뿐이다. 결국 제작진은 불만 섞인 목소리로 질문했다.

“세라씨는 즐거워 보이지 않네요?”

“비키니를 입은 게 처음이라 어색해서 그래요.”

촬영을 마친 세라가 힘겹게 풀장을 빠져나왔다. 조연출 이영화가 그녀에게 뛰어갔다. 한참 만에 돌아온 영화는 말했다.

“하필 오늘이 마술에 걸린 날이래요. 리더에서 잘린 것도 모자라, 중요한 날에 컨디션까지 나쁘니, 너무 안쓰럽지 뭐예요.”

촬영은 수영장 앞에 늘어선 멤버들이 각자 자기소개를 한 뒤 장기자랑을 하는 것으로 마무리됐다. 가장 오른쪽이 혜미, 그다음이 라나였다. 왼쪽 끝에 세라가 서 있었다. 혜미가 카메라 렌즈를 정면으로 쳐다보며 외쳤다.

“안녕하세요. 막내 혜미입니다. 저는 막춤을 잘 춥니다.”

그녀는 땀을 흘려가면서 춤을 췄다. 멤버들과 제작진은 박장대소했다. 다음은 라나 차례.

“나인뮤지스의 리더, 라나입니다.”

멤버들은 순간 ‘리더?’ 하는 표정으로 큰언니를 쳐다보다가 동시에 ‘아차, 그런 일이 있었지!’ 하는 의미로 고개를 끄덕였다. ‘리더’라는 단어에 몸이 움찔했던 세라는 조용히 고개를 돌렸다.

순서가 왔을 때, 그녀는 자신을 '리드 보컬'이라고 소개했다. 분위기에 맞지 않는 트로트를 불러서 야유까지 받았다.

스타제국 매니저들은 촬영을 마친 멤버들을 한자리에 불렀다. 두 명씩 짝을 지어 오후 내내 함께 대화할 자유 시간을 주겠다고 했다. 이효진 실장이 마니또 명단을 불렀는데, 라나와 세라가 짝꿍이 됐다. 그 의도를 알아차린 멤버들이 '우' 하고 소리를 지르자, 이 실장은 우연한 일이 벌어졌다는 의미로 어깨를 으쓱 올렸다.

평상복으로 갈아입은 오랜 경쟁자, 라나와 세라는 수영장 뒤에 위치한 높지 않은 야산으로 향했다. 정상으로 향하는 좁은 오솔길은 예상보다 험했다. 라나는 굽이 낮은 운동화를 신었다. 키가 작은 세라는 라나와 눈높이를 맞추고 싶었는지 높은 굽의 구두를 고집했다. 덕분에 라나는 성큼성큼 앞으로 걸어나가는 반면, 세라는 여러 번 발을 접질릴 뻔했다.

정상에 올랐을 때, 아이들의 몸은 땀으로 흠뻑 젖었다. 아무도 없는 오두막은 휴식이 필요한 등산객을 위해 마련된 것이다. 두 소녀는 누가 먼저랄 것도 없이 신발을 벗고 오두막에 걸터앉았다.

바람이 살랑살랑 불고 있었다. 시원한 바람에 뜨거운 땀이 식었다. 라나가 먼저 입을 열었다.

"어머니께서 일하시는 바람에 유모 할머니 손에 자랐어. 유치원부터 초등학교 때까지는 외삼촌댁에서 자랐고. 그 때문인지 사람들 눈치를 되게 잘 보거든. 어릴 적 별명이 애늙은이였어."

"언니 어머니는 어떤 일을 하셨어요?"

"여러 가지 일을 하셨지. 혼자 장사를 하시다가 나중엔 부동산 임대업도 하셨어."

이번엔 세라가 말했다.

"동생하고 연년생인데 걔는 아직 애기 같아요. 겨우 한 살 차이인데, 나는 맨날 어떻게 하면 우리집을 책임질까 그런 고민만 하거든요. 그럴 수밖에 없었던 상황들도 있었고요."

라나는 그 까닭이 무엇인지 캐물었지만 세라는 대답하지 않았다. 현재의 리더가 마음을 열고 다가가려 애쓰는 만큼, 과거의 리더는 조금씩 뒤로 물러서는 듯했다. 라나가 화제를 돌렸다.

"캐나다는 네가 가고 싶어서 간 거야? 아니면 부모님이 보내서 간 거야?"

"내가 가고 싶어서죠. 중학교 들어가자마자 외국에서 한번 공부해보고 싶다고 했거든요. 빨리 자수성가해서 엄마랑 아빠를 책임져야 한다는 부담감을 가지고 있었어요."

세라의 말 가운데 '부담감'이라는 단어가 걸렸는지 라나는 단도직입적으로 물었다.

"너는 언제 행복하니?"

선뜻 대답하지 못하는 세라를 위해 질문을 던진 라나가 먼저 나섰다.

"나도 너랑 비슷해. 제일 힘들었을 때가 언제냐고 물으면 바로 말할 수 있는데, 언제 제일 행복했냐고 하면 대답을 못하겠더라고. 어느 정도 깊이의 감정이 행복일까?"

세라가 읊조리듯 말했다.

"난 언제 행복했지? 아기였을 때 행복했을까? 아주 어렸을 때부터 계속 압박감을 느꼈거든요."

오두막 밖으로 다리를 내놓은 세라는 까딱까딱 바람에 맞춰 몸을 흔들었다. 한동안 대화는 오가지 않았다. 불어오는 바람을 향해 고개를 내민 채 세라가 물었다.

"그런데 언니는 왜 연예인이 되고 싶어요? 중학생 때까지만 해도 나는 엄마가 카메라를 들이대면 숨었어요. 카메라가 너무 무섭고, 내 생김새나 목소리가 너무 싫었거든요. 그런 강박을 가진 내가 연예인을 하고 싶어할 줄은……"

라나는 이해하기 어렵다는 표정을 지었다.

"그럼 넌 왜 연예인이 되고 싶었는데?"

"엄마."

"노래가 좋아서가 아니었어?"

"우리 엄마 꿈이 가수였거든요. 그래서 견디고 있는 거예요. 물론 나도 노래하고 춤추는 걸 좋아하지만, 남들 앞에 나서는 걸 되게 무서워하거든요. 남들 앞에서 노래하고 연기하고 춤출 때면 진짜 너무 부끄러워요. 마치 발가벗고 있는 느낌이에요."

"진짜? 다른 사람의 삶을 위해 내 적성에 안 맞는 걸 굳이 할 필요가 있을까?"

"그래서 기획사 들어오기 전에 일고여덟 달을 이불 뒤집어쓰고 고민했다니까요."

어느덧 해가 뉘엿뉘엿 지고 있었다. 서둘러 산을 내려가지 않으면 어둠에 된통 혼날 것이다. 대화를 마친 세라는 상쾌한 얼굴이었다.

"이렇게 진솔한 이야기는 지금까지 우리 아빠 말고는 누구에게도 해본 적이 없어요. 몇 년 동안 친하게 지낸 재경이하고도 이렇게 탁 터놓고 말을 못했는데. 뭔가 속이 좀 시원해요."

라나는 세라와 화해했다고 판단했다. 어려운 숙제를 푼 기분이 들었다. 그래서 환한 미소를 지었다.

"내가 나이를 헛먹은 건 아니구나. 누군가에게 도움될 수 있다는 게 기뻐."

하지만 그것은 라나 혼자만의 오해였다. 마음의 빗장은 쉽게 풀리지 않았다. 깊은 상처를 입은 세라는 산통을 깨는 한마디를 남겼다.

"그런데 언니, 이렇게 속 깊은 대화를 하고 나서도…… 앞으로 친하게 지낼 수 없다는 예감이 들어요. 난 그래요."

라나와 세라가 화해에 실패하고 6개월이 지난 뒤 우리는 취재를 마쳤다. 다큐멘터리를 완성한 건, 그로부터 1년이 더 흐른 뒤다. 제목은 '나인뮤지스: 그녀들의 서바이벌'. 한 잡지사의 투자를 받은 덕분에 스태프들에게 밀린 월급도 줄 수 있었다. 끝까지 포기하지 않은 프로듀서의 뚝심 덕분이다. 연출자인 나는 그들에게 큰 빚을 졌다.

암스테르담 국제 다큐멘터리 영화제는 세계 최대의 다큐멘터리 축제다. 다큐멘터리 영화계의 칸으로 불리는 그곳에서 우리 작품을 음악 경쟁부문에 초청했다. 나는 그 소식을 퇴근하는 지하철 안에서 들었다. 수많은 사람들의 시선에도 아랑곳없이 사당역 인근에서 기쁨의 환호성을 질렀던 기억이다.

나는 가장 먼저 서연택 촬영감독에게 전화를 했다. 감사를 전한 뒤 오랫동안 궁금했던 걸 그에게 물었다.

“감독님, 그때 큰따님의 대학 등록금 마련도 급했던 상황인데 어떻게 무보수로 촬영을 계속하기로 결심하셨나요?”

수화기 건너에서 그는 한참 생각하더니 대답했다.

“이 이야기의 결말이 궁금했거든요. 나인뮤지스가 스타로 등극할지 못할지는 크게 관심 없었어요. 그보다 저 어린 친구들이 어떻게 성장할지 궁금해서 견딜 수 없었어요. 그런 게 다큐멘터리의 매력 아닐까요?”

▸▸

"이 이야기의 결말이 궁금했거든요. 나인뮤지스가 스타로 등극할지 못할지는 크게 관심 없었어요. 그보다 저 어린 친구들이 어떻게 성장할지 궁금해서 견딜 수 없었어요. 그런 게 다큐멘터리의 매력 아닐까요?"

13
빛나지 않는 별이 태어났다

II

"빛나지 않는 별이 될 바엔 존재하지 않는 게 나아요."
마이크를 잡은 아이들의 손이 부르르 떨리는 게 보였다.

아침부터 잔뜩 흐리더니 오후에는 비가 내렸다. 서울 도심의 가로등은 하나둘 불을 밝혔다. 어둠이 짙어지면서 빗줄기는 점차 굵어졌다. 빗물에 찢긴 가로등 불빛은 여러 줄기로 나뉘어 기다란 창처럼 도로에 내리꽂혔다. 길가에 서 있으면 하늘에서 쏟아지는 빗소리, 가로등에서 떨어지는 빛소리가 한데 어우러져 후드득후드득 비명을 지르는 게 들렸다. 지축을 연신 두들기는 비와 빛의 등쌀에 못 이겨, 땅이 곧 가라앉을 것 같은 불안감마저 들었다.

저멀리서 검정색 승용차 한 대가 스타제국을 향해 달려오고 있었다. 자정을 알리는 라디오의 시보 소리가 차창 밖으로 삐져나왔다. 승용차는 스타제국 부근을 한 바퀴 돌더니 커다란 창문이 보이는 곳에 멈춰 섰다.

운전자는 중년의 남자다. 그는 자동차 엔진과 헤드라이트를 끄고 우산을 꺼냈다. 퍼붓는 빗속에서 우산을 받쳐들고 연습실이 들여다보이는 창문 앞에 자리잡았다. 구두가 흠뻑 젖었지만 남자는 아랑곳하지 않았다. 이따금 까치발을 하고 몸을 곧추세우면서 우산 밖으로 고개를 내밀었는데, 연습실에서 춤추는 딸아이가 보일 때였다. 그는 나인뮤지스의 막내, 민하의 아버지다. 나는 그에게 다가갔다. 인기척을 느꼈는지 뒤를 돌아본 남자는 혼잣말처럼 뇌까렸다.

"오늘이 데뷔하는 날이네요."

훤칠한 용모에 큰 키. 그는 젊은 시절에 배우를 꿈꿨다. 지금은 개인사업을 한다. 하나뿐인 딸이 아버지의 유전자를 이어받았다. 슈퍼모델 최연소 본선 진출자로 선발됐고, 유명 기획사의 걸그룹 멤버가 됐다. 연예인의 길이 얼마나 힘겨운 것인지 아버지는 잘 안다. 그래서 그는 가끔씩 기획사 인근에 와서 노래하고 춤추는 외동딸의 실루엣을 한참 바라보다 돌아갔다. 나는 짐짓 모른 체하고 물었다.

"늦은 시간인데 어떻게 오셨나요?"

"날이 밝으면 데뷔를 하잖아요. 지금까지 연습할 것 같아서요."

그는 자기가 서 있는 지점을 손가락으로 가리켰다.

"여기가 제 자리입니다. 연습실 내부가 가장 잘 보이는 위치죠."

굉음을 내며 퍼붓는 빗소리 때문에 그의 말은 흐릿하게 들렸다. 나는 그에게 바짝 다가가 말했다.

“여기까지 오셨는데, 연습실로 가서 따님을 만나지 그러세요?”

그는 조용히 웃었다.

“남들보다 조금이라도 잘하려고 얼마나 스트레스를 받고 있겠어요? 그런데 아빠까지 등장하면 우리 민하가 더 힘들 겁니다.”

그때, 연습실 창문으로 딸의 모습이 선명하게 보였다. 그는 대화를 멈추고 그 모습을 안타까운 눈빛으로 쳐다봤다. 나는 카메라의 전원을 끄고 돌아섰다. 하지만 그는 승용차 옆에 서서 높은 창문을 하염없이 바라보는 일을 멈추지 못했다.

민하 아버지의 마음을 이제야 이해하게 됐다. 태어난 지 열 달 된 딸아이 덕분이다. 지유라는 이름을 가진 아이는 서러울 때면 눈과 코 주위부터 발갛게 물든다. 마침내 입술을 씰룩거리며 울음을 터뜨리면 나는 마음이 아프다. 아내는 그런 내 모습을 보면서 걱정한다.

“카리스마 있는 아빠가 되긴 힘들겠네요. 아이가 커서 잘못해도 울기만 하면 모든 게 용서될 테니까요.”

그럼에도 정작 지유와 많은 시간을 보내는 건 아비가 아닌 어미다. 허리가 아픈 아내는 품속에서 곤히 잠든 아이의 얼굴을 보면 모든 번뇌가 사라진다고 했다.

회사를 다녀온 늦은 저녁. 지유는 한동안 나의 얼굴을 빤히 쳐다본다. 아는 사람인지 낯선 사람인지 확인하기 위함이다. 아빠라는 게 분명해지면 아이는 환한 미소를 보여주는데, 하늘에서 별이 쏟아지는 듯한 기쁨을 누리는 순간이다. 동시에 아비는 어미에 비해 한 걸음 물러난 존재라는 걸 느끼는 시간이기도 하다.

항상 곁에 있지만 최고는 아닌 사람, 애틋하지만 소통하기 어려운 존재, 그게 바로 아비다. 아빠의 의미를 깨달은 지금, 퍼붓는 비를 온몸으로 버티면서 딸아이의 실루엣을 조금 더 가까이 보려고 까치발로 섰던 민하의 아버지를 기억하자니 마음이 참 저리다.

연습실에서 멤버들은 각자의 이름을 커다랗게 써놓은 명찰을 가슴에 붙였다. 편한 복장이지만 하이힐을 신는 건 잊지 않았다. 연습 대형으로 늘어선 그녀들 앞에 작은 카메라가 서 있었다. 안무를 담당하는 매니저 지성황이 의자에 올라서서 말했다.

"실전이라는 생각으로 연습해보자."

나인뮤지스의 데뷔곡 〈No Playboy〉가 연습실을 쩡쩡 울렸다. "아이 돈 원 노 플레이보이I don't want no playboy"라고 반복되는 후렴구에서 자기가 노래하는 파트가 오면, 아이들은 오른손을 번쩍 들고 카메라 렌즈에 눈을 맞췄다. 마치 '내 이름은 무엇이고, 내가 노래하는 부분은 여기입니다'라고 말하는 것처럼.

음악방송의 담당프로듀서에게 아침 일찍 보낼 녹화 테이프를 만드는 중이다. 매주 수많은 신인 아이돌 그룹이 등장한다는 사실은 음악방송 연출자에겐 고역이었다. 생소한 신인 그룹의 멤버들 이름을 일일이 외울 수도 없고, 그들의 데뷔곡 역시 전부 숙지하는 건 불가능했다. 그래서 음악방송 담당자들의 수고를 덜기 위해 신인들은 이처럼 비디오테이프를 제작해 방송사로 보냈다. 방송 녹화 전에 연출자가 그 비디오테이프를 보면서 신인 그룹 멤버들의 얼굴을 기억한 뒤, 무대 위에서 노래하고 춤추는 그들을 여러 대의 카메라로 가장 효과적으로 잡아낼 방법을 찾을 것이다.

중요한 작업이었지만 자기 파트에서 손을 번쩍 들고 카메라 앞으로 나서는 모습은 실로 우스꽝스러웠다. 초등학교 시절, 교육청에서 나온 장학사 앞에서 펼치는 시범 수업이 생각나 나는 피식 웃음을 터뜨렸다. 당시에도 질문할 학생들의 순서를 미리 정해놓고, 차례가 돌아오면 손을 번쩍 들어야 했다. 열정적인 수업이라는 걸 증명하기 위해서였다.

잠시 쉬는 시간이 찾아오자 아이들은 연습실 여기저기에 널브러졌다. 뜨거운 여름 날씨에, 비가 몰고 온 눅눅한 습기까지. 에어컨을 켜놓았지만 소녀들의 뜨거운 몸을 식히긴 어려웠다. 아이들은 앞다퉈 선풍기 앞으로 달려갔다. 그 앞에서 머리카락을 흩날리며 숨을 골랐다.

현주는 다른 멤버들을 피해 연습실 밖 복도로 나왔다. 쓰러질 듯 소파에 몸을 던진 그녀는 한동안 멍하게 앉아 있었다. 친구의 부재를 눈치챈 세라가 외쳤다.

"현주야! 어디 갔어?"

잠시 후 현주를 찾은 세라는 복도로 걸어나왔다. 당장이라도 눈물을 떨어뜨릴 듯한 친구의 표정에 세라는 당황한 표정이었다. 그녀는 소파 앞에 쭈그려 앉으며 물었다.

"많이 힘들어?"

현주가 고개를 끄덕였다.

세라는 무릎을 가슴께로 당겨서 온몸을 공처럼 돌돌 말았다. 그녀의 움직임을 바라보던 현주는 끝내 굵은 눈물을 툭툭 흘렸다.

"데뷔한다고 생각하니까 가슴이 턱 하고 막히는 거야. 너무 답답해서…… 화장실에 숨어서 짐승처럼 울부짖었어."

친구의 고백에 세라는 애틋한 목소리로 말했다.

"지난주인가, 데뷔하면 행복할까 하는 생각을 했어."

현주가 울음을 멈추려 애썼다. 흐느끼는 그녀의 말은 끊길 듯 이어졌다.

"맞아. 허무할 것 같아. 나는 이 일을 하면서 즐거웠으면 좋겠고 그냥 행복했으면 좋겠어."

세라는 자리에서 일어나 현주를 껴안았다. 현주의 말은 계속됐다.

"우리 멤버 모두가 이 일을 같이 즐기면서 했으면 좋겠어. 그래서 함께 행복했으면 좋겠어. 대중이 즐거워하는 건, 사실 그다음의 일이잖아."

세라는 아무 대답 없이 그저 현주의 등을 토닥토닥 두들겨줬다.

II

"우리 멤버 모두가 이 일을 같이 즐기면서 했으면 좋겠어.
그래서 함께 행복했으면 좋겠어. 대중이 즐거워하는 건, 사실 그다음의 일이잖아."

세라는 아무 대답 없이 그저 현주의 등을 토닥토닥 두들겨줬다.

아침까지 반복 연습은 계속됐다. 나인뮤지스 멤버들은 거의 잠을 자지 못했다. 세수만 간신히 마친 멤버들은 강남 청담동의 어느 미용실에 가서 메이크업을 받고 머리스타일을 매만졌다. 그리고 다시 합정동 연습실로 돌아와 무대의상을 갖춰 입었다. 한강을 두 번 넘었더니 정오가 훌쩍 넘었다. 시간이 쏜살처럼 달리고 있었다.

오늘 아이들을 인솔하는 이는 봉명필 본부장이다. 그는 손가락 세 개를 들어올렸다. 한국인이 좋아하는 숫자, 삼세번.

"이제 기다리고 기다렸던 데뷔 무대다. 마지막으로 딱 세 번만 더 맞춰보고 출전하자."

음악의 비트와 안무의 각이 딱딱 맞아떨어졌다. 이 정도라면 데뷔 무대를 무사히 마칠 것이다.

"방송이 나가면 너희들이 포털사이트 검색어 순위를 모조리 차지할 거다."

매니저들이 나인뮤지스를 응원하며 던진 말이다.

방송사로 가기 위해 기획사를 나서는데 비가 멈추고 햇살이 비췄다. 저멀리 무지개가 보였다. 봉명필 본부장이 말했다.

"기분좋은 징조네요."

기획사에서 멀지 않은 상암동에 음악 전문 케이블방송사가 있다. 그곳의 음악 순위 프로그램을 통해 데뷔할 것이다. 수영장에서 촬영한 리얼리티쇼도 같은 방송사에서 전파를 탔다. 반응이 좋았기에 스태프들의 기대는 컸다. 지상파가 아닌 케이블이기에 녹화하는 데도 다소 여유 있을 것이라고 본부장은 말했다.

멤버들이 스튜디오에 들어섰다. 대형 무대에만 조명이 집중된 커다란 스튜디오는 명과 암이 극명하게 드러난 장소였다. 눈부신 무대 위에는 온갖 화려한 세트와 장비가 즐비했고, 어둑어둑한 공간에는 방송에 나오지 않는 초라한 보조장치와 땀흘리는 스태프들이 자리잡았다. 경험 많은 라나가 동료들에게 설명했다.

"무대에서 정면을 보면 커다란 카메라가 세 대거든. 불이 들어오는 카메라가 작동하는 거니까, 시선을 여기저기 두지 말고 카메라 렌즈를 정확히 쳐다봐야 해."

혜빈과 혜민은 컴컴한 스튜디오 한쪽에서 노랫말을 중얼거리며 춤을 췄다. 연습할 때 자주 틀렸던 바로 그 부분을 반복했다. 아이들은 마른 입술에 침을 묻혀가며 연습했다.

너나없이 긴장으로 온몸이 타들어갈 것 같은 시간이었다. 그들의 고통에 마침표를 찍으려는 듯, 헤드셋을 쓴 조연출이 쩌렁쩌렁한 목소리로 외쳤다.

"녹화 시작합니다!"

아이들이 무대 위로 올라갔다. 스타제국에서 연습했던 것처럼 정면 카메라를 중심으로 아홉 명이 안무 대형으로 늘어섰다.

이제 데뷔다. 이 무대가 얼마나 중요한지 아이들은 경험으로 잘 알고 있었다. 케이팝 시장의 경쟁은 혹독했다. 디지털 음원 시장이 활성화되면서 벌어진 일이다. 유명 가수라고 해도 뮤직비디오와 음원이 공개된 첫날, 네티즌들의 평에 따라 음반 판매량이 결정됐다. 시장에서 매력을 뽐지 못하는 콘텐츠는 불과 며칠 만에 무덤 속으로 향했다. 수많은 아이돌 그룹이 등장과 동시에 사라지는 이유는 여기 있었다.

"빛나지 않는 별이 될 바엔 존재하지 않는 게 나아요." 리더 시절, 연습실에서 각오를 다졌던 세라의 말이 생각났다. 마이크를 잡은 아이들의 손이 부르르 떨리는 게 보였다.

녹화가 잠시 중단된 건 그때였다. 막내인 민하가 울음을 터뜨린 탓이다. 매니저들은 면봉으로 아이의 눈물을 닦아냈다. 자칫 메이크업이 지워지면 멤버들에게 주어진 녹화 시간이 줄어들 것이다. 시간이 지난 후에 민하는 기억했다.

"바보같이 왜 그랬을까요? 무대 위에 올라가니까 조명에 눈이 부시고, 갑자기 눈물이 났거든요."

조연출이 다시 외쳤다.

"녹화 갈게요. 셋, 둘, 하나!"

음악이 울려퍼졌다. 수없이 반복해 들었던 그 음악, 〈No Playboy〉가 시작됐다. 시작은 순조로웠다. 도입부에 맞춘 워킹은 화려하고 완벽했다. 전체가 한꺼번에 이동하는 군무는 이상 없었다. 재경과 혜빈이 담당한 파트에서도 연습할 때와 별반 다르지 않았다.

뭔가 뒤틀리고 있다는 느낌이 든 것은 라나 차례가 돌아오면서부터다. 믿었던 리더의 목소리가 불안정했던 것이다. 아이들의 눈빛이 흔들리기 시작했다. 이번엔 메인 보컬인 세라의 순서다. 비장한 눈빛으로 나타난 세라는 그러나 중요한 부분에서 고음 처리를 하지 못했다. 가장 열심이고 오래 연습한 세라의 실수에 멤버들은 충격을 받았다. 아이들은 완전히 여유를 잃고 말았다. 자기 차례가 돌아오면 실수할까 전전긍긍했다. 생각이 많아지자 안무는 엉망이 됐다.

연습실에서조차 보지 못한 최악의 무대였다. 또다른 리드 보컬인 혜미는 목소리가 잘 나오지 않았고, 랩을 담당한 현주와 혜민도 발음이 부정확했다. 은지의 웨이브는 부자연스러웠다. 보다 못한 제작진이 녹화를 중단했다.

"정리하고 다시 한번 녹화하겠습니다."

무대 한쪽에서 스타제국 매니저들이 경악한 얼굴로 나인뮤지스의 첫무대를 지켜보고 있었다. 아무도 선뜻 나서지 못하는 사이, 본부장이 무대로 뛰어나갔다. 그는 세라를 불러서 말했다.

"긴장하지 말고 입술을 마이크에 대고 노래를 부르기만 하면 돼. 연습 때처럼 하면 된다고. 연습할 때는 목소리 제일 큰 놈이 무대 위에서 제일 작으면 어떡해! 연습 때는 네가 제일 잘했어."

세라는 불안한 맘을 누르지 못하고 물었다.

"지금 찍은 게 방송에 나갈까요?"

본부장은 확신에 찬 목소리로 대답했다.

"안 나가. 내가 못 나가게 할 거야. 다시 찍을 거야. 무조건 나를 믿어."

그는 이어 나머지 멤버들을 무대 밑으로 불렀다. 단호한 표정을 한 그는 겁에 질린 아이들의 용기를 북돋우려 최선을 다했다.

"뭐가 제일 중요해, 지금? 자신감이야. 자신감을 가져, 민하야. 실수해도 돼. 노래 틀려도 돼. 자신 있게 해!"

연습실에서 수없이 다퉜던 사람들. 매니저와 연습생이 위기를 맞자 하나로 똘똘 뭉쳤다. 나는 비로소 한 팀이 된 그들 앞에서 처절한 아름다움을 생각했다. 재촉하는 제작진의 만류에도 불구하고 매니저와 연습생은 손을 한데 붙잡고 이야기했다.

"너희들 할 수 있어. 자기 자신을 믿어야 해. 파이팅 한번 외치자!"

"나뮤, 나뮤, 파이팅!"

녹화는 모두 네 차례나 반복됐다. 본부장과 매니저들이 제작진을 붙들고 늘어진 덕분이다. 하지만 이미 기가 꺾인 아이들의 무대는 별반 나아지지 않았다. 결국 부조정실에 앉은 연출자는 촬영 종료를 지시했다. 조연출이 마이크에 대고 외쳤다.

"다음은 지아의 사전 녹화입니다. 무대 철수하고 가겠습니다."

같은 시각. 부산의 한 골프연습장에서 세라 엄마는 초조하게 방송 시간을 기다리고 있었다. 그녀는 말했다.

"잠 한숨 못 잤어요. 그동안 세라가 얼마나 고생을 했는데요. 첫무대를 실수 없이 마쳐야 하는데……"

음악 순위 프로그램은 예정 시간대로 시작했다. 엄마는 온몸이 얼음처럼 굳었다. 빳빳하게 선 채로 그녀는 청소년들이 즐겨 보는 음악 프로그램을 시청했다.

진행자는 유명한 아이돌 그룹의 멤버다. 신인 그룹을 소개하는 일이 그의 몫이다. "모델돌로 유명한 나인뮤지스가 오늘 신고식을 치른다고 합니다. 스타보다 더욱 화려한 그녀들의 데뷔 무대! 함께 보시죠, 노 플레이보이!"

세라 엄마는 급히 텔레비전 볼륨을 높였다. 댄스음악이 골프연습장을 떵떵거리며 울렸다. 손님들이 무슨 일인가 싶어 연습실 문을 빼꼼 열고 고개를 내밀었지만 그녀는 아랑곳하지 않았다.

경쾌한 음악에 맞춰 하나뿐인 딸과 그 친구들이 아슬아슬한 핫팬츠를 입고 노래하고 춤을 췄다. 여러 대의 카메라가 번갈아가면서 멤버들의 얼굴과 몸매, 동작을 붙잡았다. 연출자는 현란한 카메라 워킹으로 신인 걸그룹의 실수를 감추려 노력했다. 그럼에도 나인뮤지스의 엉성함은 여실하게 드러났다. 그런 안타까운 상황이 보이지 않는 건 세라 엄마뿐인 것 같았다. 그녀는 탄성을 터뜨렸다.

"멋있네요. 오늘밤에 아이에게 전화해서 고생했다고 말해줘야겠어요." 감격한 엄마는 많이 울었다.

방송국에서 돌아온 스타제국 매니저들은 긴급회의를 열었다. 네티즌들의 반응을 모조리 출력해서 돌려봤다. 온라인에서의 평가는 잔인했다.

"나인뮤지스 데뷔 무대, 그냥 모델이나 해라."

"모델들 재롱잔치. 무대 보고 정말 실망. 노래도 춤도 엉망."

"참 개성 없다. 스타제국의 기획력 별로다. 특출한 멤버는 없어 보인다."

예상보다 훨씬 심각한 비상사태였다. 매니저들은 난상토론을 벌였다. 조성훈 실장이 말문을 열었다.

"내가 봤을 땐, 다 떠나서 제일 큰 문제는 안무예요. 노래가 안 좋은 건 근본적인 거고."

본부장이 말했다.

"지금 들어가서 야단치면 애들 다 울 거 같은데? 적어도 절반 이상은 울 것 같아. 계속 긴장해서 지상파 무대까지 못하면 정말 망하는 거잖아."

흥분한 조성훈 실장은 그간 쌓였던 불만을 털어놨다. 평소에도 나인뮤지스 멤버들의 연습 태도를 비판했던 그였다.

"다른 그룹은 방송 한 시간 전에도 안무팀까지 다 모아서 연습하고 무대에 올라갔다니까요. 쟤네들은 엄청 편하게 연습하는 거죠. 죽여놔야지. 안 때린 게 다행이지. 지금 이게 뭡니까?"

나인뮤지스의 전담매니저인 이효진 실장과 안무 담당인 지성황은 얼굴을 들지 못했다. 본부장이 그들을 대신해서 말했다.

"안 된다고만 하지 말고 자신감을 갖도록 아이들에게 동기 부여를 해줘야 한다고. 세라는 그래도 노래 좀 하잖아, 그건 사무실에서도 인정하잖아. 그런데 저 아이도 지금 망가졌어. 그 이유를 찾아서 고쳐야 한다고."

매니저들의 대책회의는 그후로도 한동안 계속됐다. 벌어진 사태를 수습할 묘안이 없었기에 그들의 목소리는 더욱 높아졌다.

본부장은 그 자리를 박차고 나왔다. 그는 멤버들이 모여 있는 1층 휴게실로 갔다. 그곳에는 커다란 텔레비전과 비디오 플레이어가 벽에 붙어 있었다. 아이들은 큰 죄를 지은 것처럼 고개를 푹 숙였다. 본부장은 아이들을 토닥거렸다.

"오늘 무대를 여러 번 다시 돌려보자. 옷이나 메이크업은 보지 마. 너희들이 지금 제일 먼저 봐야 할 게 안무하고 노래야. 자기가 어떻게 노래를 부르고 방송에 어떻게 나왔는지 유심히 보고 들어봐. 내일은 지상파 방송에 나가야 하잖아. 오늘보다는 잘해야겠지?"

그의 말을 묵묵히 듣고 있던 세라가 물었다.

"본부장님, 제가 가수를 해도 될까요? 냉정하게……"

아이의 갑작스러운 질문에, 네티즌과 업계의 반응을 알고 있는 본부장은 차마 대답하지 못했다. 그는 안절부절못했다.

언제나 자신만만했던 본부장이었다. 그의 고민을 훔쳐본 세라는 침울해졌다. 두 사람의 대화를 지켜보던 멤버들은 참혹한 미래를 예상했다. 흐르는 눈물을 멈출 수 없었다.

그녀들의 인생에서 가장 처참했던 하루가 그렇게 지나가고 있었다.

14
대장 신주학이 돌아왔다

◀◀

매니저들은 잔뜩 굳은 채 사장을 맞았다. 그는 한마디만 했다.
"동요하지 마라. 내가 왔으니까 이제 된 거야."

대장이 돌아왔다. 신주학 사장은 제국의아이들과 함께 태국에 있었다. 동남아시아 공연을 진두지휘하기 위해서다. 나인뮤지스의 데뷔 무대가 예상 밖으로 처참했다는 소식을 들은 스타제국의 리더 신주학 사장은 신속하게 귀국 결정을 내렸다. 방콕에서 전화를 건 그는 짧고도 명확한 지시를 했다.

"애들 안심시키고 무조건 재워!"

이어지는 방송 일정에서 더이상 사고를 내지 않으려면 심리적으로, 육체적으로 안정이 필요하다는 판단이었다. 매니저들은 사장의 지시에 따라 움직였다.

새벽에 인천공항에 도착한 그는 옷도 갈아입지 않고 달려왔다. 인사를 건네는 매니저들에게 혹독한 책망 대신 인자한 표정으로 그들의 어깨를 두드려줬다.

사실 겪어본 사람은 안다. 문제가 생겼을 때, 욕지거리를 참고 용기를 북돋는 리더가 얼마나 무서운 존재인지를. 그래서인지 매니저들은 잔뜩 굳은 채 사장을 맞았다. 그는 한마디만 했다.

"동요하지 마라. 내가 왔으니까 이제 된 거야."

날이 밝았다. 찬란한 태양이 떠올랐다. 지나간 날에 쏟아진 장대비로 온몸을 씻은 스타제국의 하얀색 건물은 화사하게 빛났다.

오전 10시. 나인뮤지스 멤버들과 모든 매니저들이 연습실에 모였다. 무대의상으로 갈아입고 메이크업까지 마친 아이들은 긴장한 듯 연신 입술에 침을 묻혔다. 그건 매니저들도 마찬가지였다. 그들은 두 손을 가지런히 맞잡고 연습실 한쪽에 도열했다.

대장은 그 시간까지 사장실 밖으로 나오지 않았다. 데뷔 방송을 여러 번 되돌려보면서 문제를 파악했다. 그 무대에 대한 네티즌의 반응도 전부 체크했다. 사장은 한동안 머리를 쥐어뜯으며 고심했다. 뭔가 특단의 대책이 필요했다. 그의 감이 요동치고 있었다.

사장은 작은 막대기 하나를 들고 연습실에 올라왔다. 젊은 시절, 이 지휘봉을 들고 수많은 스타를 만들어냈다. 그가 연습실에 들어서자 매니저와 멤버들은 모두 머리 숙여 인사했다. 그는 스타제국 식구들을 침착하게 둘러봤다. 나인뮤지스 아이들을 바라보면서 입을 열었다.

"누구나 실수는 할 수 있어. 신인 때는 다 그런 거야. 중요한 건 실수를 반복하지 않는 거야. 무대 위에서는 당당하게 자신감을 잃으면 안 돼."

그는 매니저들을 돌아보면서 말했다.

"시작해보자. 우리, 두 번만 연습하고 방송국으로 가는 거다."

요술 방망이를 쥔 대장의 포인트 레슨이 시작됐다. 심장을 펄떡이게 하는 아이들의 데뷔곡이 울렸다. 그는 열정적으로 움직였다.

도입부의 모델 워킹을 하는 부분에선 두 손을 벌려 아이들에게 적극적으로 다가오라는 신호를 했다. 첫번째 소절을 맡은 재경이 나서자 그는 소녀에게 눈을 맞추며 말했다. "입을 벌리면서 정확한 발음으로!" 다음은 혜빈의 차례다. "좋아, 그거야."

어제 긴장으로 고음 처리에 실패한 세라가 마이크를 잡았다. 그의 목소리가 커졌다. "대大스타제국의 리드 보컬이 바로 너야. 자신감을 가지고 소리질러! 음이 틀려도 괜찮아." 어제 실수를 저질렀던 라나에겐 "나를 똑바로 쳐다보고 노래해"라고 지시했고, 랩을 맡은 현주와 혜민에겐 "지금 남자를 유혹한다고 생각해. 그러면 섹시한 목소리가 나오잖아!"라고 조언했다. 막내 민하와 혜미에겐 "정말 잘한다. 그거면 됐어" 하고 외쳤다.

각 소절을 맡은 아이들을 따라다니며 용기를 불어넣는 그의 모습은 우습기도 해서, 나이 어린 매니저들은 입을 막고 웃었다. 하지만 경험 많은 노련한 매니저일수록 심각하게 사장의 모습을 바라봤다. 그들은 알고 있었다. '지금 대장은 최선을 다하고 있다.

나인뮤지스 멤버들에게 필요한 건 스킨십을 동반한 응원이다. 그리고 주인 의식으로 똘똘 뭉친 사장보다 나인뮤지스를 더 걱정하는 이는 없다.'

나 역시 그 사실에 동의했다. 긴 비행을 마치고 눈도 붙이지 못한 채 진땀을 흘리는 리더의 모습은 아름다웠다. 그는 정말 최선을 다하고 있었기 때문이다. 사장이 이리저리 움직이며 얼마나 정열적으로 멤버들을 지도했는지, 그를 따라다니며 촬영하던 나와 촬영감독은 수차례 발이 꼬였다. 두 번에 걸친 포인트 레슨을 마친 그는 이마에 맺힌 땀을 손으로 쓱 닦았다.

"이 정도면 됐어. 이제 가서 보여주자!"

지상파 방송사에 도착한 건 정오가 되기 직전이다. 사장은 친분이 있던 연출자에게 직접 전화를 걸었다. 신인들의 방송 녹화까지 시간이 다소 남았다는 정보를 얻은 그는 기민하게 움직였다. 다른 가수들과 함께 대기실에 머물던 멤버들을 복도로 끌어냈다. 그는 말했다.

"전부 여기 서봐. 공간이 좁으니까 안무는 하지 말고 노래만 하는 거야. 알겠지?"

스튜디오로 이어지는 방송사 복도는 많은 사람들로 붐비는 곳이다. 각종 방송의 제작진은 물론이고 다른 기획사 매니저, 탤런트, 가수 들이 오고갔다. 그런 곳에서 줄을 서서 노래 연습을 하라니. 분위기 파악 못한 막내 매니저가 물었다.

"사장님, 여기서 말인가요?"

사장은 참지 않고 곧바로 쏘아붙였다.

"창피해?"

기가 죽은 막내 매니저는 꼬리를 내렸다.

"아닙니다. 시끄러울까봐 그랬습니다."

대장은 한마디만 덧붙였다.

"상관없어."

결국 나인뮤지스 멤버들은 〈No Playboy〉를 방송사 복도에서 불렀다. 리듬감을 살리라는 대장의 지시에 따라 세라는 박수를 치면서 박자를 맞췄고, 흥이 오른 혜빈은 아예 안무까지 하면서 노래했다. 지나가는 사람들은 보기 드문 장면을 놓치지 않으려고 다가왔다가, 신주학 사장의 얼굴을 확인하곤 '아하' 하는 표정으로 돌아갔다.

신기한 건, 이 유치하고 창피한 연습을 하는 동안 아이들이 웃음을 되찾았다는 사실이다. 이런 짓도 하는데 무대 위에선 뭘 못 하겠어, 하는 표정이 아이들의 얼굴에 가득했다. 소녀들의 웃음이 찬란해서 나는 절로 미소가 나왔다.

대기실에서 스튜디오까지 이어진 복도는 상당히 길었다. 아이들은 그 길을 걷는 동안, 만나는 모든 사람들에게 90도로 허리 굽혀 인사했다. 방송사 직원이든, 매니저든, 동료 연예인이든, 경비원이든 상관없이. "안녕하세요, 나인뮤지스입니다." 이 또한 사장의 명령이었다. "예의바른 놈이 사랑받는 법이야." 아홉 소녀들이 입을 모아 인사하는 소리는 방송사 건물 여기저기를 청량하게 밝혔다.

스튜디오에 도착해서 철문을 열자 시커먼 대형 커튼이 여러 겹 내려왔다. 스튜디오를 휘감은 커튼은 방음 효과가 있다. 검은 장막을 헤치면서 아이들은 숨을 골랐다. 어둠 속에서 서로의 손이 닿으면 뿌리치지 않고 한 번씩 꼭 쥐어주는 일도 잊지 않았다. 그것은 소리 없는 파이팅이었다. 마지막 커튼을 열어젖히자 웅성대는 소리와 함께 눈부신 조명이 갑자기 드러났다. 신세계에 도착한 탐험가처럼 아이들은 제자리에 서서 탄성을 터뜨렸다.

제작진은 신인 걸그룹에게 마이크를 신속히 나눠줬다. 소녀들과 함께 무대로 올라간 사장은 제작진의 만류에도 불구하고 한참 동안 아이들의 오伍와 열列을 맞췄다. 연습실과 똑같은 환경이라고 판단한 뒤에야 무대를 내려왔다. 사장은 메인 카메라 옆으로 자리를 옮기더니 팔짱을 끼고 아이들의 공연을 지켜봤다. 부조정실에 앉은 연출자의 목소리가 들렸다.

"나인뮤지스, 방송 녹화 일 분 전!" 자질구레한 실수는 끊이지 않았지만, 첫 데뷔 무대와 같은 최악의 사고는 없었다. 대장이 눈앞에서 당당하게 버티고 있는 것만으로도, 아이들은 뭔가 든든함을 느끼고 있었다. 녹화를 마친 멤버들은 약속이라도 한 듯 사장에게 달려가 안겼다. 때로는 무섭고 때로는 잔인한 존재였지만, 사장과 아이들은 같은 배를 탄 동지였다. 만족한 표정을 지은 스타제국의 대장은 내게 말했다.

"첫무대치고는 잘한 거예요. 마이크 쥔 손을 달달 떠느라 노래를 시작도 못해보고 내려오는 신인도 있었어요. 수십 년 이 바닥에 있으면서 황당한 일을 여럿 겪었죠. 데뷔 무대를 망친 게 아쉽지만 결국은 성공할 겁니다. 내가 된다고 하면 되는 거예요."

원숭이도 가끔 나무에서 떨어지는 법. 신주학 사장의 확신은 빗나가고 말았다. 아쉬운 일이다. 첫무대를 망친 나인뮤지스에 대한 평가는 좀체 나아지지 않았다. 한 달 전, 먼저 데뷔한 미쓰에이는 음원 순위 1위를 차지했다. 2주 전에 등장한 씨스타도 좋은 반응을 얻었다. 같은 날에 컴백한 시크릿의 성적 역시 우수했지만, 유독 나인뮤지스만 바닥을 헤맸다. 아이들은 동요하기 시작했다. 연습실에서 민하가 멤버들에게 속삭였다.

"언니, 싸이월드 음원 순위에서 우리 노래가 147위였대요."

세라가 토닥였다.

"시크릿도 1집 때는 잘 안 됐잖아. 더 기다려보자."

민하는 입이 삐죽 나왔다.

"싸이월드가 제일 정확한데 시크릿은 7위야."

옆에서 듣고 있던 은지가 나섰다.

"시크릿은 7위인데, 우리는 147위라고?"

세라와 민하가 고개를 끄덕이자 은지는 그 자리에 풀썩 주저앉았다. 옆에서 보고 있던 내가 아이들을 위로했다.

◀◀
녹화를 마친 멤버들은 약속이라도 한 듯 사장에게 달려가 안겼다. 때로는 무섭고 때로는 잔인한 존재였지만, 사장과 아이들은 같은 배를 탄 동지였다. 만족한 표정을 지은 스타제국의 대장은 내게 말했다.

"데뷔 무대를 망친 게 아쉽지만 결국은 성공할 겁니다. 내가 된다고 하면 되는 거예요."

"시크릿도 1집 때는 잘 안 됐다고 들었어. 여유를 가져봐."

은지가 힘없이 대답했다.

"그런데 시크릿이랑 우리는 다르잖아요. 저희는 잘 안 되면 해체될 수도 있고 멤버를 바꿀 수도 있고, 저희는 미지수잖아요. 어떡하면 좋죠?"

사장도 사태의 심각성을 잘 알고 있었다. 그는 모든 매니저들을 회의실로 소집했다. 뾰족한 해법이 나올 때까지 아무도 자리를 뜰 수 없다고 못박은 뒤 회의실 문을 잠갔다. 매니저들은 올 것이 왔다는 표정이었다. 사장은 다이어리를 열고 직원들의 아이디어를 채집할 준비를 마쳤다. 그가 말했다.

"나인뮤지스에 대한 호기심, 기대감, 아이들에 대한 긍정적인 인상 자체가 첫 방송 이후에 무너졌어. 첫 방송 이후에도 그만큼 못했기 때문에 반전에 실패했단 얘기지."

다른 매니저들이 전부 책상에 머리를 박고 있는 걸 확인한 사장은 다시 한번 힘주어 외쳤다. 그의 목에 퍼렇게 날 선 핏줄이 보였다.

"쉽게 얘기해서 다시 영으로 돌아간 거야. 아니면 영보다도 더 밑으로 떨어졌단 얘기지. 그렇다고 여기서 주저앉을 순 없잖아? 무슨 이야기든 좋으니까 한번 다 꺼내보자고."

사장의 눈치를 살피던 매니저들이 슬슬 깨어났다. 일단 한 명이 포문을 열자 다른 직원들도 쉴새없이 문제점을 설파했다.

"가장 큰 문제는 애들이 발음하는 방법 자체를 모른다는 거예요."

"우리 애들 무대를 보고 난 사람들이 뭐라고 하느냐면, 하나도 매력적이지 않다고 하거든요. 그건 노래를 못 불러서만이 아닌 것 같아요. 그러니까 '나쁘진 않네' 뭐 이런 정도죠."

"기본적인 자세부터 문제가 많아요. 과연 저 친구들 가운데 정말 가수가 되겠다고 마음먹은 애가 몇 명이나 될까요?"

"아무리 가르쳐도 말을 듣지 않아요. 발음도 안 좋은데, 고음 처리가 안 된다고 마이크를 바짝 붙여서 노래를 부르니까 못하는 게 더 두드러져 보여요. 마이크를 어느 정도 떨어뜨리라고 주문해도 무대만 올라가면 다 까먹습니다."

"연습실에서는 기가 센 녀석들이 왜 무대에 나가기만 하면 자신감이 없을까요? 소녀시대, 원더걸스 이런 걸그룹이라고 꼭 노래를 잘하는 게 아니거든요. 일단 자신 있게 지르면 그럴듯하게 들리는데 그것조차 못하잖아요."

마침내 사장은 오른손을 번쩍 들었다. 이제 그만 떠들라는 의미다. 그가 듣고 싶은 건 '미래'인데, 직원들은 '과거'를 곱씹고 있었다. '내 책임입니다'라고 말하는 대신 '저 아이들이 문제예요'라고 고자질하는 회의는 그에게 필요 없었다. 매니저들의 대장은 단호한 목소리로 말했다.

"안 된다고 말하지 마. 그럴 거면 너희들이 왜 필요해? 어떻게든 방법을 찾아보자고. 불가능을 가능으로 바꾸는 정신, 그게 우리한테 필요해. 영어로 거 뭐냐? 낫씽 이즈 임파서블Nothing is impossible, 알겠어?"

식사 시간을 한참 넘겨 회의를 마친 사장이 향한 곳은 식당이 아니라 연습실이었다. 그는 사장실에 들러 아끼고 아끼는 지휘봉을 꺼냈다. 불만을 토로하는 매니저들은 아무 소용 없었다. 그는 초특급 스타들을 훈련시켰던 과거를 떠올렸다. 스스로에게 묻고 대답하길 여러 번. 지금 내게 필요한 건 뭐? 자신감, 그리고 연습. 그는 입술을 꽉 깨물었다. '내가 반드시 보여주마.'

사장은 노래에 자신 없는 라나부터 불렀다. 지휘봉으로 그녀의 배를 꾹 누르고 그는 말했다.

"너는 배에 힘을 주고 목을 조금 열어야 돼. 나를 봐!"

사장은 입을 쩍 벌리고 시범을 보였다.

"아아아! 이렇게. 목젖이 보이게."

라나는 지시에 따랐다.

"아아아!"

사장은 그녀의 발성을 막더니, 자기 입과 목을 가리키며 그대로 따라 하라는 시늉을 했다.

"입술을 동그랗게 말아야 해. 아아아!"

두 사람의 모습을 지켜보던 아이들은 연습실 구석을 찾아 키득거리며 웃었다. 하지만 사장은 아랑곳하지 않았다. 몇 번 연습을 반복하던 라나가 말했다.

"음정이 올라가긴 하는데 듣기 싫게 올라가요."

"아니야, 좋아! 내가 괜찮다면 괜찮은 거야, 다시!"

라나는 입을 동그랗게 모으고 한참 동안 고음 연습을 했다. 연습실이 쩌렁쩌렁하게 울릴 때까지. 사장이 말대꾸하지 않고 레슨 받은 아이를 칭찬했다.

"그렇게 하는 거야. 더 잘하려고 하지도 마, 그 정도만 하면 돼."

라나는 자기도 모르게 한숨을 내쉬었다.

"어휴."

이번엔 무대에서 가장 먼저 화면에 비치는 재경의 차례다. 사장은 그녀에게 할말이 많았다.

"재경이는 많이 좋아졌어. 그런데 표정이 멍청해. 그걸 고쳐야 돼."

그는 아이의 표정을 흉내내면서 말했다.

"이게 아니란 말이야. 네가 봐도 안 예뻐 보이지?"

재경은 하는 수 없이 대답했다.

"네."

사장은 비장의 무기라도 알려주듯, 재경에게 다가가 조용하게 말했다.

"볼에 힘을 주고 턱을 아래로 당기란 말이야. 그럼 훨씬 똑똑하고 도도하게 보일 거야."

훗날 나는 여러 국제영화제에서 나인뮤지스의 다큐멘터리를 상영할 기회를 얻었다. 상영이 끝나면 관객과의 대화를 가졌다. 케이팝에 관심이 많은 그들은 쉼 없이 질문 공세를 퍼부었다. 매번 빠지지 않고 나오는 질문은 신주학 사장에 관한 것이었다. 그들은 이미 대답을 예상하는 표정으로 내게 물었다.

"사장이 주먹구구식으로 아이들을 가르치는 것 같아요. 너무 독단적으로 일 처리를 하는 게 느껴집니다."

그럴 때마다 나는 시 한 구절을 인용했다.

"한국의 시 가운데 이런 구절이 있습니다. '연탄재 함부로 차지 마라. 너는 누구에게 한 번이라도 뜨거운 사람이었느냐.' 스타제국의 사장은 물론 독특한 인물입니다. 하지만 그만큼 자기 일에 열정적인 사람은 드뭅니다. 만약 그가 그저 우스운 사람으로만 보였다면, 그건 감독인 제가 영상을 잘 잡아내지 못한 탓입니다."

이렇게 대답하고 나면 관객들은 대부분 이해하기 힘들다는 표정을 지었다. 그럼에도 내 생각은 지금도 변함없다. 대장 신주학이 보여준 열정, 자신감, 노력, 그것들을 나는 아직도 기억한다.

15

유랑극단의 눈물을 만나다

■

억울하면 스타가 되어야 하는데, 현실은 그렇지 않았다.
눈물과 화장품으로 범벅된 멤버들의 모습은 처량하고 기괴했다.

뜨거웠던 여름이 지나갔다. 희망과 절망이 교차했던 시절. 단숨에 '스타덤'에 오르려던 야망은 무너지고, 나인뮤지스는 이류 걸그룹으로 전락하고 말았다. 음악방송에 출연할 기회는 현저하게 줄었다. 가끔씩 기획사에 찾아오는 팬들이 눈에 띄었는데, 아이들은 먼저 다가가 사인을 정성껏 해줬다. 세라는 말했다. "저희를 사랑해주시는 분들이 남아 있어 다행이네요. 그 애정이 언제 다른 걸그룹으로 옮겨갈까 두려울 뿐이죠."

추적추적 가을비가 내리고 있었다. 비를 맞은 단풍이 길가에 떨어졌다. 물기를 머금은 나뭇잎은 불어오는 바람에도 좀체 떨어지지 않았다. 그 덕분에 스타제국 앞 도로는 형형색색으로 물들었다. 신주학 사장은 기획사 건물 밖에 설치한 파라솔에 앉아 노트북을 펼쳤다. 일정한 박자에 맞춰 떨어지는 빗소리가 파라솔을 두드렸고, 흐드러진 단풍잎이 이따금 날아와 그의 머리카락을 스쳤다. 사장은 아랑곳하지 않고 노트북 화면 위에 거듭 재생되는 나인뮤지스의 무대를 뚫어지게 바라봤다. 내가 다가가자 그는 수첩에 끄적이던 메모를 멈췄다.

"팔과 다리가 꺾이는 각도를 유심히 보면 알아요. 멤버들이 모두 정확한 각도로 팔다리를 움직이면 연습을 엄청 많이 한 거죠. 근데 우리 애들의 팔은 제각각 움직여요. 스텝도 꼬이고요. 실전 연습이 부족하다는 증거예요."

여기까지 말한 사장은 담배를 천천히 피워 물었다. 그리고 한숨을 길게 내쉬었다. 중년 남자의 침묵은 무거웠다. 때마침 기획사 주위를 서성이던 직원을 발견한 그는 크게 손짓했다. "이효진하고 지성황, 불러와봐!"

두 매니저는 곧 사장 앞에 열중쉬어 자세를 하고 나란히 섰다. 그들이 전달받은 사항을 요약하자면 세 가지였다. 아무리 작은 지방 행사라도 무조건 참가할 것, 예능 프로그램에 출연해 인지도를 높일 것, 군부대 위문 공연에 집중할 것.

전국의 행사를 찾아다니며 실전 연습을 하는 동시에, 투자비 회수에도 나서는 일석이조 전략이었다. 하지만 나인뮤지스를 고급스럽게 포장하려던 당초 계획을 포기한다는 선언이기도 했다.

자신의 의지를 강하게 피력하기 위해 사장은 추임새까지 넣으며 말했다. "앉아서 기다리던 시대는 끝났어. 찾아가는 서비스, 알지? 그런 걸 해야 한단 말이야."

가을비가 축축하게 서울 도심을 적시던 날, 아이들은 팔도를 떠도는 유랑극단이 됐다.

전국에 그렇게 많은 행사가 있는 줄 몰랐다. 영암 F1 전야제, 익산 서동축제, 일산 주얼리 쇼, 생거진천 문화축제, 음성 인삼축제, 진주 남강유등축제, 부산 자갈치문화관광축제…… 아홉 명의 멤버와 매니저, 스타일리스트 들은 승합차 두 대에 나눠 타고 영호남과 충청도 곳곳을 누볐다.

군부대는 주로 경기도와 강원도에 집중됐다. 그런 까닭에 지방 행사와 위문 공연이 겹치는 날이면, 나인뮤지스는 서울을 출발해 경상도를 들러 전라도와 강원도까지 찾아가는 놀라운 일정을 소화했다. 그것도 단 24시간 내에. 입이 쩍 벌어지는 빡빡한 스케줄에 나는 적잖이 당황했다.

"영호남 행사를 같은 날에 잡는 건 무리 아닌가요?"

운전을 담당하는 막내 매니저는 이상한 질문을 들었다는 표정이었다. 피곤한 듯 하품을 늘어지게 한 그는 대답했다.

"무조건 달리면 됩니다. 안 되는 일을 가능케 하는 직업이 매니저니까요."

소녀들은 이른 새벽에 미용실을 향해 단체로 이동했다. 꾸벅꾸벅 졸면서 풀메이크업을 받고는 승합차에 몸을 실었다. 시속

170~180킬로미터로 달리는 차 안에서 깊은 잠에 빠졌다. 이름조차 알 수 없는 어느 지방 행사장에 도착하면 허겁지겁 일어나 무대에 올랐다. 노래 두 곡을 연달아 부르는 짧은 공연을 마치는 대로 다시 승합차에 탔다. 다음 공연장으로 신속하게 이동하기 위해서다. 막내 매니저는 시계를 바라보면서 가속페달을 힘껏 밟아야 했다. 유랑극단이 되어 전국을 떠도는 아이들의 도돌이표 일정은 단순했지만 버거웠다.

〈No Playboy〉에 대한 지방 팬들의 반응이 어떤지 은지에게 물어본 적 있었다. 아이는 심드렁하게 대답했다.

"우리가 어디 어디에 갔었죠? 기억조차 나질 않아요. 우리는 그저 가라면 가고, 오라면 오고, 그런 존재니까요."

세라는 승합차 안에서 잠들지 못하는 유일한 존재였다. 차멀미가 심한 탓이었다. 그녀의 옆자리에 앉은 라나는 워낙 예민했기에 차가 덜컹거리면 금세 잠에서 깨어났다. 창밖으로 휙휙 지나가는 풍경을 물끄러미 바라보며 다시 단잠에 빠지길 기다렸다.

덕분에 세라와 라나는 모두가 잠든 차 안에서 단둘이 눈을 마주치곤 했다. 처음엔 어색한 웃음만 나눴는데, 횟수가 반복되자 속내를 담은 대화를 나누게 됐다. 멀미 때문에 당장이라도 토악질할 것 같은 표정으로 세라가 말을 꺼냈다.

"언니, 힘들지 않아요? 나는 너무 힘든데……"

라나가 그녀의 등을 쓰다듬었다.

■
막내 매니저는 시계를 바라보면서 가속페달을 힘껏 밟아야 했다.
유랑극단이 되어 전국을 떠도는 아이들의 도돌이표 일정은 단순했지만 버거웠다.

"우리가 어디 어디에 갔었죠? 기억조차 나질 않아요.
우리는 그저 가라면 가고, 오라면 오고, 그런 존재니까요."

"견디기 힘들면 휴게소에 들러 약이라도 사 먹을까? 나도 많이 힘들거든."

오랜만에 두 소녀는 서로를 칭찬하면서 용기를 북돋웠다.

"무대에 오를 때마다 느끼는 건데, 나는 언니의 그 체력과 몸매가 부러워요."

"나는 네 목소리가 부러운걸. 우리는 모두 가수인데, 넌 노래를 잘하고 난 못하잖아."

경부고속도로의 어디쯤이었을까. 시속 170킬로미터를 넘나들며 질주하는 차량 속에서, 리더 자리를 두고 치열하게 다퉜던 비모델파와 모델파의 수장들은 화해했다.

오랜 숙적이 서로 마음을 열었다고, 나인뮤지스가 하나로 똘똘 뭉친 건 아니었다. 예전엔 비모델파와 모델파로 나뉘어 싸움을 벌였다면, 데뷔 이후엔 주목받는 자와 그렇지 못한 자로 패가 갈렸다. 그 모양새가 달라졌을 뿐, 스타가 되기를 갈구하는 소녀들의 갈등은 그치질 않았다.

예능 프로그램에 출연하게 되면서 편 갈림과 질투는 더욱 또렷해졌다. 나인뮤지스의 멤버는 무려 아홉 명. 신인 걸그룹에게 많은 자원을 투자하려는 방송사는 없었다. 짧은 시간 안에 소녀들의 이미지를 최대한 소비하기 위해 카메라 렌즈는 스타성 강한 멤버에게 집중됐다. 그룹의 리더인 라나, 아시아 태평양 슈퍼모델 현주, 끼가 많은 은지, 리드 보컬인 세라가 스포트라이트를 받았다. 다른 멤버들은 관심 밖인 이른바 '병풍'을 섰다.

가을햇살이 뜨거운 날, 아이들은 지상파 예능 프로그램인 〈체험 삶의 현장〉 녹화에 나섰다. 여러 매니저가 힘을 쏟아 겨우 붙잡은 기회였다. 그들은 입을 모아 말했다. "담당프로듀서한테 얼마나 부탁한 줄 모를 게다. 너희들의 모습을 반드시 각인시켜야 한다. 꼭 부탁이다."

〈체험 삶의 현장〉은 전국의 곳곳의 일터를 찾아 그곳의 일을 온몸으로 겪은 뒤, 일당으로 받은 품삯을 불우이웃에게 기부하는 프로그램이었다. 나인뮤지스는 오지의 시골마을로 들어가 고구마를 캐고 장마당으로 나르는 일을 맡았다. 당장 무대에 올라도 좋을 정도로 메이크업을 하고 시골에 나타난 아이들은 제작진으로부터 작업바지와 밀짚모자를 받았다. 펑퍼짐한 옷으로 갈아입고 얼굴을 가린 채 나타난 아홉 명의 소녀들은 누가 누군지 분간하기 힘들었다.

촬영장으로 향하던 은지는 흐르는 땀을 손으로 닦아냈다. 그 바람에 화장이 지워졌는데, 아이는 개의치 않았다. "어렸을 때부터 텔레비전에서 보던 프로그램에 출연하다니 참 신기하네요. 그런데 무슨 날씨가 이렇게 더울까요?"

연출자는 나인뮤지스 멤버들을 고구마밭 앞에 일렬로 세우고 멤버들의 이름과 얼굴을 일일이 확인했다. "미리 대본 받았죠? 각자 맡은 부분을 열심히 연기해주시면 됩니다. 하나, 둘, 셋 하면 함께 '출발'을 외치고 시작합니다."

스타들의 자발적인 봉사활동을 담는 프로그램이었지만, 실제로는 꽉 짜인 대본이 존재했다. 리얼리티를 가장한 드라마였던 셈이다. 가장 많은 대사를 얻은 건 라나와 세라였다. 커다란 고구마를 캔 라나는 카메라가 다가오자 대본에 있는 대로 외쳤다. "우와, 이거 봐. 얼굴만해!"

다른 카메라 앞에서는 세라가 농작물을 들고 〈No Playboy〉의 춤을 추었다. 동네 아줌마들이 따라 추자 세라는 흥겨운 목소리로 제안했다. "어머니, 나인뮤지스 할 생각 없으세요? 노래를 정말 잘하신다." 연출자는 그녀의 말이 떨어지기가 무섭게 박수를 유도했다. 그의 손동작에 따라 아이들은 깔깔거리며 웃었다.

혜빈과 혜민은 단 한마디의 대사도 할당받지 못했다. 카메라가 비추지 않는 고구마밭 한쪽에 혜빈이 쭈그리고 앉았다. 그녀는 낫을 들고 허투루 땅을 팠다. 내리쬐이는 가을햇살이 날카로웠다. 더위와 소외에 지친 그녀는 투덜거렸다. "제가 지금 이걸 왜 하고 있는지 모르겠어요."

나는 조용히 물었다. "혜빈아, 네 차례는 없는 거니?"

그녀는 대답했다. "네. 어차피 대본에 대사가 주어진 사람만 얘기하는데, 내가 왜 땡볕에 타면서 배경 역할을 하고 있어야 되는지……" 그녀는 침을 꿀떡 삼키더니 작심한 말을 내뱉었다. "저는 조만간 나인뮤지스를 탈퇴하려고요."

우리의 대화를 지켜보던 혜민이 저멀리서 뛰어왔다. 그녀는 혜빈의 입을 틀어막고 한쪽으로 끌고 갔다. 아이들은 어느새 카메라 앞에서 말조심해야 한다는 사실을 눈치챘다. 비록 단숨에 스타가 되진 못했지만, 이미 연예인의 세계에 들어온 소녀들이었다.

그날 저녁, 카메라 앞에 선 혜민은 말했다. "아홉 명이면 너무 많잖아요. 잠잘 때 빼고는 맨날 붙어 있다보니 상처받는 일이 많아요. 내 할 일만 딱 마치고 다른 활동을 하고 싶어요."

나는 그녀의 눈을 똑바로 쳐다보며 물었다. "그만두고 싶은 생각이 있다는 거야?"

아이는 소리 죽여 대답했다. "네. 저도 이제 지쳤거든요."

몸과 마음을 다친 아이들은 매니저를 포함한 여러 스태프에게 쌀쌀맞게 굴었다. 연예인과 매니저, 중요한 동반자 관계에 적신호가 켜졌다.

강원도 전방부대에서 위문 공연이 열린 날. 막내 스타일리스트가 승합차 밖에서 울고 있었다. "항상 기분 나쁘게 말하고, 제가 차에 타려고 하면 문부터 닫아버리고……" 그녀는 차마 말을 잇지 못하고 한동안 흐느꼈다.

현장을 따라다니는 나이 어린 매니저들의 말에 의하면 나인뮤지스 멤버들은 데뷔 이후 차곡차곡 쌓였던 스트레스를 마구잡이로 쏟아내고 있었다. 그들은 고속도로 휴게소에서 막내 스타일리스트가 화장실에 간 사이, 차를 강제로 출발시켜서 말썽을 일으켰다. 막말을 퍼붓는 경우도 잦아져서 양측의 갈등은 깊어졌다.

물론 이건 한쪽의 주장이다.

스타일리스트는 가슴을 치면서 겨우 말을 마쳤다. "잘 챙겨주면 뭐하냐고요, 저런 식으로 나오는데…… 내가 짜증내고 화내고 싶어도 그렇게 하면 나만 나쁜 사람이 되니까 아무 말도 못해요. 나 진짜 그만둔다고 얘기할 거예요."

화려한 조명이 아홉 미녀를 비추고 수천 명의 군인들이 함성을 지르는 동안, 매니저에 갓 입문한 또다른 스무 살 소녀는 많이 울었다.

스타일을 총괄하는 매니저, 최정윤 실장이 나인뮤지스를 소집한 건 일주일이 지난 뒤였다. 격분한 그녀는 눈까지 벌겋게 상기됐다. 회의실에 들어온 실장은 떨리는 목소리로 말했다.

"매니저가 머슴이야? 이것 가져와라 저것 가져와라, 심부름이나 시키고 막말까지 하게? 행사 하나만 하면 다들 못해먹겠다고 난리야. 밤새우며 너희들을 위해서 그 무엇이든 준비했는데, 막판에 이런 얘기 들으면, 나는 정말 짜증나."

전남에서 지방 공연을 마치고 돌아온 새벽이었다. 아이들 가운데 몇 명이 졸음을 참지 못하고 고개를 꾸벅이며 잠들었다. 그 모습에 실장은 마침내 폭발하고 말았다. 그녀는 비명에 가까운 소리를 질렀다.

"너희들 정신 나갔냐?"

그제야 아이들은 보통 일이 아니란 걸 깨달았다. 단번에 졸음이 달아난 소녀들은 뒤늦게 상황을 파악하고 두려움에 몸을 떨었다.

"사장님뿐 아니라 모든 직원이 모여서 너희들을 어떻게 할까 밤새 대책회의를 해. 그러면 우리들에게 미안한 마음이 들지 않니? 막내 스타일리스트가 심부름꾼이야? 입이 있으면 말해봐! 뒤에서 욕하지 말고 앞에서 정확히 해! 애들 시킬 거면 나한테도 시켜봐, 한번!"

라나와 세라는 동시에 고개를 숙였다. 혜빈과 혜민도 마찬가지였고, 막내인 민하와 혜미는 커다란 눈에 눈물을 달았다. 은지와 재경은 손을 만지작거렸다. 현주는 두 손에 얼굴을 파묻었다.

"다 같은 사람 아니야? 그 아이들이 너희들 몸종 되려고 태어났어?"

실장은 쐐기를 박듯 마지막 말을 남기고 회의실을 박차고 나갔다.

"억울하면 떠! 그때는 내가 대우해줄게!"

아이들은 그 누구도 자리를 일어나지 못했다. 억울하면 스타가 되어야 하는데, 현실은 그렇지 않았다. 가슴에 커다란 대못이 박힌 소녀들은 마음의 피를 철철 흘렸다. 흐르는 눈물에 메이크업이 지워졌다. 눈물과 화장품으로 범벅된 멤버들의 모습은 처량하고 기괴했다.

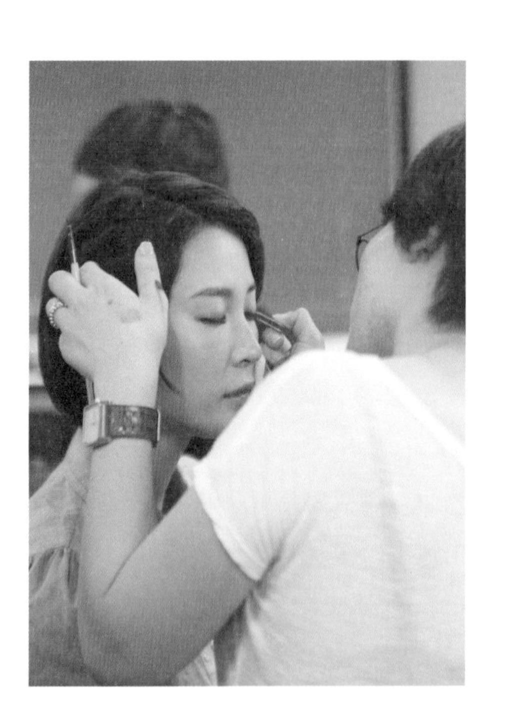

16
불행은 홀로 다니지 않는다

▶▶

빡빡한 강행군이 사고를 낳았다.
유랑극단처럼 전국을 오가는 아이돌 그룹에게
교통사고는 피하기 힘든 숙명이었다.

서울에 위치한 예술고등학교에도 가을은 어김없이 찾아왔다. 나른한 오후였다. 어디선가 잠자리가 날아오더니 활짝 핀 코스모스 위에 앉았다. 불어오는 바람에 꽃잎이 하늘하늘 흔들렸다. 그 떨림에 놀란 잠자리는 날개를 펄럭이며 다른 쉼터를 찾아나섰다.

청주 소녀, 아름이는 학교 운동장을 서성이고 있었다. 흰색과 푸른색, 그리고 노란색이 버무려진 예쁜 교복을 입은 아이에게서 지방 출신 특유의 촌스러움을 찾아보긴 힘들었다. 수업을 빼먹고 뭔가를 골똘히 생각하던 소녀는 말했다. “사흘 전부터 잠을 자지 못했어요.” 그녀는 떨리는 목소리로 불안함을 전했다. 입가엔 억지미소가 걸렸지만, 눈가엔 물기가 촉촉했다.

수업을 마치는 종소리가 울렸다. 교정 곳곳에서 가방을 둘러멘

소년 소녀들이 뛰어나왔다. 아름이를 발견한 친구들은 놀란 얼굴로 안부부터 물었다.

"아름아, 왜 수업 안 들어왔어?"

"어디 아픈 거야? 양호실에 데려다줄까?"

순진한 눈매를 지닌 아이는 친구들의 질문에 아무 대답도 하지 못하고 도리질만 반복했다. 소녀는 오늘 중요한 결정을 스타제국에 전해야 했다. 스타의 꿈을 접고 연습생 생활을 그만둘 작정이다. 기획사와 맺은 계약을 파기하기 위해 청주에 사는 부모님이 서울로 올라오고 있었다.

"많이 생각했거든요. 저와는 맞지 않는 것 같아요."

나는 물었다.

"어렵게 서울에 왔는데, 다시 청주로 돌아가는 걸 부모님께서 반기실까?"

그녀는 대답했다.

"나인뮤지스가 텔레비전에 매력적이지 않게 나오고, 인터넷에 댓글까지 안 좋게 달리니까 부모님도 허락하셨어요. 당신 딸이 그런 그룹에는 들어가지 않는 게 좋으니까요."

언니들이 겪고 있는 연예계의 혹독함을 바로 옆에서 지켜본 아름이었다. 학교 수업과 연습실 훈련을 마치고 숙소로 돌아오면, 아이는 이불을 뒤집어쓰고 한참을 울곤 했다. 꿈과 현실의 간극을 서둘러 깨달았기 때문이다.

나인뮤지스 멤버들처럼 대중들에게 외면당하고, 매니저들에게 욕먹을 자신이 없었다. 인정하고 싶지 않지만 스타는 아무나 되는 게 아니었다. 언니들처럼 전국을 떠돌 생각에 미치니 두려움에 몸서리가 절로 쳐졌다.

그녀가 힘겨운 고백을 하는 동안 학교 운동장에선 새가 울었고 꽃은 바람에 흔들렸다. "세라 언니한테도 의논했거든요. 언니는 아무 말 없이 꼭 껴안아줬어요." 소녀는 한숨을 길게 내쉬며 물었다. "먼저 도망치는 제가 비겁한 걸까요?"

나는 먼저 이별을 고하고 떠나는 사람을 원망해왔었다. 감정의 흐름을 단절하고 뒤돌아서는 자의 모습은 얼마나 표독스러웠던가. 하지만 보이는 게 전부는 아니었다. 이별은 잘 벼린 칼날과 같았다. 그것을 먼저 손에 쥔 자는 그 고통을 차마 입 밖으로 표현하지 못하고 눈물을 속으로 삼켜야 했다. 고통으로 쩔쩔매는 아름이를 보면서 내 오랜 선입견에 금이 가고 있음을 느꼈다.

아이는 허청거리며 교문을 나섰다. 가방 속에 넣어둔 휴대폰이 요란하게 울렸다. 아름이는 얼른 전화를 받았다. 잠시 후 그녀는 망치로 머리를 맞기라도 한 것처럼 그 자리에 주저앉았다. 나는 놀라서 뛰어갔다. 아이는 엉엉 울면서 말했다.

"어떡하죠? 언니들이 교통사고를 당했어요. 지금 응급실로 실려가고 있대요. 제가 배신한 것 때문에 언니들한테 나쁜 일이 생겼나봐요."

빡빡한 강행군이 사고를 낳았다. 지방 방송사에서 아침 일찍 녹화를 마치고 서울의 어느 행사장으로 가던 길, 승합차의 앞바퀴가 빠졌다. 타이어에 펑크가 나서 스페어타이어로 임시 봉합한 게 화근이었다. 다른 타이어보다 얇은 스페어타이어로 인해 차량의 균형이 깨진 것이다.

서울 요금소를 지나 행사장 인근 고가도로에서 급회전을 하던 중 바퀴가 날아갔다고 막내 매니저는 설명했다. 차량이 굴러떨어지지 않은 건 천운이었다. 멤버들은 두 대의 승합차에 나눠 타고 있었다. 앞서 가던 라나, 세라, 현주, 은지는 무사했다. 뒤따르던 재경, 혜빈, 혜민, 혜미, 민하는 가까운 대학병원으로 옮겨졌다.

걸그룹 레이디스 코드를 태운 승합차가 빗길 고속도로에서 대형 사고를 당한 건 최근의 일이다. 멤버 가운데 일부가 목숨을 잃었다. 정상을 향해 달음박질했던 젊은 스타들의 비보를 떠올리자니 마음이 먹먹하다.

유랑극단처럼 전국을 오가는 아이돌 그룹에게 교통사고는 피하기 힘든 숙명이었다. 걸그룹 시크릿은 스케줄을 마치고 돌아가는 길에 타고 있던 승합차가 전복됐다. 멤버 가운데 한 명의 갈비뼈가 부러졌다. 보이그룹 슈퍼주니어를 태운 승합차도 서울 도심에서 굴렀다. 활동은 5개월간 중단됐다. 이 밖에도 인기를 누리던 아이돌 가수들이 당한 크고 작은 교통사고는 헤아리기 힘들다.

이른 새벽부터 다음날 새벽까지, 살인적인 일정을 소화하기 위해 과속 운전은 어쩔 수 없는 선택이다. 기획사는 천문학적인 투자금을 회수하기 위해 스케줄을 최대한 많이 잡을 수밖에 없다. 피로에 지친 매니저는 고속도로에서 졸음운전을 하기 십상이다. 안전벨트도 하지 않은 채 잠에 빠진 멤버들은 사고에 속수무책이다. 앞으로도 교통사고로 인한 비극이 계속될 것 같다는 생각은 나 혼자만의 기우이길 바란다.

응급실은 어수선했다. 멤버들은 여기저기 흩어져 침대에 누웠다. 아이들은 이를 악물고 끙끙 앓았다. 혜민이 사고 당시를 기억했다.

"갑자기 브레이크를 밟으니까 바닥으로 엉덩이가 내려가면서 다리는 위로 올라갔어요. 한마디로 몸이 접힌 거죠. 순식간에 '폴더 휴대폰'이 됐어요. 왜 자꾸 저한테만 이런 일이 생기는 걸까요?"

다른 침대에 누운 혜미는 팔에 깁스를 했다. 나는 걱정하며 물었다.

"괜찮아?"

그녀는 쿵 하고 부딪히는 시늉을 하며 대답했다.

"어깨가 차 모서리에 부딪힌 바람에 지금 팔이 안 들려요."

재경은 팔과 다리, 허리까지 타박상을 입었다. 혜빈은 두 다리가 잔뜩 부어올랐다. 그 모습을 지켜보던 민하가 탄식했다.

"우리 이래서 한류 콘서트 할 수 있나요?"

신주학 사장이 발 벗고 나선 덕분에 나인뮤지스는 경주에서 열리는 한류 콘서트에 나서게 됐다. 상반기에 드림 콘서트에서 신인 자격으로 샛별 무대에 섰던 걸 생각하면 놀라운 성과였다. 음원 시장에서 거둔 미미한 성적에도 불구하고 정식 공연 팀으로 지명되다니. 사장이 나인뮤지스를 띄우기 위해 얼마나 공을 들였는지 알 수 있는 대목이었다.

민하의 질문에 응답하는 혜민의 목소리가 저멀리서 들렸다.

"중요한 행사니까 죽어도 해야 할걸."

병원에 아이들을 두고 스타제국으로 갔다. 사고 차량을 운전했던 막내 매니저는 팔이 부러졌다. 그는 죄책감에 얼굴을 들지 못했다. 건물 밖 파라솔 아래 쭈그리고 앉아 애꿎은 담배만 피웠다. 지나가던 선배 매니저들이 그의 등을 툭툭 치며 위로했다.

그사이, 아름이의 부모님은 신주학 사장과 면담을 마쳤다. 계약은 파기됐다. 아쉽지만 외동딸의 연예계 진출은 여기까지다. 교통사고를 당한 언니들에게 미안한 마음으로 아름이는 계속 울었다.

1층에서 기다리고 있던 라나가 먼저 다가가 아이를 안았다. "잘한 거야. 너는 평범하고 예쁘게 살아야 한다." 다음은 세라 차례다. 그녀는 뭐가 그리 서러운지 엉엉 소리까지 내면서 막내 동생을 껴안았다. 이효진 실장이 말린 다음에야 품에서 아름이를 놓아줬을 정도였다. 나는 그 이유를 굳이 묻지 않아도 알 수 있을 것 같았다.

처음 아름이가 연습실을 찾았던 장면을 떠올렸다. 나이 어린 여고생은 온몸을 떨면서 긴장했다. 그녀의 등장에 자리를 뺏길까 두려웠던 언니들은 독설을 늘어놨다. 그리고 몇 개월이 훌쩍 지났다. 함께 눈물 흘리며 견딘 세월이 쌓이면서 '잠재적 경쟁자'는 '안쓰러운 동생'이 됐다. 그리고 이제 아이는 전쟁터를 떠난다. 언니들은 한편으로는 미안하고 한편으로는 후련했을 게다. 은지와 현주도 아름이를 보내기 힘겨워했다.

봉명필 본부장이 나서서 그들의 이별 의식을 끊었다.

"울지 마, 왜 울어? 아름아, 한번 인연을 맺었으니까 헤어져도 자주 연락하자. 종종 놀러와야 한다." 아이는 고개를 끄덕이며 눈물을 훔쳤다.

부모님의 손을 잡고 청주로 돌아가는 소녀는 고속버스를 탔다. 서울로 이사 왔을 때 엄마와 첫 이별을 했던 장소에서 아이는 해맑은 표정으로 제작진에게 손을 흔들었다. 그녀는 어른스러운 말을 남기고 떠났다.

"얻은 게 많아요. 만약 제가 여기 안 들어오고 지방에 계속 있었다면 이쪽 경험을 못했겠죠? 그럼 연예계가 어떤 곳인지 몰랐을 거예요."

불행이 겹으로 찾아온 날이었다. 어스름이 깔리자 서울에는 비가 많이 내렸다.

한류 콘서트가 다가오고 있었다. 교통사고에도 불구하고 맹훈련은 계속됐다. 힘겹게 잡은 기회였다. 한류 콘서트는 지상파 방송을 통해 전국에 중계될 것이다. 조금의 실수도 용납되지 않는 무대. 전국을 돌아다니며 치렀던 행사 일정도 대폭 줄였다. 훈련 지휘는 사장과 본부장이 번갈아 맡았다.

멤버들은 교통사고 후유증에 시달리고 있었다. 혜미는 팔에 깁스를 했다. 다리엔 파스를 붙였다. 혜빈과 혜민도 압박붕대와 파스의 도움을 받았다. 상처가 덜한 민하는 연고를 들고 다녔다. 병원에 입원한 재경만이 연습에서 제외됐다.

스타제국 연습실은 크리스마스 파티가 열린 부상자 병동 같았다. 음악이 시작되면 깁스를 하고 파스를 붙인 아이들은 아무렇지도 않은 표정으로 노래하고 춤을 췄다. 대형이 바뀌는 부분에선 절뚝거리는 한이 있더라도 오와 열을 맞추려고 애썼다. 그렇지 않으면 불호령이 떨어질 것이었다. 쉬는 시간이 돼서야 아이들은 연습실 한쪽에 누워 고통을 호소했다.

은지는 직설적인 성격이었다. 그녀는 깁스를 한 것도 모자라 파스까지 덕지덕지 붙인 혜미를 보자 울컥하고 말았다. 막내 멤버의 손을 붙잡고 나인뮤지스 전담매니저인 이효진 실장을 찾아갔다. 은지는 속으로 되뇌고 있었다. '이건 말도 안 되는 상황이야.'

책상을 가운데 두고 오른쪽에 실장이, 그 반대쪽에 은지와 혜미가 앉았다. 잔뜩 화가 난 소녀들을 달래기 위해 실장은 부드러운 표정으로 말을 건넸다.

"살다보면 이런 경우도 있어. 그렇다고 활동을 접을 순 없지 않니?"

은지는 막내의 손에 물파스를 바르면서 말했다. 분노를 억누르지 못하고 일단 항의하러 뛰어왔지만, 스스로의 돌발 행동에 그녀 역시 놀라고 있었다. 그런 까닭에 은지의 목소리는 떨렸다.

"참아야만 한다는 사정은 알고 있어요. 물리치료를 받으면 금방 좋아질 것도 알고요. 문제는 과연 얘한테 쉴 시간하고 물리치료 받을 시간을 줬느냐 하는 거예요."

실장은 겸연쩍었다. 딱히 대꾸할 논리는 없었다.

"그러니까…… 우선은 힘을 내보자고 말할 수밖에 없을 거 같아."

그의 대답에 은지가 또다시 욱하고 말았다.

"내 팔이 저린 거라면 상관없으니까 내가 대신 아파줄 수 있으면 그러고도 싶은데, 그게 아니다보니까……"

눈을 내리깔고 실장과 언니의 대화를 듣고 있던 혜미가 마침내 울음을 터뜨렸다. 그 모습을 보던 실장은 말했다.

"너희가 정말 너무 아픈데 그걸 보면서까지 활동을 강요하진 않을 거야."

은지는 톡 쏘듯 대답했다.

"아니, 얘는 어제도 그랬고 오늘도 그랬고, 이 팔을 못 쓰면서 지금까지 계속해왔어요."

기획사와 멤버들 사이에 낀 실장도 지지 않았다.

"그래서 너희가 원하는 게 뭐야? 아예 공연을 접고 휴식을 취했으면 좋겠어?"

창밖으로 보이는 은행나무가 비바람을 맞으며 세차게 흔들리고 있었다. 사무실에 앉은 세 사람은 서로 다른 곳을 쳐다보면서 입을 굳게 다물었다.

세라는 연습실 밖 복도에서 은지와 혜미가 돌아오길 초조하게 기다렸다. 어깨가 축 처진 두 멤버가 걸어오고 있었다. 결과는 예상을 빗나가지 않았다. 아이들은 복도에 놓인 소파에 나란히 앉았다. 은지가 혜미의 어깨를 주무르면서 말했다.

"안무 선생님한테 말하고 그냥 쉬어."

막내는 눈물을 닦으며 대답했다.

"난 어차피 못 쉬어. 나한테 진통제 맞으면서 연습하라는 사람들이야."

두 동생의 대화를 듣고 있던 세라도 덩달아 눈물을 흘렸다. 그녀는 오랫동안 이 장면을 기억했다. 시간이 많은 흐른 뒤, 세라는 고백했다.

"아이돌 그룹으로 데뷔하는 과정까지만 이 다큐멘터리를 찍었다면 참 아름다웠을 텐데, 감추고 싶은 것까지 다 보였으니…… 그게 정말 후회돼요."

나는 물었다.

"현실의 어려움과 투쟁하는 게 아름다운 모습 아닐까?"

▸▸

"안무 선생님한테 말하고 그냥 쉬어."

막내는 눈물을 닦으며 대답했다.

"난 어차피 못 쉬어. 나한테 진통제 맞으면서 연습하라는 사람들이야."

두 동생의 대화를 듣고 있던 세라도 덩달아 눈물을 흘렸다.

"아이돌 그룹으로 데뷔하는 과정까지만 이 다큐멘터리를 찍었다면 참 아름다웠을 텐데, 감추고 싶은 것까지 다 보였으니…… 그게 정말 후회돼요."

세라는 피식 웃었다.

"그건 동화책에나 나오는 이야기죠. 원래 그렇잖아요. 백설공주나 신데렐라도 결혼하고 나서 행복했겠어요? 아닐걸요. 싸우고 이혼하고 난리가 났을 거예요. 데뷔 전에는 인간다움, 인간성…… 뭐 이런 게 있었어요. 하지만 이제 그런 건 없다고요."

17

사람은 유한하고 그룹은 영원하다

▸

잘 거 다 자고, 할 거 다 하고,
그러면서 스타가 되면 세상이 불공평한 거 아니겠어?

이른 새벽, 억수로 퍼붓는 비를 헤집고 승합차 두 대가 헤드라이트를 번쩍이며 나타났다. 나인뮤지스를 태운 차량이다. 천년 고도 경주의 하늘엔 구멍이라도 뚫린 것 같았다. 늦가을 소나기는 무섭게 쏟아졌다. 어머니의 가슴처럼 반원 모양을 그린 왕릉 곁에서 승합차는 굉음을 지르며 달렸다. 천 년 가까이 잠들어 있는 왕의 주검을 지키며 서 있는 신라 장군들의 석상은 당장이라도 칼집에서 무기를 꺼내들 태세로 눈알을 부라렸다.

멤버들을 태운 차는 깊은 단잠에 빠진 오랜 보물들을 깨워가며 시민운동장으로 향했다. 쏜살같이 내달리는 엔진 소리에 불국사가 잠을 깼고 포석정이 눈을 떴다. 한류 콘서트가 열리는 날이었다. 케이팝 팬들을 열광시키는 초대형 잔치는 한 해에 두 차례 벌어졌다. 상반기의 드림 콘서트와 하반기의 한류 콘서트. 인기 절정의 아이돌 그룹 스무 팀이 등장할 거대한 이벤트는 세계 각국에서 몰려온 각양각색의 팬들로 넘실거렸다.

한류 콘서트는 경주에서 열렸다. 지방 행사였기에 아이돌 그룹이 미리 현장에서 연습할 기회는 없었다. 주최측은 이런 사정을 감안해, 이른 아침부터 점심까지 시간을 비워뒀다. 출연진이 무대에 적응할 수 있도록 배려한 것이다. 신인 그룹일수록 앞 시간을 배정받았는데, 나인뮤지스는 미쓰에이와 함께 첫 순서였다.

임시 대기실로 쓰일 초대형 텐트 두 동은 무대 옆에 설치됐다. 차에서 내린 아이들은 오들오들 떨면서 텐트 아래로 들어가 장대비를 피했다.

아직 동이 트지 않은 시간. 콘서트 스태프들은 부지런히 움직였다. 오후엔 비가 그친다는 일기예보에 따라 무대 위에는 지붕을 씌우지 않았다. 아이돌 그룹들은 쏟아지는 비를 고스란히 맞으며 연습을 마쳐야 했다.

먼저 미쓰에이가 무대에 올랐다. 초고속으로 한류 스타에 등극한 멤버들의 표정은 자신만만했다. 그 모습을 지켜보던 세라가 얼굴을 찌푸렸다.

"당당해서 보기는 좋네. 부럽다."

멤버 가운데 한 명은 다리에 두꺼운 석고붕대를 했다. 이들 역시 최근에 교통사고를 당했다. 팬들 사이에서 여신이라 불리는 멤버는 매니저의 등에 업혀 무대 위로 옮겨졌다.

"쫄지 말자. 재들도 별수 없나보다." 라나의 말에 아이들은 무엇이 그리 우스운지 배를 잡고 폭소를 터뜨렸다.

봉명필 본부장은 검은 가방을 들고 나타났다. 그는 아이들이 대기하는 사이, 새벽에 경주 시내를 샅샅이 뒤져 비옷을 구했다. 본부장은 막내인 민하와 혜미에게 옷을 입혀줬다.

"자신감 가져. 그러면 실수는 안 한다." 그가 아이들의 등을 토닥이며 건넨 말이었다.

커다란 스피커를 통해 다음 무대를 지시하는 연출자의 목소리가 들렸다. "나인뮤지스, 나인뮤지스, 준비하세요."

마이크를 하나씩 건네받은 멤버들은 임시 대기실을 빠져나왔다. 하늘에서 내리꽂는 비가 아이들의 얼굴을 세차게 때렸다. 그녀들은 아랑곳하지 않고 미쓰에이가 무대에서 내려오길 기다렸다. 드림 콘서트의 샛별 무대에서 보였던 어리바리한 모습은 찾기 힘들었다.

무대 위로 올라온 소녀들은 아무런 대화 없이 오직 눈짓만으로 서로의 위치를 챙겼다. 정면에 보이는 게 메인 카메라, 양측에 놓인 게 보조 카메라, 그리고 공중에 떠 있는 게 지미집Jimmy Jib 카메라. 눈대중으로 카메라 위치를 확인한 소녀들은 속으로 뇌까렸다. '돋보여야 한다. 그렇지 않으면 살아남지 못한다.'

〈No Playboy〉의 반주가 시작됐다. 격렬한 춤을 추기에 비옷은 거추장스러웠다. 비닐옷 때문에 걸음걸이가 불편한 아이들은 뒤뚱거리며 안무를 시작했다. 본부장의 입에서 외마디 탄성이 나온 건 그쯤이었다.

누군가 비옷을 벗더니 돌돌 말아서 무대 밖으로 던졌다. 쏟아지는 장대비는 금세 그녀의 젊은 육체를 적셨다. 헐렁한 티셔츠와 짧은 핫팬츠는 고탄력 스타킹처럼 맨몸에 달라붙었다. 강렬한 안무 포인트마다 비에 젖은 긴 머리카락을 흔들었는데, 그것은 검은 비단처럼 흩날리며 물방울을 튀겼다.

그녀는…… 현아였다.

신입 멤버의 도발에 기존 멤버들도 자극을 받았다. 은지는 비옷을 찢어버렸다. 라나와 현주도 그랬다. 노출을 극도로 싫어하는 세라마저 과감해졌다. 비에 젖은 아이들은 거의 맨몸으로 춤을 추고 노래를 불렀다. 한편으로는 격정적이고 다른 한편으로는 섹시한 모습에 지켜보던 이들의 입이 떡 벌어졌다.

악착스러워진 나인뮤지스의 무대. 여기에 보이지 않는 멤버가 한 명 있었다. 바로 재경이었다.

교통사고로 인해 가장 큰 피해를 입은 멤버가 재경이었다. 그녀는 기획사의 허락을 받아 며칠간 휴가를 얻었다. 아이는 홀로 머무는 자취방에서 나오지 않았다. 매니저들은 그녀가 곧 컨디션을 회복하리라 굳게 믿었다.

사고는 며칠 뒤에 일어났다. 휴식 기간이 끝난 다음에도 재경

▶
무대 위로 올라온 소녀들은 아무런 대화 없이 오직 눈짓만으로 서로의 위치를 챙겼다.
눈대중으로 카메라 위치를 확인한 소녀들은 속으로 뇌까렸다.

'돋보여야 한다. 그렇지 않으면 살아남지 못한다.'

은 연습실에 나타나지 않았다. 그뿐 아니라 연락마저 아예 끊겼다. 한류 콘서트를 진두지휘하던 신주학 사장의 속은 새까맣게 타들어갔다. 그는 집으로 찾아가 당장 그녀를 데려오라고 매니저들에게 호통쳤다. 하지만 자취방에서도 재경의 모습은 찾을 수 없었다. 그들은 문밖에서 초인종만 누르다 되돌아왔다고 했다.

아홉 멤버가 전부 모여야 정상적인 훈련이 가능했다. 멤버별로 구성된 노래와 안무는 아홉 개의 조각으로 정교하게 나뉘었기 때문이다. 재경이 빠진 나인뮤지스의 훈련은 이빨 빠진 톱니바퀴 같았다. 사장은 목에 핏대를 세우며 설명했다.

"누구 한 명에게라도 예외가 생기면 다른 멤버들 모두가 피해를 입어요. 우리는 한 팀이거든요. 이래서 아이들 팔에 깁스를 하고 다리에 파스를 붙여서라도 연습시키는 거예요."

그의 인상에 지질리고 논리에 수긍한 나는 연신 고개를 끄덕였다.

재경이 기획사로 연락한 건, 화가 머리끝까지 오른 사장이 지방에 사는 그녀의 부모님에게 마지막 경고를 날린 뒤였다. 수화기 건너편에서 아이는 말했다.

"독한 약을 먹는 바람에 문 두드리는 소리를 못 들었어요."

사장은 곧이듣지 않았다.

"나를 바보로 아는구나. 대체 어떤 약을 먹었기에 그렇게 기절할 수 있다는 거냐?"

사장은 결국 중대한 결심을 했다. 본부장을 비롯한 여러 매니저들이 보는 앞에서 그는 선언했다. 경상도 억양의 굵직한 목소리는 단단하게 들렸다.

"재경이는 빼! 이제 나인뮤지스의 아홉번째 멤버는 현아다."

언젠가 닥칠지 모른다고 상상했던 최악의 사태, 멤버 교체가 이뤄진 순간이었다. 연습실에서 춤을 추던 아이들의 눈은 휘둥그레졌다.

그날 저녁에도 비가 무척 많이 내렸다. 기획사 밖에 서 있는 가로등마다 내리는 비가 눈물처럼 주룩주룩 쏟아졌다. 슬프고 초조한 소녀들은 너나없이 손톱을 물어뜯었다.

사장은 차라리 후련한 표정이었다. 멤버 하나를 가지치기한 남자는 한류 콘서트에서 처음 내놓을 안무를 직접 선보였다. 무릎을 높이 들어 행진하듯 앞으로 나아가는 춤은 박력이 넘쳤다. 하지만 중년 남자의 몸짓은 아홉 소녀들의 그것과는 사뭇 달랐다. 몸을 흔들며 시범을 보이던 그는 입을 막고 웃는 매니저에게 다가가 말했다.

"왜, 웃겨? 네가 몰라서 그래. 이 춤은 멋진 거야."

그는 나인뮤지스의 정식 멤버로 승격한 현아를 찾더니 큰 소리로 물었다.

"할 수 있지?"

"네, 할 수 있어요. 밤을 새워서라도 연습할게요." 현아의 대답이었다.

재경을 도려낸 사장의 결정은 즉흥적으로 이뤄진 게 아니었다. 그는 주도면밀한 조사 끝에 멤버 교체를 단행했다.

사장은 그녀가 막내 매니저와 사랑에 빠졌다는 사실을 알아냈다. 매니저와 연예인. 가까운 동반자이지만 절대 넘지 말아야 할 선이 존재한다고 그는 믿고 있었다. 재경과 막내 매니저가 연애 중이라는 증거를 여럿 찾아냈는데, 그 가운데 사진과 동영상도 있었다. 그는 명백한 증거물을 기획사 직원들에게 공개한 뒤 몇 차례 회의를 가졌다. 그들 앞에서 사장은 말했다.

"연예인이 되면 크고 작은 스캔들이 많이 벌어지는데, 그게 또 하나의 저해 요소가 됩니다. 아이들이 '파이팅'하는 데 문제 요소가 된다면, 대를 위해 소가 희생해야 된다고 저는 생각합니다."

결론은 내려졌다. 두 명의 젊은 연인을 놓아주자는 것이었다.

증거물이 나오기 전부터 스타제국 사람들은 사랑의 짙은 내음을 맡고 있었다. 서로 사랑하는 연인 관계처럼 숨기기 힘든 건 세상에 없는 법이다. 그들은 조심스럽게 사랑을 나누려 애썼지만, 손동작 하나, 눈길 하나에 애정이 가득한 게 연인이다. 이것은 동서고금을 막론하고 통하는 진리다.

둘의 관계를 의심한 이들 가운데 제작진도 포함됐다. 조연출과 함께 막내 매니저를 불러 이야기한 적이 있었다. 나는 물었다.

"혹시 재경이와 깊은 사이니? 서로의 관계를 정확히 알아야 다큐멘터리를 찍으면서 실수하지 않거든. 만약 그렇다면 비밀은 지킬게."

그는 화를 버럭 내면서 의자를 박차고 일어났다.

"쓸데없는 의심을 한 번만 더 하면, 가만있지 않을 겁니다."

그의 노력에도 불구하고 금지된 사랑은 덜미를 잡혔다.

다음날, 이효진 실장은 멤버들을 연습실에 모았다. 그는 다시 한번 사장의 결정을 아이들에게 전했다.

"안타까운 일이지만 재경이는 이제 나인뮤지스 멤버가 아니야. 결석도 잦은데다 내부 연애는 금지됐거든."

세라가 고개를 빳빳하게 들고 물었다.

"그런데 어제 사장님께서 말씀하신 연애 이야기는 확실한 건가요?"

실장은 대답했다.

"뭐, 결정적인 증거도 있어서……"

말을 더듬는 그를 향해 현주가 직설적으로 물었다.

"막내 매니저가 재경이를 더 챙겨주긴 했지만, 사귀는 건 아닌 것 같은데요."

실장은 이쯤에서 논란을 마쳐야겠다는 결심을 세운 모양이었다.

"나도 그렇게 생각하고 싶어. 하지만 멤버들을 전부 데려다주고 재경이를 따로 만나는 걸 내 눈으로 봤어. 이 정도만 하자. 하여튼 상황이 이렇다는 것만 너희들이 알아주길 바란다."

오랜 친구가 축출되고 새 멤버가 들어온 날, 세라는 많이 울었다. 그녀와 재경은 둘도 없는 연습생 동기였다.

"거의 2년 가까이 같이 고생했는데…… 여기는 들어오는 순서대로 나가야 하나봐요. 그럼 다음 차례는 아마 저일 거예요."

세라는 연습실에서 흐르는 눈물을 닦지도 않고 계속 춤을 추었다. 어쩌면 그것이 그녀가 할 수 있는 최선의 항의였을 게다.

누군가의 슬픔은 누군가에겐 기회였다. 현아는 홀로 연습실에 남아 구슬땀을 흘렸다.

"안타깝기는 한데, 저도 잘 모르겠어요. 요새 계속 급류에 휩쓸리네요." 밤을 꼴딱 새워가며 연습한 아이가 미소를 보이며 말했다.

현아는 이미 연예계의 단맛과 쓴맛을 골고루 경험한 중고 신인이었다. 슈퍼모델 선발대회에서 본선에 올랐던 그녀였다. 남다른 가창력을 내세워 한 프로젝트 그룹의 여성 보컬리스트로 이 세계에 입문했다. 그러나 기획사는 장기적인 계획을 가지고 있지 않았다. 유명 배우와 프로젝트 그룹을 미끼로 외부 투자를 받는 데 열중했을 뿐이다. 앨범은 나왔지만 홍보는 이뤄지지 않았다. 그녀는 지방 무대를 전전해야만 했다.

매니저를 믿고 사인했던 계약서도 문제가 됐다. 걸그룹에 들어가 다시 연예계에 복귀하기까지 많은 눈물을 흘렸다. 그런 까닭에 그녀는 힘들게 얻은 기회를 놓치지 않으려 이를 악물고 안간힘을 썼다.

경주에 어스름이 내렸다. 일기예보는 정확했다. 쏟아지던 비는 뚝 그쳤다. 늦은 오후에 화사한 무지개가 떠올랐다. 매니저들은 야외 공연하기 좋은 날이라며 손뼉을 쳤다.

시민운동장에 조명이 켜졌다. 수만 명의 팬들이 내지르는 환호성이 오래된 도시를 들썩이게 했다. 한류 콘서트가 시작된 것이다.

신주학 사장은 운동장 밖에 설치된 이동식 천막에서 멤버들과 출연 순서를 기다리고 있었다. 그는 아이들을 독려했다.

"가만히 앉아 있으면 더 긴장되니까 전부 일어나서 안무를 맞춰보자."

멤버들은 엉거주춤 일어나 줄을 섰다. 사장은 손으로 박자를 맞췄고, 소녀들은 합창하면서 춤을 췄다. 새롭게 추가한 포인트 안무는 두 가지였다. 하나는 발을 높이 들어 행진하는 것이고, 다른 하나는 웃옷을 찢으면서 주저앉는 것이었다. 연습실에서는 부드럽게 이어졌는데, 막상 현장에서는 자연스럽게 보이지 않았다. 보다못한 사장이 말했다.

"그냥 편하게 가자. 옷이 뜯어지면 뜯어지는 대로, 안 뜯어지면 안 뜯어지는 대로. 대신 액션은 강하게 줘야 한다고. 알았지?"

현아는 다른 멤버들이 잠시 쉬는 동안에도 연습을 멈추지 않았다. 정확한 박자대로 움직이기 위해 귀에 이어폰을 꽂았다. 안무를 반복하며 발을 구르는 그녀의 모습은 다소 도에 넘친다는 느낌이 들 정도였다. 그런 현아의 부산스러움을 세라는 눈을 흘기고 쳐다봤다.

드디어 나인뮤지스 차례다. 사장이 앞장서고 아이들은 그 뒤를 따랐다. 이른 아침에 연습했던 바로 그 장소. 대열을 맞추고 음악에 몸을 맡긴 아이들은 능숙하게 공연을 마쳤다. 관객들은 소리 높여 환호했다.

"나인뮤지스, 나인뮤지스!"

공연을 마친 소녀들은 그 소리를 들으며 잔뜩 흥분한 표정이었다. 잠시라도 더 음미하기 위해 한동안 제자리에서 움직이지 않았다. 그러나 단 한 명, 현아는 달랐다. 그녀는 음악이 끝나자 무대 옆 계단을 뛰어내려왔다. 나는 아이에게 말했다.

"잘했다. 아무 실수 없이 끝난 것 같아."

"아뇨, 뭔가 이상했어요. 안무가 정확하게 맞아떨어진 것 같지 않아요. 근데 저는 틀린 데 없었죠? 방금 우릴 찍은 게 있으면 돌려볼 수 있을까요?" 현아는 초조하게 말했다.

그녀의 감은 정확했다. 혜빈은 스텝이 꼬였다. 세라의 고음 처리는 불안정했다. 라나와 현주의 랩은 정확한 발음으로 이뤄지지 않았다. 이 밖에도 지적할 사항은 부지기수였다. 수많은 팬들이 외치는 함성에 취해 스스로의 실수를 깨닫지 못했을 뿐. 힘겹게 얻은 기회였지만, 한류 콘서트 공연은 한마디로 실패였다.

열이 잔뜩 오른 사장은 사무실에서 멤버들을 불러모았다. 그는 담배를 피우고 있었다. 답답할 때마다 반복되는 그의 행동에 아이들은 잔뜩 긴장했다. 공연을 녹화한 비디오테이프를 플레이어에 넣으면서 사장은 참담한 목소리로 권했다.

"불 끄고 여러 번 돌려보자."

멤버들은 자신들의 실수가 적나라하게 드러난 공연 실황을 처음 봤다. 여기저기서 한숨 소리가 들렸다. 사장은 다시 전등불을 켜라고 지시했다.

"봤어?"

"네." 기죽은 소녀들의 대답이었다.

"어떻게 해야 되겠어? 어떻게 해야 되겠어! 나는 너무 화가 나. 너희들 스케줄 하나 잡으려면 방송국에 가서 감독들한테 얼마나 빌어야 되는지 알아?"

사장은 잠시 뜸을 들인 다음 말을 이었다.

"안 되고 부족하다 싶으면 남아서라도 연습을 해야 될 거 아니야. 방송하면서 연습할래? 너희들은 아직 스타가 된 게 아니야, 인마. 80위, 70위, 그게 스타야? 에너지를 투자해야지, 스타가 되려면!"

그의 목소리는 점차 커졌다. 겁에 질린 아이들은 머리를 숙이고 눈물을 흘렸다.

"잘 거 다 자고, 할 거 다 하고, 그러면서 스타가 되면 세상이 불공평한 거 아니겠어? 정말 열심히 연습할 자신 없으면 빨리 관두는 게 좋다니까, 다른 사람을 위해서라도 말이야. 여기 남아서 열심히 하는 사람을 위해서, 이놈들아."

나는 욕먹고 있는 아이들도 불쌍했지만, 목적을 이루지 못해

몸부림치는 사장도 불쌍했다. 멤버를 바꿔서라도 그룹을 성공시키겠다는 그의 독한 결심에, 한편으로 손가락질하고 싶었고 다른 한편으로는 수긍하고 싶었다. 극단적인 갈림길에서 어떤 한곳을 위해 선뜻 손들지 못하는 나 자신이 한심했다.

나인뮤지스에서 방출된 멤버, 재경을 만나기까지 많은 시간이 필요했다. 나는 반드시 그녀를 만나서 변명을 들어야 한다고 생각했다. 하지만 재경은 여간해서 만남을 허락하지 않았다. 사장에게 계약 해지를 직접 통보받기 위해 스타제국을 찾은 적이 있었는데, 그때도 아이는 제작진을 피했다.

조연출 영화가 통사정을 한 뒤에야 한강 변에서 재경을 만날 수 있었다. 강가엔 오리배가 둥둥 떠 있었다. 젊은 연인들이 서로 손을 잡고 불어오는 선선한 바람을 맞으며 사랑을 속삭였다. 그 한쪽에서 나는 막내 매니저와의 관계를 물었다.

"오해할 만큼 친한 건 사실이에요. 제가 챙기고 따랐으니까요. 하지만 연애를 한 건 아니었어요. 아무리 생각해도 오해를 살 만한 짓은 한 적이 없어요."

"많이 억울했으면 소명을 하고 따지는 게 낫지 않았을까?"

"그럼 뭘 해요. 답답하지만 어차피 더 머물 수 있는 곳도 아닌걸요."

더이상의 질문을 멈추기로 했다. 증거물이 있었고, 제작진 역시 관계를 의심했다는, 그런 추궁은 젊은 남녀에게 어울리는 게

▶

"잘 거 다 자고, 할 거 다 하고, 그러면서 스타가 되면 세상이 불공평한 거 아니겠어? 정말 열심히 연습할 자신 없으면 빨리 관두는 게 좋다니까, 다른 사람을 위해서라도 말이야. 여기 남아서 열심히 하는 사람을 위해서, 이놈들아."

나는 욕먹고 있는 아이들도 불쌍했지만, 목적을 이루지 못해 몸부림치는 사장도 불쌍했다.

아니라는 결론에 미쳤기 때문이었다.

곰곰이 생각해보면 얼마나 우스꽝스러운 일인가. 피 끓는 청춘에게 왜 사랑했냐고, 만인의 연인이 한 사람의 사랑을 원해선 안된다고 따져 묻는 행동들 말이다.

벼락처럼 맞이하는 감정이 사랑이다. 나 역시 그런 경험을 통해서 아내와 사랑했고 결혼했고 아이를 낳았다. 만약 누군가 내게 다가와 왜 사랑에 빠졌냐고 따진다면, 분명 기가 막혀서 코피라도 흘릴 것이다.

재경은 걸그룹 활동을 그만두고 홈쇼핑 방송에서 유명 모델로 활동하고 있다. 간간이 예능 프로그램에 단역으로 출연하기도 한다. 그녀가 하고픈 일에서 결실을 거두길, 그리고 예쁜 사랑을 키워나가길 빈다. 재경이 그날 전했던 연예계에 대한 회한, 스타제국에 대한 감정, 멤버들에 대한 서운함 등을 여기에 남기지 않는 이유다.

18
도쿄는 따뜻했다

Ⅱ

하이힐에서 잠시라도 내려와 편히 쉬라고 준비한 거야.
비싼 건 아니지만 너희들에게 도움이 됐으면 좋겠어.

눈이 내렸다. 어느덧 겨울이다. 솜이불 같은 소담스러운 눈은 서울 도심에 폭신폭신하게 쌓였다. 하얀색의 스타제국 건물은 같은 빛깔의 눈이 쌓이자 눈사람처럼 몸집을 부풀리더니 배를 잔뜩 내민 심술궂은 모습이 되었다.

성탄절을 하루 앞둔 이브였다. 이른바 화이트크리스마스. 캐럴이 넘치는 거리는 연인들을 위한 선물 마련에 분주한 사람들의 발길로 북적였다. 하늘 아래 모든 것들이 사랑으로 감싸인 포근한 계절이었다.

나인뮤지스 멤버들은 오랜만에 찾아온 행운에 즐거운 시간을 보내고 있었다. 일본 지상파 방송사의 초청으로 첫번째 해외 진출에 나서게 된 것이다. 데뷔 이후 수많은 불행을 겪었던 아이들이었다. 그들은 진실로 소중한 것을 대하는 방법이 무엇인지 깨달은 표정이었다. 완벽한 공연을 위해 연습을 반복하고 일본어 회화까지 섭렵하는 소녀들의 눈빛은 진지했다.

드라마에 이어 한류의 붐을 이어간 건 케이팝이었다. 특히 일본에서 한국 아이돌 그룹의 인기는 예상을 뛰어넘었다. 걸그룹 카라의 길거리 공연이 밀려든 인파로 중단될 때만 해도 일회성 해프닝인 줄 알았다. 소녀시대의 일본 진출 소식이 일본공영방송사 NHK 메인 뉴스를 장식하면서부터 사람들의 인식이 달라졌다. "분단국가의 대중가요가 아시아를 점령했습니다." 천대받던 매니저들은 목에 힘을 주며 자랑했다.

그들의 자부심대로 그것은 대단한 사건임에 분명했다. 대중문화 전문가들은 이 같은 현상을 '코리안 인베이전Korean Invasion', 즉 한국의 침공이라 불렀다. 1960년대에 비틀스와 롤링스톤스를 비롯해 영국 가수들의 미국 시장 진출을 일컫는 '브리티시 인베이전British Invasion'에 빗댄 표현이었다.

일본의 지상파 방송사 TV 도쿄는 〈서울 트레인〉이라는 한 시간 분량의 고정 프로그램을 마련했다. 케이팝 유망주들을 일본으로 초청해 공연 실황을 전국에 내보내는 방송인데, 나인뮤지스는 연말 특집방송에 초청됐다. 소녀시대가 이른바 미각美脚, 즉 아름다운 다리로 인기를 끌었으니 멋진 몸매를 가진 신인 걸그룹에게 희망을 걸어도 좋다고 방송 관계자는 귀띔했다.

스타제국은 멤버들에게 밤샘 연습을 시킨 뒤 곧바로 공항으로 이동할 계획을 세웠다. 라나는 당연한 결정이라며 고개를 끄덕였다.

"해외에서 공연하고 팬들까지 만나기엔 1박 2일은 굉장히 짧은 시간이니 준비를 잘해야죠. 정말 중요한 기회잖아요."

"치밀하게 리허설을 하지 않으면 현장에 나가서 꼭 실수를 하거든요. 이번엔 꼭 잘해내고 싶어요." 계속된 연습으로 피곤에 지친 세라가 덧붙인 말이었다.

일본으로 가는 비행기 안에서 멤버들은 잠들지 못했다. 그녀들 가슴에 멍울진 것들이 떠올랐기 때문이다.

아이들은 방송에 출연하고 지방 행사를 다니면서 차가운 무관심에 시달려왔다. 인기 가수와 함께하는 자리에 서면 오금이 저릴 정도였다. 케이팝 팬들은 냉정했다. 그들은 유명한 그룹에겐 뜨거운 사랑을 퍼부었지만, 그렇지 못한 그룹에겐 '듣보잡'이라며 손가락질을 했다. 비슷한 시기에 데뷔한 미쓰에이, 씨스타, 걸스데이 등이 톱스타로 등극한 반면, 나인뮤지스는 정상 언저리에도 서지 못했다. 스타가 되지 못한 아이돌은 일반인보다 못하다는 핀잔까지 들었다. 곱씹을수록 몸서리가 쳐지는 불쾌한 경험이었다.

게다가 오늘의 무대는 국내가 아닌 일본이다. "과연 우리를 알아보기나 할까?" 아이들은 귀엣말로 속닥였다. 나는 그들의 불안을 이해했다. 아무도 몰라주는 연예인은 얼마나 비참한 존재인가. 나리타 국제공항에 도착해 비행기에서 내려도 좋다는 스튜어

II

아이들은 방송에 출연하고 지방 행사를 다니면서 차가운 무관심에 시달려왔다. 케이팝 팬들은 냉정했다. 그들은 유명한 그룹에겐 뜨거운 사랑을 퍼부었지만, 그렇지 못한 그룹에겐 '듣보잡'이라며 손가락질을 했다. 스타가 되지 못한 아이돌은 일반인보다 못하다는 핀잔까지 들었다. 곱씹을수록 몸서리가 쳐지는 불쾌한 경험이었다.

나는 그들의 불안을 이해했다. 아무도 몰라주는 연예인은 얼마나 비참한 존재인가.

디스의 안내에도, 소녀들이 손만 만지작거리며 움직이길 꺼렸던 이유였다.

공항 청사에서 멤버들의 커다란 눈은 놀라움으로 빛났다. 그녀들을 환영하러 백여 명의 일본 팬들이 몰려온 것이다. 아이들이 공항을 빠져나오자 그들은 격정적으로 달려들었다. 보다못한 일본 경찰들이 그들을 막았지만, 물밀듯 밀려오는 팬들을 저지하기엔 역부족이었다. 감격으로 벅찬 소녀들은 낯선 나라 팬들의 얼굴을 하나하나 쳐다봤다.

혜미는 어느 남성 팬이 건넨 인형을 엉겁결에 받았다. 반사적으로 90도로 허리를 굽히며 아이는 연신 외쳤다. "감사합니다, 감사합니다." 그녀는 어느 쪽을 보고 고마움을 전해야 할지 몰라 동서남북 네 방향으로 인사를 했다.

예상 밖의 환대에 제작진도 놀랐다. 나는 세라에게 물었다.

"일본에 팬들이 많은 줄 알고 있었니?"

질문을 받은 소녀는 얼떨떨한 모습이었다.

"모르겠어요. 이게 다 누구 팬일까요?" 그녀는 선물을 가슴에 껴안고 눈물마저 글썽였다. "안녕하세요, 감사합니다. 정말 감사합니다."

공연장으로 가는 버스 안에서도 멤버들의 흥분은 좀체 가라앉지 않았다.

"다른 나라 사람인데도 어쩜 이렇게 저희를 진심 어린 마음으로 좋아해줄까요? 그게 너무 신기해요." 동그란 눈을 빛내며 혜민이 말했다.

현주도 끼어들었다.

"설마 다른 한류 스타들이 해외 공연을 갈 때처럼 그렇게 팬들이 공항에 나와 있을까 하고 생각했거든요. 그런데, 그런데, 정말 있더라고요."

언제나 똑부러지는 그녀였다. 평소와 다른 어눌한 말투에 소녀들은 깔깔대고 웃었다.

나는 생각했다. '사랑이란 감정은 사랑받지 못한 사람을 통해 그 가치를 드러내는 것이로구나.' 놀라운 아이러니가 가져온 즐거움에 우리는 마냥 행복했다.

공연장의 이름은 멜론melon이다. 여기저기 나부끼는 깃발마다 나인뮤지스의 사진이 새겨졌고, 무대 위에는 대형 과일 캐릭터가 걸렸다. 아이들은 그 앞에서 탄성을 지르며 기념사진을 찍었다.

밤바다를 닮은 도쿄의 저녁하늘은 서울보다 짙고 어두웠다. 케이팝 팬들은 어둠을 뚫고 온 고깃배처럼, 대도시의 혼란을 헤치고 공연장을 찾아왔다.

저녁 7시, 공연장 밖에는 긴 줄이 늘어섰다. 어린 중고등학생부터 할아버지까지, 각양각색의 팬들은 바다 건너 달려온 신인 걸그룹을 만날 설렘으로 겨울 추위를 잊었다.

대기실에서는 무대의상으로 갈아입은 소녀들이 출격을 기다리고 있었다. 현주는 공연을 앞두고 빵을 먹었다. 에너지를 보충해야 격렬한 춤을 출 수 있다고 그녀는 말했다. 무대용 구두가 크다고 불평했던 혜민은 매니저에게 테이프를 구해달라고 했다. 투명 테이프를 받아든 소녀는 구두와 자신의 발을 하나로 칭칭 묶었다. 무대 위에서 미끄러지는 실수는 없을 거라고 아이는 자신했다. 라나는 헤어스프레이를 들고 머리를 단단하게 고정했다. 안무를 하다 머리가 망가지는 볼썽사나운 경험을 여러 번 했던 탓이다.

어느덧 데뷔를 하고도 6개월이 지났다. 아이들에게선 프로페셔널의 냄새가 났다. 우리가 처음 만났을 때, 안무 담당매니저에게 가장 많이 혼났던 소녀는 혜빈이었다. 나는 당시를 떠올리며 그녀에게 조심조심 다가갔다. 그리고 물었다.

"연습생 시절과 지금을 비교하면 가장 달라진 게 뭘까?"

메이크업을 수정하던 그녀는 손동작을 멈추고 잠시 생각에 빠졌다.

"리허설을 하느라고 잠시 무대에 서봤거든요. 갑자기 울컥하고 눈물이 났어요. 아, 내가 지금 일본에서 콘서트를 하겠다고…… 이 자리에 올랐구나…… 하는 생각이 들면서 기분이 이상하더라고요. 데뷔할 때와는 분명히 다른 감정이었어요. 그런 게 달라진 점이 아닐까요?"

아이는 부쩍 성장했다. 그녀는 칭찬받을 자격이 충분했다.

"이젠 무대 위에서 즐기는 상태까지 온 것 같더라."

혜빈은 눈웃음을 지었다.

"아니에요. 지금도 굉장히 긴장되는걸요. 맨날 하는 건데도 동작을 까먹을까봐 엄청 떨어요."

세라는 감기몸살에 걸렸다. 목에 수건을 두른 채 발성 연습을 했다.

"목이 아파서 감기약 세 종류를 한꺼번에 먹었더니 지금은 좀 괜찮아요. 노래 연습을 많이 했는데, 일본 팬들에게 보여드리지 못할까봐 하루종일 걱정했어요."

"감기는 언제 걸린 거야?"

나의 물음에 아이는 대답했다.

"외국 팬들 앞에서 멋지게 노래 부르려고 밤새워가면서 연습했거든요. 그런데 갑자기 목이 아파버리니까…… 아깐 막 눈물이 나는 거예요. 그런데 남 탓할 수 있나요? 몸 관리는 제가 해야 하는데……"

"세라야, 그동안 참 고생 많았다."

혼잣말처럼 아이를 위로했더니, 그녀는 눈물을 글썽이며 대답했다.

"드디어 여기까지 왔네요. 잘할게요. 내 몸 아끼지 않고 열심히…… 정말 열심히 하겠습니다."

일본에서의 첫 공연은 성공적이었다. 멤버들은 한 시간 동안 〈No Playboy〉를 비롯해 데뷔 앨범에 담긴 모든 노래를 불렀다.

다른 케이팝 가수들의 히트곡을 모아 메들리도 준비했다. 팬들의 반응은 열광적이었다. 그들은 소녀들의 이름을 적은 피켓을 들고 환호했다. 작은 실수에도 너그러워서, 누군가 무대에서 미끄러지기라도 하면 손으로 입을 막고 안타까워했다.

그 덕분에 아이들은 잔뜩 신났다. 수줍음 많은 혜빈조차 객석으로 뛰어들어가 춤출 정도였으니까.

마지막 곡은 크리스마스 캐럴이었다. 나인뮤지스는 사랑으로 가득한 성탄절을 이국땅에서 만끽했다. 막이 내렸지만 일본 팬들은 자리를 떠나지 않았다.

"앙코르, 앙코르, 앙코르!"

공연을 마친 직후 대기실에서 만난 라나와 세라는 감격에 겨운 얼굴이었다. 나는 상기된 표정의 소녀들에게 물었다. "아이돌 가수가 된 일, 후회한 적 없니?" 아이들은 입을 모아 대답했다. "잘 알면서 왜 물으세요? 하지만 무대 위에선 정말 행복해요. 그 순간만큼은 하늘을 날고 있는 기분이거든요. 그래서 포기하지 못하겠어요."

겨울이 지나가고 있었다. 멤버들의 생활은 변함없었다. 여전히 방송에 출연했고, 지방 공연에 나섰다. 군부대 위문 공연도 했다. 그렇게 봄이 성큼 다가왔다. 스타제국과 약속한 1년도 끝이 나고 말았다.

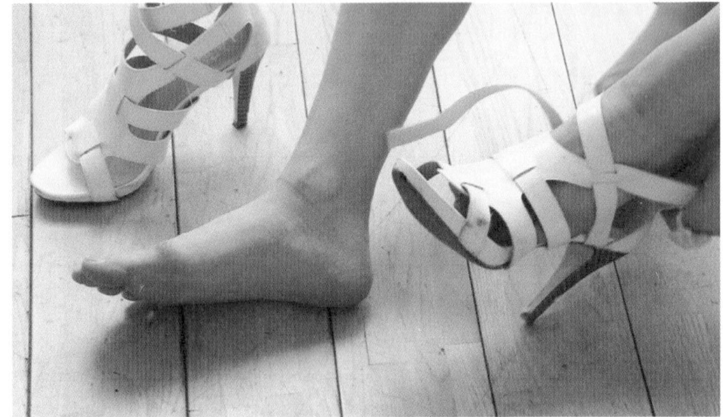

II
매니저 생활을 마치던 날, 나는 조연출과 함께 명동을 헤맸다. 아이들에게 선물할 아홉 켤레의 운동화를 구하기 위해서였다. 운동화를 아이들에게 전달하며 나는 말했다.

"하이힐에서 잠시라도 내려와 편히 쉬라고 준비한 거야. 비싼 건 아니지만, 너희들에게 도움이 됐으면 좋겠어."

매니저 생활을 마치던 날, 나는 조연출과 함께 명동을 헤맸다. 아이들에게 선물할 아홉 켤레의 운동화를 구하기 위해서였다.

간단한 이별 의식은 회의실에서 열렸다. 제작진을 배려한 매니저들은 자리를 비워줬다. 운동화를 아이들에게 전달하며 나는 말했다.

"하이힐에서 잠시라도 내려와 편히 쉬라고 준비한 거야. 비싼 건 아니지만 너희들에게 도움이 됐으면 좋겠어."

내 말에 아이들은 울음을 터뜨렸다.

하이힐. 우리는 알고 있었다. 남성 중심 사회에서 여성들은 얼마나 외모 가꾸기에 치중하라는 강요를 받는가 말이다. 그 중심에 하이힐이 있다. 굽 높은 보조장치는 여성들에게 온몸을 긴장시킨 채 남성들을 흥분시키라고 주문하는 고문도구와 같았다.

아이들과 헤어지는 날에도 비가 많이 내렸다. 나는 콧날이 시큰해져서 얼른 몸을 돌려 스타제국을 나왔다. 엉엉 우는 중년 남자의 추한 꼴을 보이고 싶지 않았다.

회사로 복귀했다. 나는 다시 신문기자가 됐다. 아이들이 보고 싶을 때면, 편집실에 가서 그동안 촬영했던 테이프를 하나씩 돌려봤다. 도돌이표 같았던 그들의 생활이 카메라에 고스란히 담겨 있었다.

데뷔 직전, 연습실을 촬영하던 시절이 기억났다. 신주학 사장은 내게 물었다.

“하루종일 연습실만 찍어서 뭐가 나오겠어요? 그러다 회사에서 잘리는 거 아니오?”

그의 걱정과 달리 테이프에 담긴 연습생들의 모습은 솔직했다. 그녀들의 변화 역시 역동적이었다. 오히려 문제는 연예인이 된 다음이었다. 멤버들은 감정을 숨기는 데 익숙해졌다. 드러내야 할 것과 감춰야 할 것을 철저하게 구분하는 아이들에게서 인간미를 찾긴 어려웠다.

나는 편집실에 앉아 테이프에 담긴 아이들의 모습을 보면서 가끔은 웃고, 가끔은 울었다. 그렇게 지나가버린 1년을 추억했다.

우리는 이미 헤어졌지만 나는 나인뮤지스를 떠나보내지 못했다.

19
기억은 때때로 거꾸로 흐른다

◀◀
"여기서 절대 도망치진 못하겠죠?"
"그래, 미안하지만 네 운명인 것 같아."

나는 외할머니 손에서 자랐다. 어머니는 어렸고 아버지는 가난했다. 사업에 실패한 부모님은 어느 지방도시로 쫓기듯 떠나갔고, 갓난아이였던 나는 할머니 곁에 남았다.

덕분에 그녀와 관련된 유년의 기억이 유난히 많다. 나는 귀한 외아들이었기에 치마를 입고 다녔다. 약하게 태어난 남자아이는 일찍 목숨을 잃기 쉬운데, 이를 막으려면 여자아이 흉내를 내야 한다는 어느 지인의 충고 때문이었다. 머리를 자르려고 이발소에 간 적이 있었다. 이발사가 왜 여자아이를 데려왔느냐고 핀잔을 주는 동안, 나는 치마와 속옷을 훌렁 벗었다. 그의 지적이 잘못됐음을 증명하기 위함이었다. 어린아이의 치기에 불과했지만 할머니는 앞으로 크게 될 놈이라고 내 머리를 쓰다듬었다. 고슴도치도 제 새끼가 예쁘다던 옛말은 틀림없었다.

부모가 곁에 없어서 외손자의 기가 죽을까 안절부절못했던 그녀였다. 할머니는 나를 유치원에 보낼 때도 언제나 등에 업고 다녔다. 엄마 손을 잡고 다니는 아이들보다 더 편하게 데려다주려는 욕심 때문이었다. 유치원 수업을 마치고 나서 할머니가 보이지 않으면 나는 대성통곡을 했다.

크리스마스이브에 유치원에서 나눠주는 선물이 작다고 칭얼대는 손주를 껴안고 역시 크게 될 놈이라고 칭찬했던 분이다. 손자만을 향한 이 같은 극진한 사랑 덕분에 동갑내기인 사촌 여동생은 천덕꾸러기 대접을 받았다고 지금도 불평한다. 그녀에게 참으로 미안한 일이다.

초등학교에 입학한 이후, 부모님과 함께 살기 위해 할머니와 헤어져 부산으로 내려왔다. 내가 겪었던 첫번째 이별이었다. 그것은 뼈가 시릴 정도로 아팠다. 나는 너무나 서러워서 목젖을 떨며 울었다. 할머니는 교육을 위해 나를 떠나보냈지만, 당신의 외손주와 진정으로 헤어지진 못했다. 차가운 바람이 부는 저녁이면, 그녀는 아무도 없는 옆자리를 토닥이며 이불을 덮어주다 그만 눈물을 흘렸다고 했다.

그 소중한 외할머니는 지금 치매를 앓고 있다. 그녀가 낳은 첫딸의 외아들인 나는, 두 여자의 모습을 함께 지켜보는 게 무척 힘들다. 어머니는 할머니의 사라지는 기억을 붙들고 싶어 애를 태운다. 그 곁에 서서 모녀를 보고 있노라면 어느새 할머니는 슬그머니 내게 다가와 묻는다.

"댁은 대체 누구시오?"

할머니의 뇌리에서 나는 여전히 유치원생이다. 그러니 머리가 희끗한 중년 남자를 외손자로 받아들일 순 없을 테다. 그래서 할머니를 만나는 일이 더욱 두렵다. 우리 가족에게 닥친 치매의 그림자가 얼마나 잔인한 것인지…… 나는 종종 가슴을 치며 원망했다.

그랬던 내게 놀라운 일이 생겼다. 어머니의 부탁으로 이제 십개월 된 딸아이와 함께 할머니를 찾았다. 유난히 손자를 사랑했던 할머니가 던질 잔인한 질문을 예상하며, 나는 가슴 한쪽이 불편하고 아팠다. 그녀는 분명 어머니를 향해 소곤댈 것이다.

"저 아저씨는 누구길래 여기 서 있는 거니?"

예상은 틀리지 않았다. 할머니는 마흔 넘은 손자를 어색해했다. 다시 찾아오는 게 아닌데, 하고 후회하는 순간, 어머니가 증손녀를 할머니에게 안겼다.

"엄마, 얘가 학준이 딸이야."

갓난아이를 받아드는 외할머니의 눈이 찬란하게 빛났다.

"우리 손주가 어디 갔다 이제 온 거냐?"

어머니는 다시 한번 또박또박 설명했다.

"엄마, 학준이가 아니고, 학준이 딸이라니까." 나는 어머니를 향해 손가락을 들어 조용히 입을 가렸다.

그랬구나. 외손자를 끔찍하게 사랑했던 할머니의 마음은 여전했구나. 언제나 내게 일방적으로 쏟아부어준 그녀의 사랑을 잃고 허전해했던 내 이기적인 모습이 드러나고 말았다.

저녁을 대접하러 식당으로 모시고 가는 길. 계단을 오르내리지 못하는 할머니를 위해 나는 등을 빌려줬다. 언제나 내게 등을 보이며 업히라고 했던 할머니였다. 지난 시절을 생각하니 눈시울이 붉어졌다. 그녀는 수줍게 손주의 등에 업혔다. 계단을 내려가는 내내, 할머니는 말했다.

"외간남자한테 업히면 안 되는데…… 미안하구려."

나는 아주 오랜만에 할머니와 어머니, 두 여자 앞에서 한참 웃었다. 그랬다. 할머니는 치매를 앓는 게 아니라, 머릿속의 시계가 거꾸로 가고 있을 뿐이었다. 손주가 유치원에 다닐 때를 거쳐 갓난아이였던 시절로, 그리고 당신이 새색시였던 그 시간으로, 점차 젊어지는 중이다. 그녀의 치매로 인해 온 가족이 불행하다고 여긴 건, 순전히 내 입장에서 바라본 편견에 불과했다.

기억이 거꾸로 흘러 어느 한순간에 집착하는 일을, 더이상 신의 저주라고 여기지 않게 된 이유다. 실제로 나 역시 매니저 생활을 그만두고 한동안은 기억이 멈춰버렸으니까.

사방이 컴컴한 새벽이었다. 가녀린 소녀 한 명이 춤을 추고 있다. 서울 도심에 위치한 작은 공원. 아무도 봐주는 이 없는 곳에서 홀로 춤추는 아이의 모습은 외롭고 서러웠다. 그녀는 세라다.

"비밀인데요, 예전에 연습실을 무단이탈한 적이 있어요. 그런데 도망쳐서 한 일이 뭔 줄 아세요? 혼자 안무 연습을 했어요. 춤추고 노래하는 게 가장 큰 스트레스이면서도 동시에 내가 가장 좋아하는 일이라는 걸 그때 알았어요. 지금도 너무 화가 나는데, 춤추는 것 말고는 할 줄 아는 게 없네요."

리더 자리를 박탈당한 다음날 새벽이었다. 예고 없이 숙소를 찾아 인터뷰를 시도했는데, 공원에서 연습하고 있다는 대답을 들었다. 차분하게 고백하는 아이 앞에서 나는 숙연해졌다. 그녀는 오른손을 들어 흐르는 눈물을 쓱 닦았다.

"여기서 절대 도망치진 못하겠죠?"

나는 읊조리듯 조용히 대답했다.

"그래, 미안하지만 네 운명인 것 같아."

나인뮤지스와 헤어지고 오랫동안 기억이 멈췄다. 매니저 생활을 하며 다큐멘터리를 촬영하는 데 1년. 그후 아무 성과 없이 보낸 시간이 1년. 영화 편집을 끝내라는 프로듀서의 재촉이 잦았지만, 그럴수록 머릿속을 가득 메운 몇 가지 이미지들은 걷잡을 수 없이 뒤엉켜버렸다.

이른 새벽에 춤추는 소녀,

연습실 한쪽에서 눈물을 닦는 아이들,

스타를 만들기 위해 힘들어하는 매니저들……

◀◀
"비밀인데요, 예전에 연습실을 무단이탈한 적이 있어요. 그런데 도망쳐서 한 일이 뭔 줄 아세요? 혼자 안무 연습을 했어요. 춤추고 노래하는 게 가장 큰 스트레스이면서도 동시에 내가 가장 좋아하는 일이라는 걸 그때 알았어요. 지금도 너무 화가 나는데, 춤추는 것 말고는 할 줄 아는 게 없네요."

헛헛한 마음을 달래기 위해 인디밴드를 따라다니기도 했다. 남이 만들어준 음악으로 춤추고 노래하는 아이돌 말고, 자기 언어로 노래하는 밴드에겐 내 텅 빈 가슴을 가득 메워줄 무언가가 있지 않을까?

나는 홍익대 주변을 서성였고, 록페스티벌을 쫓아다녔다. 그들의 삶을 렌즈에 꾹꾹 눌러 담고 싶었다. 하지만 인디밴드에게도 그들 나름의 답답함이 있었다. 음악을 창작하는 아티스트로서 자부심은 대단했지만, 대중에게 알려지지 않는 갈증은 컸다. 그것은 당연한 일이었다. 아무리 빛나는 보석이라 한들, 대중문화를 하는 이들에게 소통보다 귀한 건 없으니 말이다.

결국 멈춰버린 기억 속에 스스로를 놓아주기로 했다. 나는 이미지에 갇힌 채 고민을 거듭했다. 매니저 일을 하면서 마주했던 거대한 스타 제조시스템, 제2의 한류를 창조했다는 칭송을 듣고 있는 케이팝 시장을 어떻게 평가해야 할까?

오랜 번민 끝에 내가 내린 결론은 다음과 같았다. 그것은 한국전쟁 이후 압축 성장한 한국의 경제시스템을 닮았다. 효율성을 최우선으로 하기 때문이다. 한마디로 요약하자면, 가능성 있는 젊은이들을 모아서 스파르타식으로 훈련시킨 뒤 대중들이 원하는 스타의 모습으로 변형시키는 작업이었다.

소수의 천재들이 고안한 이 시스템은 기본적으로 잔인할 수밖에 없었다. 언더그라운드를 거쳐 메이저로 올라오는 게 아니라,

사전 단계부터 매끈하게 다듬은 후 곧바로 메이저 시장에 던져지는 구조였기 때문이다. 게다가 성공과 실패는 단번에 판가름났다. 순식간에 수십억 원의 투자금이 허공에 날아갈 수도 있고, 몇 곱절의 수익을 얻을 수도 있으니 혹독한 시스템일 수밖에 없었다.

도박에 가까운 스타 제조시스템에는 몇 가지 성공방정식도 존재했다. 무엇보다 귀에 꽂히는 후크송을 내세울 것. 잘나가는 몇몇 작곡가들의 몸값이 천정부지로 뛰는 이유는 여기에 있었다. 그다음은 뚜렷한 콘셉트다. 좋은 노래를 강조할 독특한 춤을 고안하는 걸 포함해, 다른 아이돌 그룹과 차별화된 지점을 찾아야 했다. 마지막으로 홍보 포인트다. 한껏 숙성시킨 아이돌 그룹을 시장에 내놓음과 동시에 자극적인 홍보를 동반하지 않으면 도태되기 십상이었다.

생각이 정리되니 멈춰버린 기억도 절로 돌아왔다. 편집 작업은 그다음에 시작했다. 아이들이 즐겁게 웃고 떠드는 장면도 많았지만, 소녀들의 진솔한 모습을 주로 담아내려고 노력했다. 그것이 케이팝 시스템을 은연중에 드러낼 것이라 믿었다. 촬영을 허락한 스타제국 매니저들의 열정도 돋보이게 하려고 애썼다. 실제로 케이팝 신화를 완성한 그들의 노력 역시 폄훼되어선 곤란하다고 판단했다. 그렇게 다큐멘터리 영화는 6개월 뒤에 완성됐다. 그리고 암스테르담 국제 다큐멘터리 영화제를 통해 세상에 공개됐다.

거꾸로 흘러서 멈춰버린 기억 덕분에 지혜를 얻은 셈이다. 치매의 아픔과 그로 인한 뜻밖의 행복을 동시에 보여준, 사랑하는 외할머니에게 감사한다.

여운은 오래 남는다

이른 새벽에 단잠을 깨우는 한 통의 문자메시지.

"세라입니다. 전화번호가 바뀌었습니다."

나는 휴대폰을 바라보며 조용히 읊조렸다.

"세라, 세라……" 매니저 생활을 하면서 가장 아꼈던 나인뮤지스 멤버의 이름이다. 돌이켜보니 벌써 2년이 넘었다. 그녀와의 인연을 마감하고 지나온 시간 말이다. 신주학 사장을 비롯한 여러 매니저들과 현주, 혜민, 현아와는 가끔 안부를 나눴지만, 세라와는 교류가 완전히 끊겼다.

그녀는 내게 말한 적 있었다.

"다큐멘터리 촬영을 마치면 감독님과 마주하기 힘들겠다는 생각을 해요. 우린 여러모로 많이 닮은데다 제 부끄러운 시절까지 모두 아시니까요."

그건 정확한 지적이었다. 서로의 단점을 공유한 사람들끼리 마주하는 것처럼 불편한 일은 드물기 때문이다.

최근 들어 세라를 자주 생각하고 있었다. 한 달 전, 그녀가 나인뮤지스를 '졸업'했다는 소식을 들은 탓이었다. 아이의 꿈을 잘 알고 있기에 스스로 팀을 나왔다는 뉴스를 믿기 어려웠다. 나는 고민에 빠졌다.

'세라는 팀에서 쫓겨난 것일까? 아니면 다른 목표를 위해 연예계 생활을 접은 것일까?'

결국 절친했던 스타제국의 매니저를 만나 그 까닭을 물었다. 그는 대답했다.

"계약 기간을 마쳤으니 자기 발로 나간 거죠."

그의 설명을 신뢰하지 않았다.

세라의 갑작스러운 메시지를 받은 이른 새벽, 나는 그녀의 자진 탈퇴를 의심하며 서늘한 가을밤을 하얗게 지새웠다.

케이팝 팬들의 사랑을 받고 있는 나인뮤지스. 〈티켓Ticket〉 〈돌스Dolls〉 〈글루Glue〉 등 발표하는 곡마다 '톱 10'에 올려놓으며 꾸준한 인기를 얻고 있는 중견 걸그룹이다. 인기 많은 멤버로는 경리와 성아 등이 꼽힌다. 1년 동안 매니저 생활을 했음에도 그녀들을 알지 못하는 건, 워낙 많은 멤버들이 교체된 까닭이다.

재경은 팀에서 쫓겨난 첫번째 멤버였다. 사랑에 빠진 죗값을 혹독하게 치렀다. 그녀에 이어 멤버 명단에서 삭제된 이는 혜빈이었다. 실력이 빨리 늘지 않는다는 이유로 뛰어난 보컬리스트이자 댄서에게 자리를 내줘야 했다.

리더였던 라나 역시 오래 머물지 못했다. 어떤 이유로 팀을 나왔는지는 알지 못한다. 케이블 방송사의 예능 프로그램에 가끔 등장하는 그녀의 얼굴이 예전보다 편해 보여서 그나마 다행이다. 라나 어머님의 건강이 궁금하지만 감히 연락하진 못했다.

은지와 현주는 2013년 연말까지 활동하고 방출됐다. 대중문화 담당기자들은 그것을 '졸업'이라고 표현했는데, 매니저의 설명은 사뭇 달랐다.

"이 바닥 생활에 지친 것 같더라고요. 결혼 준비를 한다고 들었습니다."

혜민은 이유애린으로 이름을 바꿨다. 그녀는 혜빈이 팀에서 나간 직후 덩달아 그룹을 떠났다. 일본에서 모델 활동을 시도했지만 3개월 만에 돌아왔다. 이름을 바꾸고 나인뮤지스의 차기 앨범에 참여했다.

팀의 정신적 지주였던 세라, 이제 그녀마저 그룹에서 나왔다. 아홉 멤버 가운데 아직까지 자리를 지키는 이는 민하, 혜미, 혜민뿐이다.

끊임없이 멤버가 바뀌었지만 나인뮤지스라는 이름은 건재하다. 참으로 놀라운 일이다. 뛰어난 재능을 가진 소녀들이 모여 아름다운 그룹을 구성한 줄 알았는데, 소위 '트렌드'에 걸맞은 소녀들이 퍼즐처럼 끼워졌다 빠졌다 할 뿐이었다. 하긴 한국 가요계에 이 같은 지적에서 자유로운 아이돌 그룹은 극히 드물 것이다.

나인뮤지스의 원년 멤버들을 만나면 꼭 들려주고 싶은 이야기가 있다. 기회가 없을 것임을 알기에 이 자리를 빌려 남긴다.

9·11 테러가 발생한 2001년, 종군기자 자격으로 아프가니스탄으로 떠났다. 나는 입사한 지 3년밖에 안 된 풋내기였다. 우즈베키스탄과 타지키스탄을 거쳐야 아프가니스탄이다. 현지 사정을 잘 아는 사람의 도움을 받기로 하고, 한국인 선교사를 찾았다.

그와 함께 타지키스탄의 수도 두샨베에서 복음을 전파하는 목사님을 만나러 가는 길. 총을 어깨에 두른 군인들이 교회 정문에 버티고 서 있었다. 나는 떨리는 목소리로 물었다.

"무슨 일이라도 벌어진 건가요?"

선교사의 대답은 덤덤했다.

"늘상 있는 일입니다. 국민 대부분이 이슬람교를 믿기에 이교도를 무척 싫어하지요. 폭탄 테러가 몇 차례 있었거든요."

교회 식구는 예상보다 많았다. 주일이면 백여 명이 넘는 신자들이 찾아왔다. 그들에겐 공통점이 있었다. 눈두덩이 퍼렇게 멍들었거나, 팔다리가 성하지 않다는 것. 가족들의 만류에도 불구하고 다른 종교를 선택했기에 얻은 상처였다. 스스로 선택한 길을 힘겹게 걷는 이들의 모습은 경건했다. 그들은 총을 멘 군인들이 지키는 예배당 안에서 무섭게 기도에 집중했고 마냥 행복해했다.

먼 나라에서 온 동양인이 아프가니스탄의 국경으로 가는 날. 교회는 술렁였다. 그들은 안전을 기원하는 기도를 올렸다. 난생 처음 만난 그들의 호의가 고마워서 나는 한 가지 약속을 했다.

"만약 무사히 두샨베로 돌아온다면, 타지키스탄 말로 여러분 앞에서 찬송가를 부르겠습니다."

신자들의 기도 덕분인지 무사히 아프가니스탄에서 일정을 마쳤다. 약속은 지켜져야만 했다. 나는 며칠 밤을 새워가며 낯선 언어로 노래를 연습했다. 마침내 주일이 찾아왔다. 내일이면 서울로 돌아가는 날이다.

타지키스탄 말을 한글로 촘촘하게 적은 종이를, 강단 앞에 세워둔 마이크에 붙였다. 커닝페이퍼를 힐끗힐끗 훔쳐보면서 찬송을 하고 춤을 췄다. 노력은 헛되지 않았다. 불가능하리라 생각했던 외국어 찬송 부르기가 무사히 끝났다. 목숨을 내놓고 신앙생활을 하는 많은 이들은 눈물을 흘리며 박수를 쳤다. 나는 그제야 깨달았다.

'간절하면 반드시 이뤄지는구나.'

나인뮤지스 멤버들이 어느 곳에서 어떤 일을 하든 이 말을 잊지 않길 바란다.

데뷔 이전부터 언론의 주목을 받았지만, 한동안 밑바닥을 헤맸던 서글픈 걸그룹의 운명을 기억한다. 나인뮤지스, 그들의 데뷔 여정을 담은 창작물 역시 아이들과 비슷한 길을 걸었다.

케이팝 산업의 이면을 샅샅이 보도하려던 취재진의 의지는 일찍 꺾였다. 보도를 통해 탈북자 인권 문제를 대대적으로 알렸던 전작을 기억하는 많은 이들에겐 실망스러운 결과였다.

다큐멘터리 〈나인뮤지스: 그녀들의 서바이벌〉은 암스테르담 국제 다큐멘터리 영화제를 포함해 14개의 국제영화제에 진출했다. 그것도 경쟁부문에. 영국 BBC를 통해 전파를 탔고, 미국 '빌보드'와 '뉴욕타임스'에도 소개됐다. 하지만 딱 거기까지였다.

영화제에서의 평가는 냉혹했다. 감독으로서 미숙하다는 평가를 받았을 뿐이다. 해외로의 판권 판매 역시 확장되지 않았다. 덕분에 다큐멘터리 제작을 진두지휘했던 프로듀서들은 여전히 괴롭다.

이 글을 쓰려고 마음먹은 건, 2년 전의 일이다. 영상으로 미처 담지 못한 이야기를 남기고 싶었다. 이제야 그 일을 마친다. 신문 보도나 다큐멘터리 영화와 달리, 이 책만큼은 나인뮤지스를 닮지 않기를 기원한다.

기나긴 여행을 마칠 시간이다. 고마운 사람들을 여기에 적는다. 현장에서 고생한 서연택, 한용호 촬영감독과 박혜미, 이영화 조연출에게 먼저 감사를 드린다.

못난 작품을 들고 세계 무대에 도전했던 이석기, 김민철 프로듀서에게 존경을 전하고 싶다. 지원을 아끼지 않은 방정오 실장, 김유미 편집장에게 머리 숙여 인사를 드린다.

다큐멘터리의 구성부터 편집까지 도맡아 고생했던 이들은 고동균, 이승헌, 허준영, 김영관이다. 응원을 잊지 않고 물심양면으로 도왔던 사람은 정찬미, 탁영환, 배원정이다. 해외에 계신 김성희 교수님과 나승희 선생님께도 감사를 드려야겠다. 밀레나 페트로비츠 편집감독, 알렉산다르 프로티츠 사운드 디자이너, 알렉산다르 페리시츠스파시츠 음향감독, 라자르 보드로자 그래픽 디자이너 등 세르비아 스태프들도 고생이 무척 많았다.

한때는 동경했고, 이제는 그리워하고, 앞으로는 극복해야 할 추억을 남겨준 나인뮤지스 멤버들과 스타제국의 신주학 사장님을 비롯한 여러 매니저들에게도 가슴에서 우러나오는 경의를 표한다.

가진 것 없고 무뚝뚝한 남편이자 아비이다. 아내 김나래와 딸 이지유에게 이 책을 바치면서, 많이 사랑하고 고맙다는 말을 하겠다.

대한민국에서 걸그룹으로 산다는 것은
걸그룹 소녀들에게 하이힐 대신 운동화를 준 매니저의 이야기

초판 인쇄 2014년 12월 23일
초판 발행 2014년 12월 30일

지은이 이학준 | 펴낸이 강병선
책임편집 고선향 | 편집 이연실 | 디자인 김마리 이주영
마케팅 방미연 최향모 유재경 | 온라인마케팅 김희숙 김상만 한수진 이천희
제작 강신은 김동욱 임현식 | 제작처 미광원색사(인쇄) 경원문화사(제본)

펴낸곳 (주)문학동네
출판등록 1993년 10월 22일 제406-2003-000045호
임프린트 아우름

주소 413-120 경기도 파주시 회동길 210
전자우편 editor@munhak.com | 대표전화 031) 955-8888 | 팩스 031) 955-8855
문의전화 031) 955-8889(마케팅), 031) 955-1910(편집)
문학동네카페 http://cafe.naver.com/mhdn | 트위터 @munhakdongne

ISBN 978-89-546-3409-0 03810

* 이 도서의 국립중앙도서관 출판시도서목록(CIP)은 e-CIP홈페이지(http://www.nl.go.kr/ecip)와 국가자료공동목록시스템(http://www.nl.go.kr/kolisnet)에서 이용하실 수 있습니다.
(CIP제어번호: CIP2014035952)

www.munhak.com